DIMENSION WAR
디멘션 워

미르영 퓨전 판타지 소설
FUSION FANTASTIC STORY

디멘션 워 3
미르영 퓨전 판타지 소설

초판 1쇄 찍은 날 § 2008년 10월 28일
초판 1쇄 펴낸 날 § 2008년 11월 5일

지은이 § 미르영
펴낸이 § 서경석

편집장 § 문혜영
편집책임 § 이재권
편집 § 서지현 · 문정흠

펴낸곳 § 도서출판 청어람
등록번호 § 제1081-1-89호
등록일자 § 1999. 5. 31
어람번호 § 제1-1000호

주소 § 경기도 부천시 원미구 심곡동 163-2 서경B/D 3F (우) 420-010
전화 § 032-656-4452 팩스 § 032-656-4453
http://www.chungeoram.com
E-mail § eoram99@chollian.net

ⓒ 미르영, 2008

ISBN 978-89-251-1527-6 04810
ISBN 978-89-251-1464-4 (세트)

※ 파본은 구입하신 서점에서 교환하여 드립니다.
※ 저자와 협의하여 인지를 붙이지 않습니다.
※ 이 책은 도서출판 청어람과 저작자의 계약에 의해 출판된 것이므로,
  무단 전재 및 유포 · 공유를 금합니다.

차원대전(次元大戰)

DIMEN
SION WAR

미르영 퓨전 판타지 소설
FUSION FANTASTIC STORY

디멘션 워

3

그림자정부!

CONTENTS

Chapter 1	후원자	7
Chapter 2	투왕과의 조우	53
Chapter 3	미지의 무기 오메가	101
Chapter 4	텔레키네스 마스터	149
Chapter 5	앤트 가의 후계자	195
Chapter 6	암천문(暗天門)	237
Chapter 7	차원을 지배하는 자의 파편	279

Chapter 1
후원자

젠트리온 연합에서는 휴먼족 중 인간의 명칭을 달리 부르는 말이 있다. 연합에서는 봉인된 자들 또는 봉인이라는 명칭으로 인간을 썰이라 부른다. 그렇게 부르게 된 것은 인간이 가지는 어쩔 수 없는 특징 때문이다.

 젠트리온 연합을 구성하는 다른 종족들이 태어나면서부터 자신의 역량을 대부분 발휘할 수 있는 것에 반해 인간은 그렇지가 않았다.

 각성하지 않는 한 자신이 가지고 있는 능력조차 제대로 발휘할 수 없도록 대부분의 능력을 잠재 능력으로 가지고 있는 경우가 많았던 것이다.

 휴먼족 중 그나마 나은 것은 수인족이었다. 휴먼족의 한 갈

래인 수인족은 야수의 기운을 가지고 태어나기에 전사로 성장할 상당한 능력을 처음부터 가지고 있는 것이다.

다른 휴먼족인 엘프나 드워프 등도 마찬가지다. 그들은 수인족만큼은 아니더라도 인간이라 부르는 종족보다는 전사로서 월등한 능력을 지니고 태어났다.

그럼에도 불구하고 겐트리온 연합을 지휘하는 상층부라 할 수 있는 상원의원의 경우, 휴먼족의 대표는 언제나 인간이 중심이었다.

지닌바 능력의 대부분이 잠재적인 능력으로 남아 있는 씰 중에 그 일부분을 깨운 자들이 휴먼족의 대표였다.

봉인의 일부가 해제됐지만 그들이 가진 능력은 가히 경천동지할 정도로 뛰어났다. 자신의 잠재 능력을 각성한 인간들은 워낙 뛰어났기에 다른 휴먼족들도 대표가 인간이라는 부분에 대해서는 이의를 달지 않았다.

겐트리온 연합에서는 그렇게 능력을 발휘하는 인간을 스스로 빛을 내는 자라 하여 일루미네이트라 부르기도 했고, 한편으로는 깨달은 자라 하여 현자라 부르기도 하며 최상의 예우로 대우를 했다. 그만큼 그들은 특별한 존재였던 것이다.

그들이 그런 대접을 받는 것은 다른 이유가 아니었다. 겐트리온 연합을 구성하는 다른 종족들이 대부분 우주의 절대 힘이라는 네 가지 힘 중 한 가지 힘에 종속되어 있어 편향적인 능력을 발휘하지만, 일루미네이트들은 그렇지 않았던 것이다.

깨달은 자들은 두 가지 또는 세 가지 절대 힘을 함께 사용하는 경우가 대부분이었기에 초월한 지적 능력과 엄청난 괴력을 가진 다른 종족들도 일루미네이트들을 무척이나 우러러보는 편이었다.

젠트리온 우주의 삼분의 이를 차지하고 있는 알카트라 제국의 무차별적인 공격에서 그나마 전세를 유지하며 근근이 버틸 수 있었던 것도 뛰어난 능력을 가지고 있는 일루미네이트들의 덕분이라고 할 수 있었다.

일루미네이트들 이외에 젠트리온 연합이 알카트라 제국과 맞설 수 있던 것에는 다른 이유도 있었다.

일루미네이트들의 가공할 능력과 함께 그들이 젠트리온 연합의 생존을 위해 심혈을 기울여 만든 것들이 존재하고 있었기에 엄청난 전력을 가진 알카트라 제국에 맞서 겨우나마 생존해 나갈 수 있었던 것이다.

젠트리온 연합의 운명을 걸고 일루미네이트들이 만들어낸 것은 젠트리온 우주에서 한 번도 출현한 적이 없는 골든나이트라는 초자아 컴퓨터가 탑재된 우주 전함이었다.

골든나이트를 탑재한 강력한 전함의 출현으로 인해 젠트리온 우주에 살고 있는 모든 종족들의 적이라고 할 수 있는 알카트라 제국의 위협으로부터 지금까지 살아남을 수 있었던 것이다.

제국에 대항할 수 있는 힘을 제공한 초자아 컴퓨터인 골든나이트의 최초 모델이 바로 미네르바였다. 젠트리온 연합의 모든 일루미네이트들이 협력해 만들어낸 미네르바는 한마디로 경이로웠다. 예상외의 성능을 자랑했던 것이다.

 시험용으로 만들어진 미네르바는 계속되는 업그레이드를 통해 전함 탑재형 골든나이트가 완성되어지고 젠트리온 연합인들은 그런 전함들을 이끌고 전쟁을 수행했다.

 엄청난 연산 능력과 지각을 가지고 있는 골든나이트들은 초기 미네르바를 압도하는 상상을 불허하는 능력을 선보였다. 전천후 작전 능력과 함께 스스로 상황 판단을 내리는 골든나이트의 등장은 전황에 반전을 가져왔다. 골든나이트가 출현한 이후 상당 기간까지 알카트라 제국의 전함 중 맞서 상대할 만한 전함이 전무했다.

 불과 몇 대 만들어지지 않았음에도 전력의 열세로 거의 멸망 직전에 갔던 젠트리온 연합에게 한숨을 돌릴 수 있는 계기를 만들어주었던 것이다.

 그러나 그것은 말 그대로 그저 한숨을 돌릴 수 있을 뿐이었다. 골든나이트가 탑재된 전함으로 인해 어느 정도 열세를 회복할 수는 있었지만 그렇다고 전세를 완전히 역전시킬 수 있던 것은 아니었던 것이다. 제작의 한계상 그리 많은 수를 제작할 수 없었기 때문이다.

 알카트라 제국에게 쫓겨 젠트리온 연합에 합류한 종족들이 가지고 있는 역량을 모두 쏟아 넣어 만들어낸 전함의 숫자가 5척뿐이었다.

 처음 만들어진 5척만으로도 전략 함대들의 우주전쟁에서

젠트리온 연합은 승승장구를 거듭했다. 잃어버린 고토의 반 정도를 회복할 수 있었던 것이다.

놀랄 만한 성과였고, 오랜 세월 전쟁에 지친 연합인들에게 희망을 불어넣는 일이었다.

하지만 그나마 그것도 잠시뿐이었다. 골든나이트에 연전연패하던 알카트라 제국에서 엄청난 과학력을 바탕으로 새로운 형태의 전함을 만들어냈던 것이다.

젠트리온에서 만들어낸 골든나이트와는 달리 스스로 창조적인 생각을 할 수 있는 지각만 없을 뿐, 비슷한 연산 능력을 발휘할 수 있는 전함형 생체 컴퓨터를 탑재한 전함들을 생산해 전투에 투입한 것이다.

그로 인해 반전되어 가던 전세가 다시 역전이 되기 시작했다. 골든나이트와 알카트라 제국이 만들어낸 전함과의 능력 차이는 확실했지만 엄청난 물량 공세로 인한 어쩔 수 없는 결과였다.

함대당 전력이 100대 1이었으니 아무리 골든나이트라는 초자아 컴퓨터가 탑재된 전함이라 하더라도 밀리지 않을 수 없었던 것이다.

다시 밀리기 시작한 젠트리온 연합은 전력의 만회를 위해 그동안 회복한 수복지에서 자원을 끌어 모았다. 총공세로 나오는 알카트라 제국에 대항하기 위해 골든나이트가 탑재된 전함 5척을 추가로 만들었던 것이다.

그로 인해 전황은 어느 정도 균형을 이루게 됐다. 그나마 일루미네이트들이 만든 골든나이트들이 알카트라 제국에서 만든 전략함에 비해 1대 50 정도의 우위를 가지고 있는지라 간신히 버텨낼 수는 있었던 것이다.

하지만 엄청난 물량 공세로 나오는 알카트라 제국으로 인해 언제 겐트리온 연합이 무너질지 모르는 위태한 상황인 것만은 분명했다.

이대로 가다가는 멸망이라는 길밖에 없을 것이기에 일루미네이트들은 겐트리온 우주의 명운을 걸고 최후의 방법을 마련했다. 휴먼족의 전설이라는 젠가이드를 찾아 나선 것이었다.

겐트리온 우주를 멸망에서 구해낼 최후의 방패라는 전설의 병기인 젠가이드만 찾을 수 있다면 알카트라 제국과의 전쟁으로 인해 멸망으로 치닫고 있는 겐트리온 연합이 구원받을 수 있다고 생각한 것이다.

기울어가는 전황 속에서 일루미네이트들은 비밀리에 젠가이드의 소재를 찾기 위해 총력을 기울였다. 겐트리온에 있는 모든 전설을 찾아내는 것은 물론, 조금이라도 의심스러운 것은 전부 조사했다.

조사한 자료들은 골든나이트의 보조 컴퓨터로 활용하고 있던 미네르바를 통해 방대한 분석 작업이 실시되었고, 기어코 젠가이드의 소재에 대한 단서를 찾아낼 수 있었다.

젠가이드에 대한 단서는 겐트리온 우주에서 최초로 문명을 꽃피운 제다 행성에서 나왔다. 제다 행성의 고대문명을 일으킨 이들이 거대한 바위에 그려놓은 암각화를 통해 젠가이드가 어디에 있는지 단서를 찾아낼 수 있었던 것이다.

제다 행성에 정착했던 이들이 남긴 암각화에는 휴먼족이 제다 행성까지 오게 된 우주 항로와 그들이 떠나온 곳에 수호의 신물이 남겨져 있음이 기록되어 있었다.

단서를 찾은 일루미네이트들은 양방 간의 균형상 전장에서 이탈할 수 없는 골든나이트들 대신 분석 작업에 투입된 미네르바를 이용하기로 했다. 미네르바를 탑재한 전함을 만들어 파견하기로 한 것이다. 바로 네르키즈였다.

골든나이트들에 대한 정보를 알카트라 제국이 알고 있었기에 이미 폐기되었다고 알려진 미네르바라면 비밀을 감추기가 수월했던 탓이기도 했다.

계획이 결정이 되자 일루미네이트들은 초자아 컴퓨터의 원형인 미네르바를 비밀리에 개조하기 시작했다. 이전까지는 전투에 특화되어 있었기에 전투는 물론, 제다 행성인이 남긴 항로를 따라 젠가이드의 전설을 찾기 위한 항성 간 여행용 컴퓨터로 개조했던 것이다.

모든 것은 철저하게 비밀리에 이루어졌다. 알카트라 제국의 스파이들은 물론이고, 겐트리온 연합 내에 휴먼족에게 불만을 품고 있는 종족들이 있었기에 일루미네이트들을 제외한 그 누구에게도 일체 알리지 않았다.

그렇게 겐트리온 연합이 가지고 있는 모든 과학력을 집약해 미네르바의 개조가 완료되었고, 미네르바를 탑재한 네르키즈는 비밀리에 겐트리온 우주를 떠났다.

젠트리온 우주를 떠난 미네르바에게는 본연의 임무 외에도 단 한 사람밖에 모르는 한 가지 비밀 임무가 부여되었다. 본연의 임무는 휴먼족의 전설인 젠가이드를 찾는 것이었고, 숨겨져 있던 임무는 골든나이트를 능가하는 새로운 형태의 초자아 컴퓨터를 만들어내는 것이었다.

사실 미네르바의 진짜 임무는 후자의 것이었다. 미네르바가 만들어낼 골든나이트는 기존의 것들과는 완전히 다른 형태의 것이었다. 젠트리온 연합의 모든 문명이 멸망당한다는 것을 전제로 새로운 문명을 건설하기 위해 것이었기 때문이다.

새로운 골든나이트에 대해서는 포바인 중장과 네르키즈의 선원들에게도 비밀인 사안이다. 그저 찾은 자원을 이용해 일반에게 알려진 골든나이트를 생산하는 것으로만 알려주었을 뿐 자세한 내용은 비밀로 하도록 처음부터 프로그램되어진 것이다.

그것은 젠가이드를 찾기 전에 젠트리온이 멸망할 것에 대비하기 위한 최후의 포석이었다.

그렇게 새로운 형태의 골든나이트는 화성에서 서서히 그 실체를 드러내고 있었다.

*   *   *

집으로 돌아온 후 아이들에 대한 안배를 시작했다. 주천문의 주법을 배우게 하는 한편 아이들의 뇌를 활성화하는 작업을 지속적으로 진행시켰다.

 봉인을 해제하는 것은 아직은 시기상조였다. 봉인으로 억눌러진 탓에 폭주할 것이 분명한 아이들의 기운 때문이다. 자신들의 기운을 스스로 제어할 만한 실력을 쌓기 전에는 봉인을 풀지 않는 것이 좋았던 것이다.

 아이들의 실력을 향상시키기 위해 잠들어 있는 틈을 타 뇌를 활성화시켰다. 주천문의 절기들을 빠르게 익힐 수 있도록 조치한 것이다.

 아이들의 뇌를 활성화는 일에는 미네르바의 도움이 무척이나 컸다. 내가 3단계 차폐를 푼 상태라서 그런지 미네르바가 가지고 있는 능력 중 상당 부분을 사용할 수 있었던 것이다.

 아이들의 활성화 작업은 별다른 문제없이 순조로웠다. 보통의 아이들과는 달랐기 때문에 활성화 작업은 그리 어렵지 않았던 것이다.

 주천문이 보호하고 있는 아이들은 모두가 선천적으로 특이한 힘을 가지고 있었다. 가지고 있는 힘의 근원이 상단전과 관계가 된 것이라 이를 이용해 뇌를 활성화하는 작업이 비교적 쉽게 끝났던 것이다.

 밤마다 아이들이 잠을 자고 있는 와중에 아무도 모르게 시행되었기에 잘은 느끼지 못하겠지만 3일 정도가 지났을 때 아이들은 자신의 뇌를 20% 정도까지 활용할 수 있는 상태가 되었다.

 미네르바도 겐트리온 연합에 있는 휴먼족들 중에도 이렇게 빨리 활성화될 수 있는 자들은 정말이지 극소수였다고 할 정도로 활성화율이 높았다.

아이들에 대한 활성화 작업은 그 정도에서 1차 마무리를 지었다. 좀 더 활용도를 높일 수도 있었지만 봉인 때문이었다. 자칫 활성화 수치가 높아진다면 봉인이 깨질 우려가 있었고, 더 높인다면 정말 위험해질 수도 있었기 때문이다. 그리고 아이들 스스로 쓸 수 있는 힘의 한계가 있었기에 적절한 선에서 멈추었던 것이다.

나야 이미 예상을 했지만 주천문의 사람들의 표정을 보면 그야말로 경악하고 있었던 것이다.

뇌의 활용도가 높아진 아이들이 주천문의 주술들을 익히는 속도는 정말이지 놀라운 것이었다. 1년 정도의 수련이 필요한 것들도 한 번 듣고 두어 번 연습을 한 후 그대로 해낼 때면 모두가 고개를 흔들었다.

아이들은 그야말로 스펀지가 물을 빨아들이듯 절기들을 빠른 속도로 익혀 나갔다. 수련의 기간이 짧아 비록 능숙하게 시전할 수는 없었지만 아이들은 각자 자신의 스승이라고 할 수 있는 사람들로부터 주천문의 모든 것을 빠른 시간 안에 배울 수 있었던 것이다. 수련을 통해 가다듬기만 한다면 머지않아 자신의 것으로 완전히 체화할 수 있을 터였다.

그렇게 시간이 지나고 주말이 되자 미연이가 산으로 올라왔다. 여름철이라 농사일은 그다지 바쁘지 않았기에 아저씨도 같이 올라오셨다.

아저씨에게 아이들도 선무도를 익히게 해줄 것을 부탁했다. 선무도라면 아이들이 가지고 있는 능력을 상당 부분 끌어올리는 것은 물론이고, 봉인을 푼 이후에라도 안정적으로 힘을 쓸 수 있도록 해줄 것이기 때문이다.

거절할까 걱정스러운 마음으로 부탁을 했지만 아저씨는 의외로 순순히 허락을 해주셨다. 아저씨의 눈으로 보기에도 아이들의 자질이 남달랐던지 선무도를 익히는 것을 흔쾌히 허락해 주었던 것이다.

선무도의 수련은 미연이가 아이들의 스승이 되어 가르쳤다. 미연이도 보통의 아이들과는 다르다는 것을 알았는지 가르치는 일에 열성을 다했다.

그렇게 아이들이 선무도의 수련에 매진을 하게 된 이후, 시간이 났기에 나는 3단계 차폐를 풀고 얻은 정보를 통해 선무도와 겐트리온 연합의 전투 기술인 데블나이트를 완전히 내 것으로 만드는 데 주력했다. 3단계 차폐를 풀기는 했지만 아직은 불완전한 상태였기 때문이다.

내 몸에 잠재되어 있는 네 가지 절대 힘은 이제는 거의 하나의 힘이나 마찬가지다. 가히 상상도 할 수 없는 어마어마한 힘이었지만 아직까지 완전히 쓸 수는 없다는 것이 안타까울 뿐이다.

내 안에 있는 힘은 천부인으로 활성화된 것이었지만 그 힘을 올바르게 이끌어줄 제법문이라는 운용법이 없었기에 완벽하게 쓸 수 없었던 것이다.

다행인 것은 선무도로 인해 일부분이나마 쓸 수 있게 됐다는 것이다. 선무도가 없었다면 그야말로 그림의 떡이나 마찬가지 힘이었지만 조금이나마 쓸 수 있어 정말 다행이었다.

가진 것의 일부분을 쓰는 것이지만 그렇다고 미약한 것은 절대 아니었다. 내가 가진 힘의 크기에 비해 미약한 양이지 그 절대량은 결코 적은 것이 아니었던 것이다.

지금까지 내가 보았던 능력자들을 전부 합친다고 할지라도 그 절대량을 감당할 수 없을 것으로 보일 만큼 쓸 만한 것이었다. 그래서 쓸 수 있는 힘만이라도 내 뜻대로 쓸 수 있게 만들기 위해 선무도와 데블나이트의 연계에 관심을 가지고 수련에 주력했던 것이다.

그렇게 수련을 하며 보낸 시간이 보름쯤 흘렀을 때 유준이에게서 연락이 왔다. 동양창투에 대한 인수 작업을 마무리하기 위해 이제는 주주총회를 개최해야 한다는 전화였다.

미네르바가 화신한 한지예가 있었기에 아무런 문제가 없었지만 내가 주도한 일이라 가야만 했다. 앞으로 나서기는 좀 그랬지만 어떤 조직이든 큰일을 앞두고 중심이 되는 자가 없다면 조직 자체가 흔들릴 수도 있기에 가기로 한 것이다.

사람들에게는 볼일이 있다고 이야기를 하고 집을 나섰다. 잘 다녀오라며 배웅하는 사람들의 모습이 보이지 않을 때 곧바로 워프를 통해 유준이 있는 사무실의 옥상으로 갔다.

옥상으로 워프한 후, 사무실로 내려오자 피곤에 절어 꾀죄죄한 사람들의 모습이 보였다. 유준이를 비롯한 선배들의 모습을 보아하니 며칠 동안 집에도 들어가지 못하고 일을 한 것이 분명했다.

두 번째 터미널을 이용해 한지예로 화신한 미네르바도 변함없는 모습이면 사람들이 이상하게 생각할 것을 염려한 탓인지 조금은 까칠한 모습으로 뭔가를 열심히 하고 있었다.

"고생하시는군요."

문을 열고 인사를 건네자 다들 반가운 표정을 지었다.

"어서 와라!"

유준이가 나에게 다가왔다. 다가오며 주먹을 말아 쥐는 폼이 아무래도 한 대 칠 기색이다.

휘익!

아니나 다를까, 유준이의 주먹이 날아왔다. 살짝 몸을 비틀어 피하고는 더 이상 주먹질을 못하도록 '팍' 소리나도록 유준이를 껴안았다.

"고맙다. 그동안 고생했나 보구나. 이렇게 사랑의 주먹이 날아오는 것을 보면 말이다."

"흥! 알긴 아는구나. 한 번은 올 줄 알았는데. 그동안 코빼기도 보이지 않고 말이야."

"미안하게 됐다. 어쩌다 보니 일이 그렇게 됐다. 선배님들께도 죄송합니다."

화가 풀리지 않은 듯 씩씩대는 유준이와 무덤덤하게 나를 바라보는 선배들에게 사과를 했다.

"됐다. 이제 왔으니까. 준비가 다 끝나기는 했는데 조금 심상치 않은 일이 있다."

창운 선배가 심각한 표정으로 말했다. 짐작 가는 바가 있기에 껴안았던 손을 풀고 창운 선배에게로 갔다.

"민사준이라는 자 때문인가요?"

"집으로 협박 전화가 왔다고 하더구나."

"집으로요?"

"그래, 어머님이 받으셨는데 내가 허튼짓을 하면 어떻게 될지도 모르니 조심하라고 말이다. 어머니가 놀라지 않도록 잘 말씀을 드리기는 했지만……."

창운 선배는 걱정이 되는 듯 말꼬리를 흐렸다.

"후후후, 민사준이라는 자가 독이 바짝 올랐나 보군요."

"그렇겠지. 이미 58퍼센트나 주식을 끌어 모았으니 말이다. 다른 사람들의 명의를 빌리기는 했지만 내가 움직였다는 것을 알아낸 모양이다."

걱정스러운 표정을 짓고 있는 창운 선배를 보며 선배의 마음을 알 것 같았다. 타고난 효자라고 예전부터 알려진 분이 바로 창운 선배였다. 어머니를 위한 일이라면 뭐든지 할 양반이기 때문이다.

진정 하고 싶은 일은 따로 있었지만 어머니를 호강시켜 드리겠다는 이유만으로 꿈을 접고 돈에 관계된 일에 매달리는 창운 선배였으니 걱정스러울 만도 했다.

걱정스러운 표정으로 서 있는 창운 선배 곁으로 한지예가 다가갔다.

"어머님 걱정하지 마세요. 이미 그에 대한 조치를 취하고 있으니 말입니다."

"이미 조치를 취하고 있었다니, 무슨 말입니까?"

"유능한 경호 회사에 신변 보호를 부탁해 놓았습니다. 그 외에도 여러 가지 조치를 취해놓았으니까 어머님께서는 안전하실 겁니다. 연구소 주변에 가족 분들이 머물 수 있는 주택단지를 짓는 공사를 시작했으니 그리로 모시면 더 안전할 거구요."

미네르바로 화신한 한지예의 말에 창운 선배가 마음이 놓이는 듯 인상을 풀었다.

"한지예 씨가 신경을 써준 모양이로군요."

"신경을 쓰지 않을 수 없지요. 여러분의 신변 보호가 최우선이라는 것이 보스의 생각이십니다. 더 이상 가족 걱정은 하지 않으셔도 됩니다. 모든 분들에게 최상의 경호팀이 붙어 있으니까요."

다른 사람들도 같은 조치를 취하고 있다는 말에 안심을 한 듯 얼굴 표정이 조금은 밝아졌다.

"태호 선배는?"

유준이로부터 태호 선배와 같이 있다는 말을 들었기에 물었다. 태호 선배의 모습이 보이지 않았던 것이다.

"그 양반 간식 사러 갔다."

유준이의 대답에 태호 선배가 지금 간식으로 무엇을 사러

갔는지 짐작이 갔다.

"또 그거냐?"

"그렇겠지. 집안도 부자면서 어째서 그런 거라면 환장을 하며 좋아하는지 정말 모르겠다."

유준이는 얼굴을 찌푸리며 고개를 흔들었다. 학교 다닐 때 태호 선배가 들이민 요상한 음식 때문에 아직까지도 질려 하고 있었기 때문이다.

"아마도 선배님 아버님 때문일 거다."

선배의 특이한 식성은 아버님 때문이라는 말을 들었던 것이 기억이 났다.

"하기야 그 어르신이 자린고비라고 소문이 났으니. 지금도 점심에는 꼭 자장면만 시켜 드신다고 하더라."

창운 선배가 옆에서 거들었다.

"순대하고 간은 모르겠지만, 이번에 병아리가 생긴 계란을 사 온다면 나는 사양이다. 털이 부숭부숭하게 달린 병아리를 어떻게! 웩!"

유준이는 토할 것 같은 표정을 짓더니 저만치 달아나 자리에 앉아 모니터를 보기 시작했다. 아마 창문 너머로 비치는 태호 선배의 그림자 때문인 것 같았다.

"여어! 막둥이 왔구나. 아니, 이제는 보스라고 불러야 하나?"

태호 선배가 문을 열고 들어오며 얼굴 가득 미소를 지으며 나를 반겼다.

"안녕하셨어요, 선배님!"

구레나룻이 멋들어지게 난 태호 선배는 언제 봐도 푸근한 인상이다. 큰 덩치답지 않게 언제나 사람 좋은 웃음을 보이는 태호 선배는 나에게는 정말이지 친형님 같은 분이다.

"하하하! 그래. 네 녀석에게 할 말은 많지만 일단 먹고 보자. 거기 도망간 인간! 네 녀석이 질색을 하는 것은 안 사 왔으니까 좋은 말할 때… 빨리 이리로 튀어와라!"

태호 선배가 험악한 인상을 지으며 부르자 유준이가 마지못해 삐질삐질 다가온다. 아마도 은근히 주먹을 말아 쥔 태호 선배의 모습이 무서웠나 보다.

"여기 있다."

태호 선배가 봉투에서 꺼내 유준이에게 내민 것은 계란 토스트였다. 트럭에 포장마차를 꾸며 분식 같은 것을 파는 곳에서 사 온 것이 틀림없었다. 모두들 출출했는지 태호 선배가 봉투를 내려놓자 달려들어 하나씩 집어 들었다.

그렇게 간식을 먹고 얼마 안 있어 태호 선배를 제외하고 사람들이 모두 사무실을 나갔다. 주총이 코앞으로 다가왔지만 이미 그에 대한 준비를 모두 끝냈으니 전쟁에 앞서 휴식을 취하라고 내가 등을 떠밀었기 때문이다.

사람들을 등 떠밀어 내보낸 것이 자신에게 할 말이 있음을 짐작한 태호 선배가 나를 불렀다.

"한철아."

"말씀하세요, 태호 선배."

"네 녀석이 이런 음모를 꾸미고도 이 형님을 빼먹어서 내심 섭섭했다만 나중에라도 이렇게 끼어주니 고맙다."

말하는 모습이 정말 고맙다는 표정이 아니다. 고맙기는 하지만 처음부터 자신을 빼놓았다는 것에 대한 복수는 하겠다는 것이 분명했다. 이럴 때는 알아서 기는 편이 신상에 이롭다. 태호 선배의 꿀밤은 골이 흔들릴 정도니 말이다.

"별말씀을. 어느 정도 계획이 진행되면 당연히 태호 선배를 계획에 참여시키려고 했어요."

"안다. 고맙게 생각하고 있다. 유준이에게 설명을 들어보니 대단한 계획이더구나."

태호 선배의 표정을 자세히 보니 무척이나 심각했다. 처음부터 자신을 끼워주지 않아서 삐친 표정은 절대 아니었다. 무엇인가 말 못할 고민이 있는 것이 분명했다.

"선배님을 비롯해 다른 분들이 없었다면 실행하지 못할 일들입니다. 제가 전적으로 나설 수도 없으니 말입니다."

"이번 일은 네가 주도하고 있다고 하던데, 아니라는 말이냐?"

전면에 나서기 곤란하다는 말에 태호 선배가 의문을 표시했다.

"아직은 자세히 말씀드리지 못하지만 제가 전면에 나서기는 조금 곤란합니다."

"네가 이유가 있다면 있겠지."

할아버지와 부모님의 죽음에 얽힌 일들을 풀어내기 위해서는 상당한 위험을 각오해야 하는 일이다. 무척 위험할지도 모르기에 다른 사람들을 끌어들이고 싶지 않은 것이 솔직한 내 심정이다. 되도록 나서지 않으려는 내 마음을 태호 선배도 어느 정도 알아차린 모양인지 고개를 끄덕였다.

"한철아, 무슨 일인지는 모르지만 너 혼자 모든 것을 하려고 하지는 마라."

진심으로 나를 걱정해 주는 태호 선배에게 고마움을 느꼈다.

"알겠습니다. 자세한 내용은 나중에 말씀드리도록 하겠습니다."

"그래라. 그나저나 자신은 있는 거냐? 미우해양조선 인수건 말이다."

"가능합니다. 예상의 경우를 모두 대비하고 있으니 동양창투만 인수한다면 충분히 승산이 있습니다."

"만약 미우해양조선에 대한 인수가 실패하면 내가 발 벗고 나서마. 아버님 회사라면 업종을 전환해서라도 추진할 수 있을 테니까. 사실 내가 이 일에 뛰어든다니까 아버지가 노발대발하셨다. 하지만 우리가 진행하고 있는 계획을 보시면 마음이 달라지실 것이다. 사실 어느 정도 진행이 되면 난 아버지를 우리 계획에 합류시킬 계획이다. 넌 어떠냐?"

지금은 사이가 안 좋지만 태호 선배가 아버지를 걱정하는 뜻은 잘 알고 있다.

"선배님이 나서주시면 저야 고맙지요. 태호 선배가 무엇을 걱정하는지 알고 있습니다. 너무 걱정하지 마세요. 선배님 아버님은 우리 계획에도 아주 중요한 분이시니까요."

"그러냐?"

태호 선배는 내가 세운 계획 속에 호성중공업을 염두에 두고 있음이 사실임을 확인했는지 안심하는 표정이다.

우리 계획이 성공하고 나서 사업이 본격적인 궤도에 오르게 되면 사실 태호 선배의 아버님이 운영하는 호성중공업은 막대한 타격을 받는다. 기존의 조선 산업은 하향 곡선을 그릴 것이 분명하기 때문이다.

거의 직격탄이나 마찬가지다. 호성중공업은 주로 대형 선박의 엔진과 항법 장치를 만드는 일에 주력해 온 회사이기에 타격을 받지 않을 수 없었던 것이다.

"예, 아주 중요합니다. 호성중공업에서 제가 계획하고 있는 스페이스셔틀의 엔진 부분을 담당해 주셨으면 합니다. 믿을 만한 사람들이어야 하고, 비밀을 지킬 수 있어야 하니까요. 그리고……."

"그리고 또 뭐냐?"

"선배님 아버님 회사에서 비밀리에 항공기 엔진 사업에 뛰어들었다는 소식을 들었습니다."

"그, 그걸 어떻게 알았냐?"

호성중공업에서 항공기 엔진 사업에 뛰어드는 것은 극비 중의 극비였다. 호성중공업이 추진하고 있는 차세대 항공기 개발은 비밀리에 진행하고 있는 국책 사업이다. 항공기 제가 관련 업체가 꽤 있지만 미국이나 기타 주변 국가의 눈을 속이기 위한 방편으로 호성중공업에서 진행하고 있던 것이다.

선배의 아버지인 한주성 회장님은 젊은 시절부터 비행기 마니아였다. 비행기에 대해 개인적으로 관심을 가지시고 연구를 진행하다가 뜻하지 않게 항공기 엔진 분야에 뛰어든 것을 미네르바를 통해 알고 있었던 것이다.

"어쩌다 보니 알게 됐습니다. 이미 상당한 연구 결과가 나왔다는 것도 말입니다."

"이제 1년 정도만 있으면 시제품이 나올 거다. 사실 아버지는 항공기 사업을 나에게 맡기시려 했지만 내가 싫어했지. 난 항공기보다는 배가 훨씬 좋았거든. 미국에서 들여오는 전투기에 대해 불만을 품으시고 10여 년 전부터 연구를 진행해 오신 것을 알고 있어 선뜻 나서기가 뭐했다."

태호 선배의 말은 핑계다. 배를 좋아하는 것도 이유가 있어서다. 난 태호 선배가 어째서 항공기 관련 사업을 싫어하는지 잘 안다. 그것은 어릴 적에 생긴 지울 수 없는 상처가 태호 선배의 가슴에 남아 있기 때문이다.

태호 선배의 어머니는 세계적으로 유명했던 사건의 희생자였다. 바로 KAL기 폭파 사건 당시 태호 선배의 어머니가 그 비행기에 타고 계셨던 것이다.

그 일로 인해 지금까지도 태호 선배는 비행기에 대한 공포증을 가지고 있다. 비행기에 대한 극단적인 공포로 인해 사업을 하면서도 단 한 번도 외국으로 출장을 나가지 못할 정도였다. 제주도 또한 페리를 타고 가야 할 정도로 비행기를 극도로 싫어하는 사람이다.

태호 선배는 그로 인해 내가 세운 계획에 참여하고 싶어하면서도 자신 때문에 걱정되는 면이 많은 것 같다. 사실 태호 선배로서는 이번 일에 참여하는 것도 대단히 용기를 낸 것이었다.

"선배님이 왜 그런 선택을 하셨는지 잘 압니다. 하지만 이제는 이겨내셔야 합니다. 우리가 만드는 것은 우주를 누빌 우주선이니까요."

"하하하, 뭘 걱정하는지 알고 있다. 하지만 비행기하고 네가 만들려는 스페이스셔틀하고는 전적으로 다르다. 그것은 우주를 항해하는 배니까."

웃으며 말을 하고는 있지만 이면에 깔린 불안감을 못 읽을 내가 아니다. 태호 선배는 아마도 이번 계획을 자신의 상처를 극복할 기회로 삼고자 하는 것 같다.

하지만 그것이 본인의 의지만으로 이루어지지 않는다는 것을 잘 아는 나로서는 상황을 설명하지 않을 수 없었다.

"하지만 소형 셔틀이 있어야 합니다. 저희가 만드는 것만으로는 제대로 된 효과를 낼 수도 없으니까요. 그리고 이번 계획을 제대로 진행하기 위해서는 수시로 외국을 다녀와야 합니다. 하지만 지금의 선배로서는 불가능한 일입니다."

난 태호 선배에게 내가 세울 회사의 대표 자리를 맡기고 싶었다. 영어, 독일어, 프랑스어, 일본어 등 8개 국어에 능통할 뿐 아니라 날카로운 판단력과 그를 뒷받침하는 인내심까지 있어 선배만큼 사업에 타고난 사람이 없었기 때문이다.

선배의 그런 능력을 꽃피우기 위해서는 세계를 누벼야 할 것이다. 그러려면 비행기를 타고 다녀야 하는데, 지금 이 상태에서는 불가능했다.

"그렇겠지."

태호 선배도 내가 무슨 뜻으로 하는 말인지 아는 듯 목소리가 작아졌다. 자신으로서는 극복할 수 없는 상처라는 것을 스스로도 잘 아는 것이다.

하지만 난 태호 선배를 염두에 둘 때부터 한 가지 방법을 생각하고 있었다. 평상시라면 생각도 해보지 못할 방법이지만 초자아 컴퓨터인 미네르바가 있는 이상 이제는 시도해 볼 만한 방법이 있는 것이다.

"비행기에 대한 공포증은 제가 어떻게 해서든지 치료를 해 드리겠습니다. 그러니 선배님께서는 제가 드리는 설계도와 시제품을 가지고 소형 셔틀의 제작을 맡아주십시오. 호성중공업의 능력이라면 엔진부터 기체까지 일괄 생산할 수 있을 테니까요."

"그렇기는 하지만……."

자신을 치료해 주겠다는 내 말을 믿지 못하는 탓인지 말끝을 흐린다.

"믿으십시오."

"한철아! 난 꼭 이겨내고 싶다. 이, 이대로 주저앉고 싶지는 않다."

"선배의 결심은 확고하군요. 그렇다면 한 가지 시도해 볼 만한 방법이 있습니다."

"저, 정말! 치료할 방법이 있다는 말이냐?"

"그렇습니다."

"……."

태호 선배가 고개를 흔든다. 정신적인 측면에 관한 것이라 불가능하다고 느끼는 것 같았다.

"후후후, 말이 나온 김에 지금 선배님을 치료하지요. 치료가 끝나고 나면 제가 거짓말을 하지 않았다는 것을 선배님도 아시게 될 겁니다."

이렇게 합류한 이상 태호 선배를 전면에 내세워야 할 시기를 앞당겨야 하기에 선배의 트라우마를 바로 치료하기로 했다.

"네가 직접 치료하는 것이냐?"

못 믿겠다는 표정이 역력하다. 그도 그럴 것이, 나만 알고 있는 것이지만 선배가 정신과 치료를 오랫동안 받아왔음에도 완전히 치료되지 않고 있었기 때문이다.

"후후후, 제가 이래 봬도 꽤나 유능한 사람이니까 걱정은 마시고요. 선배님을 염두에 두었을 때부터 생각해 놓았던 겁니다. 치료 방법은 안전하니 걱정하지 마시고요."

"어, 어……."

태호 선배를 잡아끌어 소파에 앉혔다.

"불안해하지 마시고 저를 믿으십시오."
"아, 알았다."
"이제 눈을 감으시고 편안한 마음으로 계십시오. 그리고 조금 있다가 머릿속이 시원해지시면 눈을 뜨면 됩니다."

사이비 의사처럼 달려드는 내가 의심스럽기는 하겠지만 태호 선배는 나를 믿는 듯 살며시 눈을 감았다.

"미네르바, 부탁한다."

눈을 감은 선배의 머리에 손을 얹고는 미네르바에게 부탁을 했다. 내가 해도 되기는 하지만 혹시나 만에 하나 실수가 있을까 염려가 되기 때문이다.

미네르바가 나를 통해 잠재되어 있는 기운을 쓰는 것인지 선배의 머리 부근에서 강력한 파장이 느껴졌다. 선배의 기억 중에서 어머니가 비행기 추락 사고로 돌아가신 부분을 희석시키는 중인 것이다.

능력이 향상된 미네르바로 인해 정신 조작은 찰나라고 할 만큼 금방 끝이 났다. 세월이 많이 흐르기도 했지만 그동안의 치료로 인해 조금은 호전이 된 상태였기 때문에 치료가 쉽게 끝난 것이다. 태호 선배의 얼굴이 한층 밝아진 것 같았다.

"이제는 됐습니다. 눈을 뜨셔도 됩니다."
"한철아, 어떻게 한 것인지는 모르지만 정말로 머리가 시원하다. 항상 머리에 뭔가 들은 듯 묵직한 기분이었는데 말이야. 하하하. 너, 어디 가서 도라도 닦고 온 거냐?"

태호 선배가 눈을 뜨고는 나를 바라보며 환한 웃음을 지었다.

"비슷한 겁니다. 무엇보다 괜찮아지셨다니 다행입니다."

미네르바나 내가 가진 능력을 사실대로 이야기해 줄 수는 없는 노릇이라 얼버무렸다. 태호 선배도 그런 기색을 안 듯 더 이상 캐묻지 않았다.

"한철아!"

태호 선배가 안색을 굳히고 나를 불렀다.

"예."

"치료가 안 됐더라도 이번 일은 내가 하려고 했다. 이대로는 아무것도 아닌 인간이니까. 그런 상태로 살아간다면 돌아가신 어머니도 싫어하실 테고."

"그렇겠지요."

"이왕 호성중공업과 손을 잡을 생각이라면 아버님을 만날 때는 나를 동행시켜 줬으면 한다."

"그거야 당연한 일 아닙니까. 선배님께서 대표가 되실 테니 말입니다."

"아니, 그런 이유 때문이 아니다."

태호 선배가 고개를 흔든다.

"내가 명목상 대표라고는 하지만 넌 우리의 실질적인 보스다. 나이가 많고 적고를 떠나 그 점은 분명하다. 다른 녀석들도 그렇고, 이번 계획에 참여한 사람들은 모두 그렇게 인식하고 있으니까. 나는 그저 네 수행원으로 아버님을 만나겠다는 뜻이다."

"하지만……."

"어떤 일이든지 계획을 추진함에 있어 중심이 되는 사람이 있는 법이다. 누가 뭐래도 우리들이 하고자 하는 일은 네가 중심이지. 아버님을 설득하는 일에는 내가 나서도 되지만, 아버님은 분명 내가 계획하고 있는 일이 아니라는 것을 아실 거다. 그만한 연륜은 쌓으신 분이니까."

무슨 말인지 알 것 같다. 호성중공업으로서도 회사의 존망이 걸린 일이니 태호 선배님의 아버님도 신중한 결정을 내려야 할 것이다. 그런 결정을 내리기 위해서는 실질적인 결정권자인 내가 만나뵙는 것이 당연했다.

그러나 태호 선배의 말이 무슨 뜻인지는 알겠지만 조금은 꺼려지는 마음이 들었다. 태호 선배들을 비롯해 선배들을 내 밑에 둔다는 것이 마음에 걸렸던 것이다.

원래의 계획대로라면 선배들을 중심으로 회사를 키우고, 나는 선배들을 도우면서 부모님의 복수를 하려고 했었다. 그렇지만 태호 선배의 표정을 보아하니 이미 다른 선배들의 중지를 모은 것 같았다.

"괜찮으시겠습니까?"

"그래, 괜찮다. 내가 남의 밑에 있는 것을 보시면 노발대발하시겠지만 중요한 일이니까. 그리고 내가 같이 가자고 하는 것에는 이유가 있다. 사람들의 편견이란 무서운 것이다. 나이도 어린 네가 이런 일을 추진한다고 한다면 누구도 믿어주지 않을 거다. 그러니 내가 같이 가겠다는 것이다. 아버지에 대해서는 누구보다 내가 잘 아니까 말이다."

"그렇기는 합니다. 저도 항상 그 점이 염려스러웠으니까요. 그래서 선배님께 대표를 맡기길 원했던 겁니다."

"후후후, 그렇게 생각할 것까지는 없다. 너라면 충분하다. 그 쟁쟁한 선배들을 모두 설득해 우리 동아리의 목적과 이름을 바꾼 너다. 그리고 이번 계획은 모두 네 머리에서 나왔다고 들었다. 그리고 그 엄청난 자금까지도 말이다. 그러니 너라면 충분하다고 본다. 나를 이끌어줄 사람으로서 말이다."

"으… 음."

"너는 모르겠지만 난 너를 처음 만났을 때 운명적인 어떤 것을 느꼈다. 내가 아버님 회사에 정착하지 못하고 겉으로 빙빙 돈 것도 아마 그 때문이지 싶다. 뭔가 강렬할 것이 너를 처음 만났을 때부터 나를 흔들어왔거든. 내가 믿고 의지할 수 있는 기둥이 되다오. 비록 전면에 나서지는 못할지라도 우리에게 있어 중심은 네가 되어주었으면 한다는 이야기다."

언젠가 학교에서 태호 선배가 나에게 했던 말이 생각났다. 만약 나와 같이 일을 한다면 자신은 나를 보필하는 역할을 할 수밖에 없을 것이라는 말이었다. 농담처럼 지나가는 말로 들었지만 선배는 진심이었던 모양이다.

나도 알고 있다. 태호 선배가 리더로서의 기질을 가지지는 못했지만 생긴 모습답지 않게 책사로서의 기질을 타고난 사람이라는 것을 말이다.

태호 선배는 호성중공업을 이어받을 후계자다. 태호 선배의 아버지인 한주성 회장님의 엄격한 지도 아래 후계자 수업을 한 탓에 어느 정도 사람을 이끌 수는 있지만 그것이 다였다.

어머니의 사고 이후 앞에 나서는 것을 어렵게 생각하게 됐기에 학교 시절 어린 나이임에도 앞장서서 이끌어 나가는 나를 보며 그런 말을 했었던 것이다.

"알겠습니다. 승낙하기로 하지요. 하지만 태호 선배는 언제나 제 선배입니다. 대외적으로도요."

"하하하! 알겠습니다, 보스."

자신의 모든 것을 버리고 내 밑으로 들어온다는 사실이 감회가 있을 것이기에 웃으며 장난스럽게 말했지만 태호 선배가 진심임을 안다. 형제처럼 여기는 유준이와 같이 태호 선배도 나에게는 있어서는 친형제나 마찬가지였다.

호성중공업을 찾아간 것은 바로 다음날이었다. 태호 선배의 권유 때문이다.

동양창투의 주주총회는 미우해양조선을 노리는 기업들에게는 초미의 관심사였다. 동양창투가 미우해양조선의 채권 중 상당 부분을 보유하고 있었기 때문이다.

IMF 이후 구조 조정에 들어간 미우해양조선의 채권을 인수한 것은 한국자산관리공사였다. 방산 부문을 담당하고 있었기에 국가 정책상 함부로 매각할 수도 없어, 한국자산관리공사에서 채권을 인수하고 공적 자금을 투입해 어느 정도 정상 궤도에 올라서게 만들었던 것이다.

한국자산관리공사가 가지고 있던 채권을 판 것은 공적 자금의 무분별한 투입 어쩌고저쩌고 하는 여론 때문이었다. 여론에 밀려 채권 중 상당 부분을 매각했는데 어찌 된 일인지 그중 대부분을 동양창투에서 인수했던 것이다.

감자를 통해 남아 있는 주식이 휴지 조각이 된 이후, 대부분의 채권이 증자를 통해 주식으로 전환되었기에 동양창투가 자산관리공사에 이어 2대주주로 되어 있는 상태였다.

이제 정상 궤도에 들어선 미우해양조선을 만약 누군가 인수하려고 한다면 반드시 동양창투를 자신의 편으로 만들어야 한다는 것은 불문가지였다.

이제 동양창투의 주식 중 반수 이상이 우리에게 있는 이상 미우해양조선을 인수하기 위해서는 명분 쌓기가 중요하다는 태호 선배의 판단 때문이었다.

동양창투가 미우해양조선을 인수할 수도 있지만 일개 투자회사가 거대한 미우해양조선을 인수한다는 것도 그렇고, 호성중공업과 양해 각서를 체결하고 인수자로 선정하는 협력자 관계를 맺는다면 앞으로 있을 인수전에서 무척 유리할 것이라는 조언이 있었던 것이다.

태호 선배의 말대로 하는 게 좋을 것 같았다. 동양창투를 인수하면 제일 먼저 태호 선배에게 도움을 청할 생각이었기에 거절하지 않고 태호 선배의 아버지를 찾은 것이다.

태호 선배를 따라 호성중공업 회장실을 찾은 나는 그 검소함에 놀랐다. 대기업 회장실에 있을 법한 그 흔한 동양화나 미술품들은 한 점도 보이지 않았다. 낡아 보이는 책상 하나와 10여 년이 넘은 듯한 삐거덕거리는 의자에 앉아 있는 태호 선배의 아버님을 뵈었던 것이다.

"의절한다면서 어쩐 일이냐?"

태호 선배를 맞는 한주성 회장님의 목소리가 곱지 않았다. 내가 있어 노골적으로 불쾌감을 표시하지는 않지만 얼굴 가득 노여움이 보였다.

"오늘은 아버님 아들로 온 것이 아니라 사업을 의논하기 위해 왔습니다."

태호 선배는 다소 사무적인 태도로 회장님의 말을 받았다.

"사업? 네 녀석이 사업이라고? 하하하하!"

웃고는 있었지만 화가 나는 듯 회장님의 눈은 전혀 웃지 않고 있었다.

"일단 앉으시지요, 회장님."

"이 아이는 누구냐?"

너무 흥분을 하시는 것 같아 자리에 앉도록 말씀을 드리자 그때서야 나를 본 듯 회장님이 선배에게 물었다.

"제 보스십니다."

"보스? 하하하, 이 어린놈이 네 보스라고?"

"회장님!!"

어이없어 화를 내려고 하는 회장님을 향해 기운을 실어 소리를 쳤다.

"이! 이……."

후원자 39

깜짝 놀란 듯한 표정이더니 이내 화를 내시려는 표정이 역력했다.
"회장님께서는 사업을 하실 때도 이렇게 사람을 대하십니까?"
"사업?"
"전 제가 구상하고 있는 사업의 파트너로서 회장님의 호성중공업이 적당한가 알아보려고 왔습니다. 그런데 실망이군요. 실례했습니다. 그만 가시죠, 태호 선배."
이렇듯 역정을 내시면 더 이상 말을 해도 소용이 없을 것 같았기에 인사를 드리고 몸을 돌렸다.
"보스! 잠시만 기다리십시오."
태호 선배는 다급한 듯 나를 불렀다.
"아버님은 그런 분이 아닙니다. 저 때문에 이리 역정을 내시는 것이니 이해하시고 잠시만 기다리십시오. 부탁입니다."
태호 선배가 간절히 부탁을 하기에 다시 몸을 돌렸다. 회장님이 화를 내는 이유가 태호 선배를 끔찍하게 아끼기 때문이라는 것을 알고 있기 때문이기도 했다.

'이상한 놈이다. 수많은 사람을 대해온 내가 그까짓 말 한마디에 몸을 떨다니……'
한주성은 아들의 간절한 부탁에 몸을 돌리고 있는 한철을 보며 의문이 들었다. 재계에서도 강단이 있기로 소문이 자자한 자신이었다.

지나온 정권에서 회사의 존망이 위협받는 와중에도 각종 청탁을 단호히 거절해 온 자신이다. 그런데 어린아이의 호통에 몸을 떨다니, 의아한 일이었던 것이다.

자신의 아들 또한 마찬가지다. 앞에서 남들을 이끌어 나갈 능력은 그리 뛰어나지는 않지만 사람을 보는 안목 하나만큼은 누구보다 뛰어난 아들이었다.

지금 회사를 이끌어 나가는 중추적인 인재들 대부분이 아들의 손에 의해 인선이 된 사람들일 만큼 뛰어난 인재를 보는 안목을 가진 아들이었다.

그런 아들이 저렇게 사정을 한다면 뭔가 자신이 모르고 있는 것이 분명하기에 화를 가라앉히고 이야기를 들어보기로 했다. 자신도 사업을 하기 위해서라면 무엇이든지 할 준비가 된 사람이었기 때문이다.

"무슨 일인지 모르지만 앉게. 아들놈 때문에 내 잠시 실례를 했네. 하지만 이야기를 들어보고 허튼소리라면 그만한 대가를 치러야 할 것일세."

기세로는 지고 싶지 않았기에 한주성은 인상을 굳히고 한철을 똑바로 노려보았다.

"아직도 앙금이 남아 있으신 모양이군요. 한태호 씨는 제가 거느리고 있는 사람입니다. 그리고 사심없이 저의 사업 파트너로서 효성중공업을 추천한 사람입니다. 그러니 이제부터 한태호 씨를 아들로 대하지 말아주시기를 부탁드립니다."

'허어! 요놈 봐라!'

하는 말이 맹랑했다. 하지만 주눅이 들지 않고 당당하게 말하는 모습이 뭔가 있어 보이는 것은 분명했다. 하지만 뒤이어지는 한철의 말에 한주성은 맹랑하다는 생각을 접어야 했다.

"총 자본금 3조 9천억! 각자 대한민국 최고의 인재로 자부하는 사람들 20명이 대한민국의 비상을 꿈꾸는 계획입니다."

"3조 9천억 원?"

"보여 드리세요."

자신의 반문에 옆에 있던 아들이 가방 하나를 내려놓더니 안에 있는 내용물을 자신에게 내밀자 한주성은 조용히 서류를 들어 내용을 살폈다.

서류를 살펴보는 한주성의 눈동자가 점점 커져 갔다.

"이, 이 안에 있는 내용이 사실인가?"

서류를 보며 내용을 살피던 한주성은 경악하지 않을 수 없었다. 당좌 계좌에 남아 있는 잔액 증명서가 5장. 주거래 은행을 아직 정하지 않은 듯 총 5개 은행에 각각 6천억 원의 돈이 들어 있었다. 웬만한 기업도 현금으로 이 정도의 돈을 보유하기 힘든 만큼 일개 개인이 가지고 있다는 것은 놀라운 일이 아닐 수 없었다.

"9천억 원은 지금 주식과 예비 자금으로 남겨두고 있어서 보여 드릴 수 없습니다만, 자본금이 총 3조 9천억 원인 것은 맞습니다."

"이 돈으로 자네들이 계획하는 것이 뭔가?"

4조 원에 가까운 돈으로 무엇을 못하랴마는 자신에게 온 것을 보면 뭔가 획기적인 일이 시작되고 있는 것이 분명하기에 한주성은 궁금한 듯 물었다.

"저희 한얼에서는 미우해양조선을 인수하고 싶습니다."

"한얼?"

처음 들어보는 이름의 회사였기에 한주성이 눈빛을 빛냈다.

"저희가 세운 회사입니다."

"뭐 하는 회사인가?"

"회사라기보다는 연구소에 가깝습니다. 향후 대한민국의 미래를 선도할 기술을 창조해 낼 연구소지요."

"한얼이 미우해양조선을 인수하려는 뜻은 무엇인가?"

연구소라니 의아하지 않을 수 없었다. 한주성은 미우해양조선을 인수하는 데 있어 자신의 도움을 필요로 하고 있다는 것을 느끼고 있었지만 한얼이라는 연구소가 미우해양조선을 인수하려는 목적을 정확히 알 수 없었기에 연유를 물었다.

"저희는 대한민국의 비상을 꿈꾸고 있습니다."

"대한민국의 비상이라……. 그런데 그것이 일개 조선회사로 가능하다는 말인가?"

대답이 황당하기 그지없었다. 원자재인 철강 가격이 높기는 하지만 배를 만드는 조선 산업이 활황인 것은 틀림없다. 대한민국의 중추 산업 중 하나라는 것도 분명한 사실이다.

하지만 그것 가지고 대한민국의 비상을 꿈꾼다는 것은 말도 되지 않는 소리였다.

"보여 드리십시오."

한철의 말에 자신의 아들인 태호가 가방에서 무엇인가 꺼내 들자 한주성의 눈길이 닿았다.

"저것은 또 뭔가?"

한주성은 어이가 없었다. 자신의 아들인 태호가 꺼내 든 것은 아이들 장난감같이 생긴 모형이었던 것이다. 우주선인지 장갑차인지 분간이 모호하지만 꽤나 사실적으로 만들어진 것으로 보였다. 하지만 장난감인 것은 분명했기에 한주성의 미간이 저절로 찌푸려졌다.

"잠시만 지켜보십시오. 회장님께서 생각하는 그런 단순한 것은 아니니까 말입니다."

한철의 말에 한주성은 의심의 눈초리로 아들이 꺼내 든 장난감을 바라보았다.

태호 선배가 꺼낸 것은 축소 모형으로 만들어진 첫 번째 스페이스셔틀이다. 축소된 것이지만 실제 기능은 원래 만들어질 것과 거의 같은 것이다.

한얼연구소에서는 아직까지 만들어낼 수 없는 것이었기에 미네르바가 네르키즈에서 제작해 어제저녁 나에게 워프를 통해 전송시켜 온 것이다.

"봉황! 작동! 운반할 물건은 탁자다."

지이잉!

미네르바가 만든 모형의 이름은 봉황이다. 축소 모형이지만 기능은 원래의 것과 거의 같기에 내 명령을 듣자마자 서서히 작동을 시작했다.

찰칵!

봉황의 양 옆구리에서 가느다란 줄 같은 것이 사출됐다. 그리고는 탁자의 양 모서리에 걸치고는 탁자를 단단히 붙잡았다. 원래는 없는 것이지만 회장님의 이해를 돕기 위해 별도로 만든 것이었다.

탁자를 단단히 고정한 듯 잠시 후 탁자와 함께 셔틀 모형이 서서히 공중으로 떠올랐다.

"이, 이게 뭔가?"

"저희가 만들고자 하는 것은 전장 1,500미터, 폭 300미터, 높이가 100미터로, 총 적재 중량이 1,600만 톤인 수송 및 전투를 겸한 전천후 스타쉽입니다. 총 40대의 소형 셔틀이 탑재되는데 지금 보시는 것이 바로 탑재될 소형 셔틀의 모형입니다. 말하자면 우주왕복선이지요."

"우주왕복선?"

장난감을 보고 우주왕복선이니 뭐니 하니 회장님은 어리둥절한 표정이다. 하긴 나라고 해도 장난감 같은 것을 가져다 놓고 그리 말한다면 믿지 않을 것이 분명했다.

"그렇습니다. 믿으실지 모르겠지만 저희는 우주로의 비상을 꿈꾸고 있습니다. 인공위성 하나를 쏘아 올리기 위해 남의 나라 발사체를 빌려야 하는 수모를 더 이상 견딜 수 없어서 말입니다. 스타쉽은 보안 관계상 보여 드릴 수 없지만 머지않아 회장님께서 실체를 확인하실 수 있을 겁니다."

"가능한 것인가?"

미심쩍은 눈으로 한주성이 태호 선배에게 물었다. 당연한 일이었다. 인공위성 발사체조차 우리 손으로 만들어내기가 요원한데 우주왕복선에다가 그것을 수용하는 우주선까지 만들겠다고 하니 말이다.

"가능합니다, 아버님!"

회장님의 질문에 선배가 대답을 했다.

"가능하다고?"

"특허청에 근무하는 한영이를 비롯해, 천호영, 오창운, 유창준, 강오준이 참여했습니다. 그리고 아버님은 잘 모르시겠지만 자칭, 그리고 타칭 천재라 칭해지는 제 선배들과 후배들이 모두 참여하는 계획입니다."

"으… 음."

회장님이 신음을 흘리는 것은 우리의 계획이 허황된 것이 아니라는 것을 알았다는 뜻이다. 그만큼 우리에게 마음이 기울었다는 뜻이기도 했다.

"내가 도와주어야 할 것은 무엇인가?"

이쯤이면 우리의 계획에 동참한다는 뜻이다. 사업가로서 뛰어난 능력을 가지신 분이니 기회를 놓치실 리 만무했다.

"기술 협력과 아울러 스타쉽에 실릴 소형 셔틀을 제작해 주십사 하는 것입니다. 바로 저 봉황의 실물을 만들어달라고 부탁드리는 겁니다."

"저놈을 말인가?"

"그렇습니다. 봉황에 대한 부분은 항공 사업과 연관이 있기에 회장님께 부탁을 드리는 것입니다."

"으음, 저놈에게 내가 항공 사업에 관심이 있다는 것을 들은 모양이로군."

국가 시책인 특급 기밀 사업을 흘리고 다닌 것에 회장님은 눈빛으로 태호 선배를 질책했다.

"그렇습니다. 제가 계획하고 있는 봉황은 현존하는 모든 비행체의 기술을 모두 뛰어넘는 것입니다. 회장님께서 만들고 계시는 전투기에 비하자면 거의 30년 정도 앞선 기술로 만들어지는 것들이라고 할 수 있습니다. 지금은 수송선 형태를 띠고 있지만 유사시 언제든지 무장이 가능한 형태이니 회장님이 원하시는 것도 함께 이루는 것일 겁니다."

"전투 목적으로의 전용도 가능하다는 말인가?"

무장이 가능한 소형 셔틀이라는 말에 상당히 흥미로운 눈빛이다. 아무래도 전투기용 엔진은 물론 기체 제작에 관심을 가지고 있으니 당연한 일이었다.

"그렇습니다. 군용으로 사용할 경우 무기 체계는 상당 부분 바뀌겠지만 제반 무기를 장착할 수 있는 구조로 되어 있습니다. 한얼연구소에서 무기에 대한 연구도 진행되고 있으니 1차 봉황의 제작이 끝나면 순수 전투용으로 계획 중인 수리의 제작도 회장님께서 맡아주셔야 할 겁니다. 수리는 봉황보다 조금 작은 동체를 적용할 생각이지만 재원은 거의 같으니 도움이 많이 될 것입니다."

"좋아. 그런데 하필이면 왜 난가?"

회장님은 이런 엄청난 계획에 어째서 자신을 선택했는지 궁금한 듯했다. 기존 항공 업체들 중 뛰어난 기술력을 가진 업체들이 상당수 존재했기 때문이다.

"사실 다른 회사에 맡기는 것은 문제가 커서 말입니다. 그들이 만들고 있는 것들은 대부분 합작 형태로 만드는 것들이라 잘못하면 저희가 만들고자 하는 것들이 국외로 유출될 확률이 높아서요. 기술의 유출을 막기 위해서라도 우리가 만들어낼 것들은 철저한 보안하에 만들어져야 하는 것들입니다. 외국도 외국이지만 우리나라에는 더욱더 말입니다. 제 말이 무슨 뜻인지 아실 겁니다."

"하긴, 이런 형태의 기술이 존재한다면 가만히 있을 자들이 아니지."

회장님도 내 말이 무슨 뜻인지 짐작이 가는 모양이다. 한얼이 보유한 기술 정도면 전 세계의 항공 산업의 판도는 물론, 군사력의 우위를 완전히 바꿀 일이었다. 기업이나 국가의 사활이 걸린 일이니만큼, 권력을 동원해서라도 차지하려고 할 회사들이 상당수 존재할 터였다.

신기술을 만들어내며 하이에나마냥 뜯어먹으려는 대기업과 이와 합세한 정계의 치부는 웬만한 사람은 알고 있는 일이다. 자신이 태어난 나라의 기술을 외국으로 넘겨 혼자 치부하려는 자들 또한 부지기수였기에 나는 외국보다는 국내에서의 정보 유출을 더 심각하게 생각하고 있었다.

"선박 엔진을 만드는 회사에서 우주로 나갈 소형 셔틀을 만들고 있다면 누구도 믿지 않을 것입니다. 정보를 차단하기 매우 용이하니 말입니다. 설사 정보가 샌다고 하더라도 국책사업으로 항공 엔진을 만드는 일을 하고 있으니 연막을 치기도 좋을 테니 말입니다."

"무슨 말인지 알겠군. 그럼 미우해양조선에서는 스타쉽 본체를 만드는 것인가?"

"일단은 그렇게 될 겁니다. 미우해양조선을 인수하려는 목적이 바로 그것 때문이니까요. 봉황과 엔진은 이곳에서, 아직 이름을 명명하지는 않았지만 스타쉽의 선체 외형은 미우해양조선에서 만들어질 겁니다. 그리고 그밖의 중요 부품은 한얼에서 만들어 선체 내부에서 조립된 후 장착이 될 겁니다."

"그렇다면 보안상 전혀 문제가 없겠군. 그 부품이라는 것들이 기술의 핵심일 테니까. 좋아. 협력하도록 하지. 하지만 먼저 우리 기술진이 봉황의 실체에 대해서 확인을 해야겠네. 아들놈의 눈을 믿기는 하지만 나로서는 이런 것을 만들 수 있다는 것이 아직은 믿기지 않으니까 말이야."

최종 확인을 해야겠다는 이야기였다. 엄청난 자본과 회사의 사활이 걸릴 수도 있는 일이라는 것을 알기에 기술의 유무를 확인하고 가겠다는 것이 분명했다.

"알겠습니다. 사실 이 모형은 회장님 회사의 기술진에게 보여드리려고 가져온 것입니다. 설계도 중 엔진 부분은 별도로 드리겠지만 다른 부분은 모두 드리고 갈 테니 검토해 보십시오."

"설계도도 준다는 말인가?"

놀라는 빛이 역력했다. 설계도를 준다는 것은 모든 기술을 다 이전하겠다는 것이나 마찬가지였기 때문에 놀라는 것이다.

"그렇습니다. 엔진 부분이 없다면 거의 쓸모가 없는 것이지만 나머지 것으로도 기술의 가능 여부는 충분히 판단하실 수 있을 겁니다. 그리고 전 태호 선배를 믿는 것처럼 회장님을 믿으니까요."

태호 선배의 아버님인 한주성 회장님은 재계에서도 진정한 기업가로 이름이 높은 분이다. 양심에 꺼리는 일은 결코 하실 분이 아니다. 회사의 이익금 중 상당액은 아무도 모르게 자선사업에 사용하실 정도로 사회의식이 투철한 분이시니 회사가 위협을 받는다고 하더라도 나나 태호 선배를 배신할 일은 거의 없을 터였다.

"알았네. 그럼 오랜만에 나도 나서야 되겠구먼. 하하하!"
"회장님이요?"

직접 모형을 살펴본다는 소리였기에 놀라 물었다.

"몰랐나? 나도 한때는 필드에서 뛰었다는 것을 말이야. 껄껄껄!"

자신이 직접 작업에 참여하는 것이 기쁘다는 듯 회장님의 얼굴에 미소가 어렸다.

"보스, 아버님은 지금도 가끔 엔진 조립에 참여하십니다. 아마 호성중공업이 보유한 엔지니어 중 최고의 기술을 가지신 분일 겁니다."

"하하하. 그랬군요. 아직도 필드에서 뛰시다니 놀랍습니다."

연세가 많이 드신 것 같은데 아직도 현장에서 일을 한다니 놀라운 일이었다.

"자네도 알 것이네. 내가 왜 나서려는지 말이야."

회장님이 의미심장하게 물었다. 물론 연유는 안다.

"알고 있습니다. 이 기술은 절대 보안이 생명이니까요."

"그럼 됐네. 바쁠 테니 이만 가보게. 이곳에서의 일은 내가 알아서 하겠네. 그리고 미우해양조선을 인수하는 데도 내가 할 수 있는 한 힘을 써주겠네. 아마도 우리가 주관사로 인수를 하게 될 것이고, 한얼은 기술 부문을 맡게 되겠지. 그에 따른 준비도 해두겠네."

"감사합니다, 회장님."

회장님의 말뜻을 보면 회사의 합병도 염두에 둔 것인 분명했다. 갑작스러운 방문이었는데도 순식간에 거기까지 생각을 하신 것을 보면 사업가는 사업가인 모양이었다.

"그럼 전 이만 가보겠습니다. 회장님의 말씀대로 여러 가지 준비를 해야 할 테니 말입니다."

"알았네. 앞으로 잘해보도록 하세. 하하하. 자네를 만나 즐거웠네. 대한민국의 비상이라니… 하하하!"

의미심장한 웃음을 지어 보이는 회장님을 향해 인사를 드리고 회장실을 나왔다. 문을 닫았음에도 웃음소리가 계속해서 흘러나왔다. 그 덕에 태호 선배의 얼굴도 한층 펴졌다.

회장실을 나와 엘리베이터를 탔다.

"고맙습니다, 보스."

"아닙니다, 태호 선배."

태호 선배는 진심으로 고마워했다. 그리고 진정으로 나를 보스로 대하고 있었다.

"이제부터는 태호 선배가 전면에 나서주십시오. 전 저대로 해야 할 일이 있으니 말입니다."

"위험하지 않겠습니까?"

"사실대로 말씀을 드리자면, 위험할 겁니다. 하지만 계획이 성공하기 위해서는 제가 반드시 해야 하는 일입니다. 그래서 제가 뒤에서 움직여야 합니다. 그러는 편이 이번 계획에 참여한 사람들의 위험을 최대한 줄일 수 있으니 말입니다."

"알았습니다. 조심하십시오. 저 또한 최선을 다하도록 하겠습니다."

"그럼 가시죠."

태호 선배의 얼굴이 조금은 굳었다. 이번 계획에 딸린 위험에 대해서 어느 정도 인식을 한 모양이다. 하지만 잘될 것이다. 위험하다고 말은 했지만 미네르바와 내가 가진 능력이라면 그렇게 위험하지 않을 수도 있다. 또 태호 선배는 그만한 능력을 가진 사람이니 말이다.

Chapter 2
투왕과의 조우

호성중공업을 나온 나는 볼일이 있다는 핑계를 대고 태호 선배만 사무실로 합류하게 했다. 이제부터 본격적으로 움직이기 위해서였다.
 일단은 민사준을 만나 흑룡회에서 무엇을 노리는지 정확히 알아보기로 했다. 그의 의식을 봉인이 하고 있는 정체불명의 봉인체도 이제 3단계 차폐를 풀어 충분히 해제가 가능해, 일단 그를 만나보기로 한 것이다. 그의 의식을 장악하고 있는 봉인체를 풀면 흑룡회에 대해 어느 정도 알 수 있을지도 모른다는 생각 때문이다.
 사무실로 들어가는 태호 선배를 보고 핸드폰의 단축번호를 눌렀다. 민사준과 직통으로 연결되는 것이다.

디리리!
"누구요?"
신호음이 울리고 민사준이 전화를 받았다.
"너의 의식을 지배하는 자다."
"……."
암시 때문인지 민사준의 말이 끊어졌다. 주위에 있는 자들이 의심을 하기 전에 용건만 간단히 끝내야 했다.
"운동을 한다고 핑계대고 네가 있는 곳에서 율동공원으로 나와라, 경호를 하겠다고 하면 말리지 말고 같이 나오도록 해라."
율동공원은 분당 외곽 국군수도통합병원과 새마을 중앙연수원으로 들어가는 입구에 있는 공원이다. 민사준이 근천에 있는 흑룡회의 안가로 피신 중이었기 때문에 그리로 민사준을 나오게 한 것이다.
민사준에게 연락을 취한 후, 사람들의 시선에 잘 미치지 않는 골목길로 들어가 곧장 워프를 했다. 워프를 통해 도착한 곳은 인적이 드문 새마을 중앙연수원의 뒷산이었다. 민사준이 머물고 있는 안가와 그리 멀지 않은 곳이다.
'다행히 사람들이 안 보이는군.'
등산로처럼 보이는 길이 나 있었지만 다행히 사람들이 없어 내가 워프해 온 것을 본 사람은 아무도 없었다. 등산로를 따라 빠르게 달렸다. 다른 이들이 보면 놀랄 만큼 빠른 속도였다. 간간이 등산객이 보이면 속도를 줄이다가 보이지 않으면 다시

속도를 높였다.

　산을 내려와 도로로 들어서자 이곳저곳 가든형 음식점들이 눈에 띄었다. 낮 시간임에도 사람들이 많았다. 꽤나 비싸 보이는 음식점들임에도 사람들이 많이 보이는 것으로 보면 한가한 사람들이 많은 세상이라는 생각이 들었다.

　도로를 따라 내려와 보니 율동공원이라는 팻말이 보였다. 공원 주변을 따라 카페들이 늘어서 있고, 물이 약간은 마른 듯한 호수가 눈에 보였다.

　율동공원은 옛날 저수지 근처를 공원으로 개발한 지역이다. 공원 가운데에 저수지를 호수처럼 만들어놓고, 주변 지역을 산책로와 공원으로 만들어놓은 곳이었다.

　주중이고 약간은 더운 날씨임에도 사람들이 그리 적지는 않았다. 바쁘게 뛰어가며 운동을 하는 사람, 벤치에 앉아 데이트를 하는 사람들이 보였다.

　공원으로 들어오는 입구가 보이는 벤치에 앉아 민사준을 기다렸다. 얼마 있지 않아 민사준이 운동복 차림으로 런닝을 하며 공원으로 들어섰다.

　'역시, 따르는 놈들이 있군.'

　멀리서 민사준을 호위하듯 따라오는 자들이 있었다. 뛰어오는 폼이나 주변을 살피는 모습으로 봐서는 꽤나 단련된 자들임에 분명했다.

　"그냥 지나쳐라. 뒤에 따라오는 자들은 내가 처리하마."

　아무것도 모르고 가까이 다가오려는 민사준에게 텔레파시

를 통해 의지를 전한 후에 자리에서 일어서서 그의 뒤를 따르는 자들이 있는 곳으로 천천히 걸음을 옮겼다.

따라오는 자들은 모두 두 사람이었는데 공원에 산책을 나온 사람으로 아는 듯 아무도 나를 경계하지 않는 것 같았다.

"핏! 핏!

의지만으로 간단히 만들어낼 수 있는 정도였기에 미세할 정도의 작은 힘으로 파티클뷰렛건을 썼다.

털썩! 털썩!

공기 중에 있는 작은 입자들이 탄환처럼 뭉쳐져 그들의 이마에 꽂히는 것을 보고는 뒤로 돌아서자 사람들이 쓰러지는 소리가 들려왔다. 두 사람이 갑자기 길바닥에 눕자 사람들에게서 소란이 일었다. 조금은 더운 날씨 때문인지 사람들이 일사병을 의심한 모양이었다.

"가지!"

쓰러지는 자들을 뒤로하고 민사준의 곁으로 다가가 따라오게 했다. 우리가 향한 방향은 공원 초입이었다. 조금 전 내가 내려온 등산로로 향하려는 것이다.

운동 삼아 나온 길이라 민사준의 복장을 의심하는 이는 거의 없었다. 나 또한 캐주얼한 복장이라 마찬가지였다. 민사준의 걸음에 보조를 맞추어 등산로를 따라 산으로 올라갔다.

등산로를 오르다 조금 길을 벗어나 숲 속으로 향했다. 산으로 깊이 들어갈수록 가끔 꿩이 나타났지만 사람의 그림자는 볼 수가 없었다.

'도심지 근처에 이런 깊은 산이 있다는 것이 놀랍군. 이 정도면 괜찮겠지.'

인근에 사람이 없음을 확인한 나는 멈추어 서서 뒤로 돌았다. 민사준은 멍한 눈이 되어 나를 바라보고 있었다. 사람이 할 짓이 못 되는 것 같아 조금은 께름칙한 마음이 들었다. 하지만 해야 할 일은 해야 했다.

"이쪽으로 와라!"

민사준을 부르자 마치 혼이 없는 사람처럼 나에게 다가왔다.

"약간 고통이 있을지라도 가만히 있도록!"

내 앞에 멈추어 선 민사준의 머리에 손을 얹었다. 의식 속에 있는 봉인을 해제하기 위해서다. 손을 얹고 의식을 집중해 그의 의식에 사이코 매트릭스의 기운을 흘려 넣었다. 신경세포와 뇌세포 하나하나에 걸려 있는 기억의 편린들이 사이코 매트릭스가 들어가려는 것을 방해했지만 전과는 다른 강력한 힘이었기에 모든 것들이 무너지며 길을 내주었다.

민사준의 의식 속에 웅크리고 있는 봉인체는 마치 다이아몬드처럼 생긴 것이다. 검은색을 띠고 있는 마름모꼴의 팔면체가 민사준의 의식 한가운데 있었다. 독립적으로 움직이는 것처럼 다른 기억들과는 전혀 연계되지 않은 채 홀로 떨어져 있는 모습이었다.

사이코 매트릭스의 기운이 검은 물체를 감싸 안았다. 촘촘히 감싸 안은 사이코 매트릭스가 완전히 자리를 잡은 후에 최대한 힘을 가했다.

콰직!

민사준의 의식을 제어하고 있던 봉인체는 요동치다 견디기 힘든 듯 검은색의 면면을 가진 마름모꼴에 실금이 잔뜩 갔다.

후드득!

계속해서 힘을 가하자 잔금들을 중심으로 검은색의 파편이 떨어지기 시작했다. 민사준에게 위험할 수도 있기에 떨어지는 파편 하나하나를 사이코 매트릭스로 감싸 나에게로 끌어들였다. 실체를 가진 것이 아닌 기운의 일종이라 내게로 들어온 기운들은 금세 정화되었다.

'으… 음.'

파편이 떨어지고 난 후, 나타난 것은 수정과 같은 투명한 결정이었다. 검은색으로 덮여 있었을 때와 같은 형태였는데 풍기는 기운은 영 달랐다. 마치 민사준의 영혼을 보는 듯한 착각을 불러일으키고 있었다.

'무슨 소리지?'

수정체로부터 뭔가 알 수 없는 속삭임이 들려왔다. 인간의 귀로는 절대로 들을 수 없는 은밀한 속삭임이었다.

'크으!!'

수정체에서 흘러나오는 소리를 듣고 있자니 머리가 점점 아파왔다. 그러다 어느 순간 들여다보고 있는 내 정신을 흔들릴 정도로 수정체에서는 강력한 힘이 흘러나와 나를 제어하려고 했다.

'깨, 깨버려야겠다.'

소리를 내고 있는 수정체는 마물이었다. 불완전하지만 초월자의 벽을 넘은 나조차 정신이 흔들릴 만큼 수정체에서 전해오는 파장은 너무도 강력했던 것이다.

이제 보니 수정체에서 흘러나오는 파장이 민사준의 의식을 조종한 것이 틀림없어 보였다.

퍽!

머릿속의 아픔을 참지 못해 힘을 주자 아직까지 수정체의 주변을 감싸고 있던 사이코 매트릭스의 힘이 더욱 커져 기이한 소리를 내고 있는 수정체를 한순간에 부숴 버렸다. 산산이 흩어져 사라져 버리는 수정체에서 뭔가 비명 같은 것이 들리는 듯했다.

'휴우, 위험했다.'

수정체가 부서져 사라지자 머릿속에 일고 있던 아픔도 순식간에 자취를 감췄다. 민사준의 머리에서 손을 떼고 지끈거리는 머리 때문에 관자놀이를 매만지며 보니 그의 코와 귀, 그리고 눈에서 약간의 피가 흘러내리고 있었다.

'수정체가 깨진 여파 때문인 것이 틀림없다. 그런데 모습이 영 아니로군.'

피를 흘린 모습이 꼭 귀신같은 형태라 주머니에서 손수건을 꺼내 흘러내린 피를 닦아주었다.

"으, 으으!"

정신적 충격이 컸는지 얼마 후, 민사준이 신음을 흘리며 의식을 차렸다.

"여, 여긴?"

정신을 차린 민사준은 산속에 자신이 와 있다는 사실과 생전 처음 본 것으로 인식하는 나 때문에 놀란 듯 몸을 움츠렸다.

"너의 주인이 바로 나다."

"……."

"아직은 혼미한가 보군."

아직까지 온전히 정신을 차린 모습이 아니었다. 수정체와의 싸움 때문에 민사준을 제압했던 사이코 매트릭스의 기운이 흔들린 것이 틀림없기에 다시금 그의 정신을 제압해야 했다.

"너의 영혼을 지배하는 주인은 언제까지나 나다."

영혼을 제압하는 소리에 한순간이지만 정신을 차렸던 민사준의 눈동자가 다시금 급격히 풀어졌다. 완벽하게 나의 의지에 종속된 것이다.

"네, 주인님!"

"흑룡회는 어떤 조직이고, 그들이 노리는 것이 무엇이냐?"

정신이 제압당한 민사준에게 제일 궁금했던 흑룡회에 대해 물었다. 그들이 어떤 이유로 미우해양조선을 노리는지 알아야 했기 때문이다.

"흑룡회가 조직된 것은 을사늑약이 체결되기 이전입니다. 일본에서 건너온 능력자들과 조선의 권력층들이 합작해 만들어낸 단체로, 그들은 조선의 정계와 재계는 물론, 암흑가까지 완벽하게 제압해 오늘날까지 이어지고 있는 비밀 조직입니다."

일제시대부터 이어지는 조직이라니 놀랍기 그지없었다. 일본이 미국과의 전쟁에서 패망한 것이 언제적 일인데 말이다.

"미군정에서도 그들의 존재를 알아차리지 못했다는 말인가?"

"일본이 패망하고 난 뒤, 일본의 능력자들이 빠져나갔지만 실체를 감추고 미군정에 협조하며 살아남아 지금까지 정계와 재계는 물론, 언론계까지 장악하고 비밀리에 대한민국을 조종해 오고 있는 조직이 바로 흑룡회입니다."

"한마디로 그림자정부라는 이야기란 말이군."

"그렇습니다. 저도 제가 가지고 있는 막대한 자금 운용력 때문에 간부 자리를 차지하고 있지만 저 또한 실체를 정확히 알고 있지는 못합니다. 흑룡회에 들어가는 순간 금제를 당하기 때문이기도 하지만 제가 차지하고 있는 지위는 외단의 성격이 강하니 말입니다."

"그것은 알고 있다. 그나저나 흑룡회에서는 이번 동양창투 건은 어찌할 생각이냐?"

"몇몇 자들이 동양창투를 노리는 것으로 파악되어 경고를 보냈지만 불응하고 있어 흑룡회의 전위 중 하나가 나서기로 했습니다. 저와 같이 외단의 사대천왕 중 하나인 투왕이 이번 일에 나서서 어려운 문제들을 해결하기로 말입니다."

"사대천왕이라니? 자세히 이야기해 보도록!"

거창하게도 사대천왕이라 이름 붙인 전위가 있다는 말에 설명을 하도록 했다.

"전왕과 묵왕, 그리고 투왕과 저 금왕을 일컬어 흑룡회의 사대천왕이라 부릅니다. 흑룡회의 외단을 이루는 전위 조직 중 가장 대표적인 인물들이죠. 흑룡회의 중심에는 사대천왕을 뛰어넘는 무서운 강자들이 있는 걸로 알고 있습니다만 그에 대한 정보는 저로서도 알 수 없는 것입니다."

새로운 정보였다. 그런 전위들을 내세워 대한민국을 암중에 조종한다니 흑룡회라는 조직이 무척이나 흥미로웠다.

"알았다. 넌 지금 즉시 본거지로 돌아가서 내 지시를 기다리고… 아니야, 아무래도 같이 가는 것이 낫겠군. 사대천왕에 대한 이야기도 들어야 할 테고 말이야."

민사준을 돌려보내고 나중에 써먹으려고 하다가 생각을 바꿨다. 민사준이 소유하고 있는 주식들을 다른 사람 명의로 돌려놓도록 해서 동양창투를 인수할 수도 있었다.

하지만 그보다는 흑룡회와 직접 부딪쳐 보고 싶었다. 눈앞의 이익보다는 민사준을 통해 흑룡회의 내부를 들여다보는 편이 앞으로의 싸움을 위해서라도 더 좋을 것 같다는 생각에서였다.

민사준을 앞세우고 산을 내려왔다. 민사준의 수하들은 이미 정신을 차리고 본거지로 돌아가 부산하게 움직이기 시작했다는 보고를 미네르바로부터 받았다.

'저자가 편하게 행동하기 위해서는 투왕이라는 자는 물론

이고 다른 자들도 모두 제압을 해두어야 좋을 것이다.'

민사준을 보호하고 있는 자들 또한 자들을 미리 제압해 놓는 것이 좋았다. 민사준의 행동반경에 여유를 줄 수 있을 뿐만 아니라 나와 같이 일하고 있는 사람들의 안전을 위해서라도 그 편이 위험부담을 줄여줄 것이다.

그리고 이들을 토대로 서서히 흑룡회의 실체에 접근하는 것도 좋은 방법이었다.

"투왕이라는 자는 어디에 있나?"

"지금 서울에 있을 겁니다."

투왕의 소재를 묻는 물음에 민사준이 무표정한 얼굴로 고개를 돌려 대답했다.

"그럼 그자를 네 거처로 부르도록. 이유가 뭐냐고 물어오면 동양창투에 관여하고 있는 자들에 대한 새로운 정보를 얻었다고 말하도록 해라."

"알겠습니다."

민사준을 찾느라 아직 투왕에게 아무런 연락도 취하지 않고 있다는 것을 알기에 민사준에게 핸드폰으로 연락을 하도록 했다. 연락이 되자 예상대로 투왕이라는 자가 질문을 해오는지 민사준은 준비된 답변을 했다.

간단히 통화를 끝내고 산을 내려와 곧장 민사준의 집으로 향했다. 별장형으로 지어진 민사준의 집은 축대식으로 쌓은 높다란 담으로 둘러싸여 있었는데, 길이로 봐서는 꽤나 큰 대지 면적을 가지고 있는 것 같았다.

집 앞에 도착해 인터폰을 누르고 잠시 기다리자 문이 열렸다. 안으로 들어서자 소란스러운 소리가 들리며 사람들이 현관문을 열고 일제히 밖으로 쏟아져 나오고 있었다.

'꽤 많군.'

한눈에 보기에도 나 깍두기입네 하는 모습의 사내들이었다. 숫자도 12명이나 되었다. 내가 쓰러뜨린 자들은 아직까지 정신을 차리지 못한 것인지 모습이 보이지가 않았다.

"사장님!"

깍두기들 앞에 서 있는 자 중 하나가 달려오며 민사준을 맞았다. 민사준의 안위를 살피며 뒤따르는 한철을 아래위로 훑어보는 것이 예사로운 표정이 아니었다.

"웬 놈이냐?"

민사준의 뒤를 따라 들어오는 한철을 바라보던 사나이가 눈을 날카롭게 빛내며 물었다. 수하들이 쓰러지고 민사준의 행방이 묘연해 어찌할 바를 모르고 있었는데 민사준이 갑자기 낯선 한철과 같이 집으로 돌아온 때문이다.

"후후후, 네놈들에게 볼일이 있는 사람."

"볼일? 무슨 볼일이지?"

싸가지없는 말에 비위가 틀렸지만 오랜 세월 암흑가에서 굴러먹던 전력이 있는지라 뾰족한 작은 쇠망치라는 뜻의 별명을 이름처럼 사용하는 마치는 노화를 애써 참으며 한철에게 용무를 물었다.

"그래, 너희들이 내 고객들을 노린다며?"

"고객이라니? 무슨……."

한철의 말을 알아듣지 못하는 듯 눈을 부라리는 마치였다.

"동양창투 건과 관련해서 나도 고객에게 의뢰를 받아서 말이야."

"그럼!!"

"후후후, 그래. 이제야 눈치를 챘나 보군. 내 고객들에게 해코지를 하기 전에 미리 위험을 제거하고 싶어서 말이지. 난 귀찮은 것은 딱 질색이거든."

"으… 음."

황당한 말이었으나 허튼소리를 할 자로는 보이지 않았기에 마치는 신음을 삼켰다.

"우리가 누군지는 알고 있나?"

자신이 흑룡회에 속해 있다는 것을 모르고 있을지도 모른다는 생각이 든 마치는 확인하듯 물었다. 마치가 보기에 한철이 자신과 비슷한 계통의 일을 하는 것으로 보였다. 만약 알았다면 섣불리 뛰어들지 않았을 것이기에 그런 질문을 하게 만든 것이다.

"후후후, 네놈들이 그 되지도 않는 흑룡회에 속해 있다는 것은 이미 알고 있다."

한철이 흑룡회라는 이름을 언급하는 순간, 마치가 잠시 흠칫했다. 흑룡회라는 것을 알면서도 혼자 왔다는 것은 자신감의 표현이다.

'예사 놈이 아니다.'

마치는 어느새 정신을 수습하고 한철을 노려보았다. 흑룡회를 알고 있으면서 이런 자신감을 가진다는 것은 아무나 할 수 없는 일이었다. 어떠한 경우 든 스스로 굽히지 않을 정도로 강한 자만이 가질 수 있는 자신감이었다.

"우리가 흑룡회에 속해 있다는 것을 알고 있다면 얼마나 무서운지도 알고 있겠군. 나 또한 그리 호락호락하지는 않을 것이다. 네놈이 죽을 자리로 찾아왔다는 것을 알려주도록 하마."

아무리 자신이 있어 왔다고는 하지만 자신 또한 그리 녹록하지 않았기에 마치의 눈이 가라앉으며 살기를 뿜기 시작했다.

"흑룡회라고 해도 무서워할 내가 아니지. 일단 의뢰된 내용에 대해서는 어떻게 해서든지 처리를 해야 하니까. 보기보다는 내가 신용이 좀 있는 편이거든."

"우리가 누구인지 알고 왔다면 네놈의 실력이 제법이겠구나."

"어디 가서 맞고 다니지 않을 만큼은 되지."

"으음."

자신의 주변을 감싸고 있는 수하들을 보면서도 아무렇지 않은 듯 말을 하는 한철을 보며 마치는 불길한 예감을 느꼈다. 여유롭게 서 있는 모습은 허세가 아니다. 그리고 알고서도 찾아온 자라면 더 이상 볼 것이 없었다.

마치는 이를 지그시 물며 신음을 내뱉고는 민사준을 옆으로 밀치며 앞으로 나섰다. 그의 행동에 수하들도 옆으로 벌려서며 한철을 포위하기 시작했다.

'어쩌면 오늘, 처음으로 꺾일지도 모르겠구나.'

마치는 알아주는 전국구다. 주먹세계에 있어 그보다 어린 나이에 전국구로 인정받은 자는 없을 정도로 타고난 싸움꾼이다. 싸움에 있어 천재라 불리는 그였지만 한철을 바라보는 그의 눈은 조금씩 흔들렸다.

공격을 준비하다가 살펴보니 허점이 보이지 않는 한철이었다. 마치는 자신도 모르는 사이에 소름이 돋았다. 살기를 돋우며 투기를 끌어올렸지만 한철이 그가 생각한 것 이상의 실력자라는 것을 몸이 본능적으로 느끼고 있었던 것이다.

'이대로 가다가는……'

조급해지는 마음을 다잡아보려고 노력했지만 모두 다 헛된 것이었다.

'내가 진다고 해도 상관은 없다. 저놈은 그로 인해 죽음보다 더한 고통의 수렁 속으로 빠져들 테니까.'

잠시 흔들리던 마치는 걱정을 털어버렸다. 어차피 걱정을 해야 소용이 없었다.

오히려 자신의 실력을 다 발휘하지도 못할 것이기에 조급증을 풀었던 것이다. 자신은 비록 한철에게 패하기는 하겠지만 그에 대한 복수는 조직에서 해줄 것이기 때문이다.

오랫동안 흑룡회에 대적해 왔던 자들 중에는 강자들이 많았다. 그러나 그들 대부분이 흑룡회에 흡수되거나 제거되었다. 흑룡회를 상대로 대적해 온 자가 나타났던 것도 5년 전의 일이었다. 그자 또한 상당히 강한 축에 속했지만 흑룡회에 의해 결국 제거됐다.

마치가 불안해한 것은 자신이 눈앞에 있는 한철이 흑룡회에 쓰러지기 전에 입을 피해였다. 막상 기세를 정면으로 한철을 마주 보며 서니 조금 전의 느낌과는 달랐던 것이다.

여유로운 표정과 아무렇지 않게 서 있는 것 같지만 빈틈없는 자세였다. 언제 어디서나 공격은 물론 적절히 방어할 수 있는 자세였다. 그런 한철을 보며 자신들은 상대가 안 된다는 것을 오랜 경험을 통해 본능적으로 느끼고 있었기 때문이다.

5년 전의 흑룡회에 대적하던 자를 제거하기 위해 흑룡회의 전위 조직들은 많은 피해를 입었다. 오늘도 그런 피해를 입을지도 모른다는 생각에 불안했던 것이다.

"기다리기 지루하니 이제 시작하지. 얼마 있지 않아 손님이 올 것 같으니 말이야.

"……."

누가 온다는 것인지 마치로서는 알 수 없는 말이었다.

"투왕이라는 자가 올 테니 빨리 끝내자고."

"투, 투왕께서 오신다는 말이냐?"

"……."

투왕이 온다는 소리에 마치는 물론 다른 자들도 놀랐다.

"후후후, 한 1시간 후면 올 거다. 내가 이곳으로 불렀지."

"미친놈!!"

욕을 내뱉기는 했지만 마치는 마음이 놓이고 있었다. 투왕이라면 지금 일어나고 있는 모든 일을 한번에 해결할 것이기 때문이다.

한꺼번에 일을 처리하기 위해 투왕을 부른 것 같지만 마치는 자신이 마주하고 있는 한철이 실수한 것이라고 생각했다. 싸움의 왕이라 불리는 투왕은 자신들 모두가 달려들어도 어쩔 수 없는 공포의 존재였던 것이다.

'될지는 모르겠지만 1시간만 버티면 되겠군.'

어떻게 해서든지 버티면 되었다. 그 이후의 일은 투왕이 처리해 줄 것이다.

"타앗!!"

투왕이 오기 전까지 버티면 된다는 생각에 마치는 주먹을 불끈 쥐고는 한철을 향해 신형을 움직였다.

마치란 자, 상당히 단련된 자다. 움직이는 모습을 보니 뒷골목에서 흔하게 볼 수 있는 솜씨는 아니다. 기합과 함께 달려드는 자세 속에 여러 가지 무예의 동작이 숨어 있는 것이 보였다.

주먹으로 내질러 오던 손이 어느새 변해 뾰족한 송곳같이 가슴을 노리고 있다. 자신의 힘을 한 점으로 집중하는 것이 강한 일격이 담겨 있는 한 수다.

맞는 순간 타격된 부위를 단번에 뚫을 만큼 강한 힘을 가진 일격이다. 심장에 맞는다면 그대로 즉사, 그렇지 않다고 해도 뼈를 부숴 버릴 수 있는 힘이 느껴졌다.

사사삭!

옆으로 비껴내며 손을 쳐내고는 등 뒤로 돌았다. 데블나이트의 공간 이동 기술인 로테이트크루즈가 저절로 펼쳐졌다. 신형을 돌리는 순간 마치란 자의 눈이 돌아갔다.

감각이 있다는 증거다. 타고난 무재답게 내가 자신의 뒤를 도는 것을 눈치 채고는 상체를 숙여 지표면과 평행선을 그리며 다리로 공격을 해 들어왔다.

휘익!

신형을 공중으로 띄우며 그의 다리를 밟고 뒤를 받치려는 자들을 향해 덮쳐들었다.

퍼! 퍽!

날아올라 가위치기로 뒤에 있는 자들의 울대를 찍듯이 후려쳤다.

"컥!"

"큭!"

답답한 비명이 채 가시기도 전에 쓰러지는 자들을 뒤로하고 다시 신형을 움직였다.

파파팟!

시퍼렇게 날이 선 회칼을 들고 달려드는 세 사람을 스치듯 지나가며 그들의 가슴을 향해 주먹을 날렸다.

퍼퍼퍽!

"끄윽!"

"억!"

"우욱!"

숨이 일순 끊어지는 듯한 비명과 함께 바람에 이는 낙엽처럼 세 사람이 무너지듯 쓰러졌다. 무기를 쓰려 했기에 조금은 힘을 더 쓴 터라 최소한 한 달은 누워 있어야 그나마 거동이 가능할 정도의 중상이다.

남은 자들은 이제 여덟 명. 빠른 시간 안에 제압하고 얼마 있지 않아 도착할 투왕이라는 자를 기다려야 했다.

"파티클뷰렛!"

하이드마나포스를 이용한 기술이지만 이번에는 하이드내츄럴포스를 썼다. 흰색의 탄환들이 자연스럽게 생겨나며 남아 있는 자들을 향해 쏘아졌다.

피피피피피피핏!

"피해!!"

어른 주먹만 한 크기의 탄환이 허공중에 생겨나 자신들의 향해 날아오자 마치의 외침이 채 끝나기도 전에 장내에 있던 자들이 비산하듯 자리를 피했다.

하지만 파티클뷰렛건은 피한다고 해서 피할 수 있는 성질의 것이 아니다. 각각의 탄환에는 의지가 담겨 있기 때문이다. 의지가 이끄는 대로 푸른색의 뷰렛들이 적을 따라가 타격할 터였다.

퍼퍼퍽! 퍼퍼퍼퍽!

"크악!"

"으아악! 으악!······."

연이어지는 비명 소리를 뒤로하고 신형을 돌렸다. 처음 상대했던 마치란 자가 눈을 크게 뜨고는 나를 바라보고 있었다.

"이제 너만 남은 모양이군. 그럼 슬슬 시작해 볼까?"

"너, 넌 누구냐?"

마치란 자가 떨고 있다. 공포에 떠는 것은 아닌 것 같았다. 아마도 내가 사용한 파티클뷰렛건 때문인 것 같다. 경악을 두 눈에 담고 있는 것을 보니 마치라는 자는 분명 능력자에 대해 알고 있는 것이 틀림없었다.

어느새 두 손을 내리고 멍하니 나를 바라보고 있는 것이 저항을 포기한 듯했다.

"그럼 우리 진지하게 이야기를 나누어보기로 할까? 넌 현관문을 열도록 해."

명령을 내리자 민사준이 앞장서 현관으로 가 문을 열었다. 순순히 명령을 따라 현관문을 여는 것을 보고 저항을 포기한 마치란 자가 인상을 찡그렸다.

자신이 믿고 따르던 사람이 마치 수하처럼 나를 따르는 것이 이상했던 모양이다.

죽이지 않았기에 정원에 널브러진 자들을 그냥 두기가 뭐해 안으로 데리고 들어가야 했다. 모두 쓰러져 있어 할 수 없이 하이드마나포스를 이용해 내 앞에서 떨고 있는 마치와 쓰러진 자들을 한꺼번에 속박했다.

<u>스스스스!</u>

하이드마나포스를 유형화시켜 들어 올리자 쓰러진 자들이 움직임을 멈춘 채 허공으로 떠올랐다.

"네 몸을 속박한 것은 쉽게 끊어낼 수 없는 것이니까 허튼수작할 생각은 하지 말고 너도 따라 들어와라."

"크… 으."

모든 것을 포기한 듯 마치란 자가 터덜터덜 걸음을 옮겼다. 눈빛이 쉴 새 없이 돌아가는 것이 아마도 얼마 안 있어 도착할 투왕이라는 자를 생각하는 것이 분명해 보였다.

'호오! 대단한걸.'

마치란 자와 수하들을 제압하고 들어온 집 안은 궁전이나 다름없었다. 대한민국의 1%라는 자들도 이렇게 살 수 없지 싶다.

금박을 입힌 것인지, 아니다. 미네르바의 설명으로는 진짜 18K라고 한다. 금으로 만든 집기들이 군데군데 눈에 띄고, 마호가니나 티크 목으로 만들어진 원목 가구가 집 안에 널려 있다.

몇억대를 호가하는 미술품들이 벽을 장식하고 있었고, 소소한 소품들까지 모두 명품들로 치장된 것이 물과 전기를 빼고는 우리나라에서 만들어진 것이 없을 정도였다.

"제법 취미가 고상한 모양이로군."

"특별한 손님들을 위한 곳이라 그렇습니다."

비꼬는 내 말에 민사준이 공손히 대답했다.

"특별한 손님?"

민사준이 평소에 사용하지 않는 것이 분명했다. 그가 말한 특별한 손님이 궁금하지 않을 수 없다.

"저도 잘은 모릅니다. 이곳에 머물 수 있는 사람들은 회에서도 귀빈으로 대우하는 외국인이라는 것 외에는 말입니다. 얼마 전 머물기로 한 사람들이 사정이 있어서 바로 돌아갔는지라 제가 위험하다고 판단해 회에서 이리로 저를 피신시켰습니다."

"그럼, 오래 머물지는 못하겠군."

"별도의 안가를 마련할 때까지만 이곳에 머물 예정이었습니다."

"좋아, 그럼 투왕이라는 존재에 대해서 말해봐. 얼마 전에 말한 사대천왕이라는 존재들에 대해서도."

투왕이라는 자가 이곳에 오기까지는 시간이 조금 있었다. 이곳에 있는 자들을 처리해야 했기에 자세히 묻지 못했던 사대천왕에 대해 민사준에게 물었다.

"아시고 계시겠지만 저는 금왕이라 불리고 있습니다. 지하 금융계에 뿌려진 자금을 굴리는 일을 맡고 있습니다."

"넌 됐고, 다른 자들에 대해서 말해봐."

"알겠습니다. 그러니까 전왕은……."

마치는 고분고분하게 대답을 하는 민사준을 보며 지금 자신이 보고 있는 것이 진정 사실인지 의심이 들었다. 잔혹자라 불리며 지하 금융계의 제왕이라 불리는 이가 바로 민사준이다. 마치가 알기로 혀를 깨물고 죽을지언정 흑룡회의 비밀을 어떻게 해서든지 지킬 자가 바로 민사준이다.

그가 어떤 성정을 가지고 있는지는 마치가 누구보다도 잘 알고 있었다. 그것은 마치가 금왕이 되기 전 민사준이 얼마나 독종인지 알 수 있었던 사건을 직접 보았기 때문이다.

민사준이 선대의 금왕을 보좌하고 있을 무렵, 사채업자들과의 싸움에서 10번이 넘게 칼에 찔려 거의 죽음 직전까지 갔었다.

민사준이 굴리고 있는 자금과 금왕이라는 존재에 대해 알기 위해 사채업자들이 민사준을 납치한 후 고문을 했었던 것이다. 그러나 민사준은 흑룡회에 대해서는 입 하나 벙긋하지 않고 오히려 웃음을 흘렸던 사람이다.

'어떻게 했기에……'

민사준의 입에서 사대천왕에 대한 정보가 풍선에서 바람이 빠지듯 술술 새어 나오고 있었다. 전왕이 수도권의 방위를 책임지고 있는 수방사의 사령관이라는 것은 그저 약과였다.

묵왕이 해외 암흑 조직의 연결 고리라는 것, 그리고 투왕이 국내 암흑 조직을 다스리는 자라는 것 등 하나같이 흑룡회에서도 극비로 다루어지는 것들을 하나도 빠짐없이 이야기하고 있었던 것이다.

민사준의 이야기 속에 나오는 정보 중 자신도 알지 못하는 것이 상당수 있었기에 마치는 놀라운 눈으로 한철을 바라봐야만 했다.
 '정, 정말이지 믿을 수가 없는 일이다. 사대천왕의 위에 오른 자는 절대로 회를 배신할 수 없는 금제가 걸려 있다고 했는데… 어째서… 아니, 어쩌면!'
 보고를 마치고 공손히 다음 질문을 기다리는 민사준을 보며 마치는 자신이 꿈에서도 생각하기 싫어하는 한 가지 사실을 떠올릴 수 있었다. 그것은 그가 지난날 겪었던 기억의 한자락이었다.

 흑룡회의 전위 조직을 총괄하는 사대천왕에게는 그 누구도 알 수 없는 특별한 금제가 걸려 있다. 흑룡회의 비밀을 말하는 순간, 인간으로서는 견딜 수 없는 참혹한 고통을 겪으며 죽어간다는 사실을 떠올린 것이다.
 처음 흑룡회에 들어와 투왕의 휘하에 든 후, 마치는 비밀을 토설한 자가 어떻게 죽는지 똑똑히 본 적이 있었다. 바로 전대 투왕이 어쩔 수 없이 회의 비밀을 말하려고 하는 순간, 끔찍하게 죽어가는 것을 직접 보았던 것이다.
 지난날 강남을 양분해 장악하고 있는 세력 간의 다툼을 중재하기 위해 전대 투왕이 나설 무렵이었다. 흑룡회에 들어온 지 얼마 되지 않았던 마치는 경험을 쌓기 위해 전대 투왕을 수행하는 일을 맡았었다.
 조직의 율법에 따라 흑룡회의 휘하에 들려 하지 않는 자들을 제거하기 위해 움직인 전대 투왕을 따라나섰던 마치는 민을 수 없게도 전대 투왕이 누군가에게 힘없이 제압당하는 것을 보아야만 했다. 정녕 인간으로 보이지 않는 자에게 전대 투왕이 손 한 번 제대로 써보지 못하고 제압을 당했던 것이다.

그때도 조금 전 자신의 수하들을 쓰러뜨렸던 것과 같은 일이 일어났다. 투왕을 상대했던 적은 한철과 같이 기이한 능력을 사용했던 것이다.

손에서 푸른빛이 번쩍이는 것과 동시에 전대 투왕은 그야말로 바람에 날리는 종이처럼 힘없이 나동그라졌었다. 주먹으로 친 것도 아니고, 그저 빛 같은 것이 번쩍였을 뿐이었는데 반격조차 할 수 없을 만큼 무기력하게 제압을 당했었다.

투왕을 쓰러뜨리고 난 뒤 적은 희한한 방법으로 입을 열게 만들었다. 전대 투왕을 제압하고는 머리에 손을 얹는 것만으로 자물쇠나 다름없는 입을 열었던 것이다.

그렇게 뭔가에 홀린 듯 전대 투왕은 자신의 신상에 대해 털어놓았다. 그리고 마지막에 흑룡회의 비밀에 대해 털어놓으라는 상대의 명령에 따라 비밀을 말하려는 순간 이상한 일이 벌어졌다. 갑자기 전대 투왕의 고통스러운 표정을 지으며 전신을 떨기 시작했던 것이다.

오랜 세월 무예로 다져져 강철 같았던 근육이 뒤틀리고, 손을 대지도 않았는데 뼈가 꺾어지며 살갗을 뚫고 나왔다. 피를 철철 흘리며 살갗을 빠져나오는 피 묻은 뼈의 모습은 공포, 그 자체였다.

그렇게 공포와 고통으로 인해 검은자위는 하나도 없이 흰색의 눈동자만 보이는 눈으로 한 마리 눌러붙은 파리처럼 무기력하게 죽어가던 투왕의 모습이 아직도 눈에 선한 마치였다.

투왕을 간단하게 제압하고 무심한 눈길로 투왕의 죽어가는 모습을 지켜보던 그의 눈동자는 아직도 마치의 가슴에 앙금으로 남아 있었다. 허무한 듯 허허로운 그의 눈동자는 마치가 알고 있는 것, 그 이상을 담고 있었던 것이다.

당시 공포에 미칠 지경이었지만 마치는 자신이 보고 겪은 것을 상부에 보고했었다. 그런 자신의 보고를 토대로 전대 투왕을 제압한 후 강제로 정보를 캐내려던 자를 찾아 제거했다는 소리를 들었다.

하지만 마치는 그 후로도 몇 년 동안 그 일로 인해 공포라는 심적 고통을 겪어야 했다. 마지막으로 보았던 무심한 눈동자가 언제나 그의 곁을 따라다녔던 것이다.

그때와 자신이 보았던 적과 같은 한철의 눈동자를 보고 나서부터 마치는 갑자기 무서워졌다. 한철의 모습에서 전대 투왕을 무심히 바라보던 자의 그림자를 보았던 것이다.

'그, 그때 그자보다도 더 강하다. 어쩌면 전대의 투왕처럼 이번 대의 투왕도 저자에게 당할지 모른다.'

이곳에서 민사준을 보호하고 있던 자들은 투왕이 거느린 조직 중 가장 강하다고 알려진 조직이다. 마치만 해도 차기 투왕을 노려볼 정도로 실력이 녹록지 않았다.

마치를 비롯해 민사준을 지키는 호위대 전부와 싸운다면 아무리 투왕이라도 중상을 각오해야만 가능했다.

하지만 한철은 자신을 비롯한 12명의 전투조를 불과 숨 한 번 쉴 사이에 제압한 사람이다. 그런 일은 투왕으로서도 절대 불가능한 일이다.

마치는 한철이 투왕을 이곳으로 부른 이유를 알았다. 절대적인 자신감 때문이다. 마치는 투왕이 한철에게 패배하리라는 것을 확신할 수 있었다.

정신없이 돌아가는 사람의 머릿속을 읽어낸다는 것은 매우 힘든 일이다. 미네르바라면 몰라도 온전하지 않은 상태로 3단계 차폐를 푼 지 얼마 되지 않은 나로서는 여간 어려운 일이 아닐 수 없다. 나의 의지로 속박을 당해 옆에 앉아 있는 녀석의 생각을 읽는 것도 마찬가지다.

하지만 집중한 결과, 어렵기는 했지만 마치란 녀석의 의식을 읽을 수 있었다. 그의 의식은 매우 단순했기 때문이다.

나이는 스물다섯밖에 안 됐는데 싸우는 것밖에 모르는 녀석이다. 어려서부터 뒷골목을 전전해 폭력 전과만 자그마치 5범이 넘는 단순한 녀석이다.

내 옆에 앉아 있는 마치란 녀석에게 흥미를 가지고 의식을 읽은 것은 이유가 있었다. 투왕이라는 자를 기다리며 민사준에게 사대천왕에 대해 듣고 있다가 전해진 미네르바의 전언 때문이다.

전대 투왕이 누군가에 의해 당했다는 것과 그 누군가가 바로 내 아버지라는 것이 흥미를 당긴 것이다.

미네르바의 전언을 듣는 것과 동시에 의식을 집중해 녀석의 의식을 살폈다. 전대의 투왕을 제압하는 강력한 힘과 제압당한 후 흑룡회의 비밀을 말하려는 순간 봉인의 힘에 의해 처절히 죽어가는 모습들이 눈에 그려졌다.

틀림없는 아버지였다. 내가 보아왔던 것과는 전혀 다른 모습이다. 아버지의 모습이 낯설기는 했지만 녀석의 의식을 더욱 파고들었다. 흑룡회와 아버지가 직접적으로 맞부딪쳤던 상황이라면 예사로 볼일이 아니었기 때문이다.

대한민국을 암중에 장악하고 있다는 흑룡회와 아멘도스가 어쩌면 밀접한 상관이 있을 것이 분명했다.

마지막으로 옆에 있는 녀석의 뇌리에 스치던 생각은 가슴마저 뛰게 했다. 흑룡회가 아버지의 죽음과 관련됐다는 결정적인 단서를 찾은 것이다.

옆에 있는 아버지를 제거했다는 소식을 흑룡회로부터 들었다면 누가 아버지의 죽음과 얽혀 있는지 밝혀낼 수 있을 것이기에 지금 이곳으로 오고 있는 투왕이 무척이나 기다려졌다.

* * *

부우우웅!

수서에서 분당으로 들어오는 고속화 도로 위를 검은색 세단이 빠르게 달리고 있다. 6기통 엔진에서 뿜어져 나오는 강력한 힘이 제한속도를 넘게 만들었다.

빠른 속도로 달리고 있는 차 안에는 지금 검은색 선글라스를 낀 사나이가 CD에서 흘러나오는 음악을 들으며 깊은 생각에 잠겨 있다.

클래식 음악을 듣고 있는 사나이는 흑룡회에서 국내 암흑 조직을 배후에서 조종하는 역할을 담당하고 있어 투왕이라 불리는 최승후(崔承候)라는 자였다.

"멀었나?"

최승후의 입에서 나지막한 음성이 들리자 운전을 하고 있던 자가 음악 소리를 줄였다.

"이제 25분 후면 도착할 겁니다."

운전석으로부터 조심스러운 대답이 흘러나왔다.

"알았다. 음악 소리 좀 더 키워라."

"알겠습니다."

수하의 말을 들은 최승후는 음악 소리를 더 키우도록 한 후 등받이에 몸을 눕혔다.

흑룡회에서 심혈을 기울이고 있는 사업에 방해되는 자들을 압박하기 위해 몇몇 조직의 보스들을 만나고 오는 길이다. 오랜만의 만남이라 사업권과 관할 지역에 대한 논의가 있어 조금은 피곤했던 그는 잠시 그렇게 휴식을 취했다.

'핸드폰 통화만으로 용무를 끝내고 말았을 텐데. 이상하군.'

잠시 쉬던 투왕은 핸드폰을 통해 들려온 금왕의 말을 생각하다가 갑자기 이상한 생각이 들었다. 평상시와는 어딘지 달랐던 것이다.

민사준은 자신을 무척이나 꺼려했다. 사업상 겹치는 부분이 많아서이기도 했지만 금왕에 오르기 전, 자신에게 죽도록 두들겨 맞은 기억 때문이다.

그런 기억 때문에 공식적인 자리 이외에는 마주치기를 꺼려했고, 용무가 있어도 전화상으로 자신의 볼일을 다 보는 터라 민사준이 자신을 오라고 한 것에 의문을 느낀 것이다.

'후후후, 다급한 마음이 들었을 수도 있겠지. 오랜만에 녀석의 사색이 된 얼굴을 볼 수 있을 것 같군.'

최승후는 동양창투를 누가 인수하려는지 모르지만 민사준의 입장으로서는 다급했을 것이라 생각했다. 동양창투를 통해 미우해양조선의 지배권을 행사하는 것은 회에서 심혈을 기울이는 일이었기 때문이다.

이번에 떨거지들이 달라붙어 자신의 도움이 없다면 동양창투에 대한 지배권을 상실할 수도 있기에 꽤나 목줄이 탔을 것이라 생각한 최승후는 안가에 도착하기만을 기다렸다.

분당과 수서를 가로지르는 고속화 도로를 나선 후 분당에 들어서고 20분 정도가 지나자 안가의 모습이 보였다.

"다 왔습니다."

"누가 금왕을 보호하고 있지?"

도착을 알리는 보고에 최승후는 민사준을 보호하고 있는 자들에 대해 물었다.

"마치에게 맡겨두었습니다."

"으음, 그 녀석이라면 별 탈은 없겠군. 들어가자."

"예."

스위치를 누르자 큰 대문이 자동으로 열렸다. 대문을 통해 안가로 들어선 최승후는 수하이자 보디가드인 장인덕이 열어주는 차에서 집으로 향했다.

"인덕아! 몸을 풀 준비를 해야겠다."

"……."

최승후가 집 안으로 들어선 후 표정을 굳히며 싸늘한 어조로 말하자 장인덕의 몸이 흠칫 떨렸다. 자신에게 그렇게 말을 했다는 뜻은 안가에 사고가 발생했다는 뜻이었기 때문이다.

'아무도 안 나오는군. 틀림없이 일이 벌어졌다.'

그러고 보니 문이 열리고 난 후에도 마중을 나와야 할 마치가 보이지 않았다. 그렇다는 것은 마치를 비롯한 안에 있던 수하들을 누군가 제압하고 안가를 점령하고 있다는 뜻이었기에 장인덕은 앞으로의 싸움을 위해 천천히 호흡을 가다듬었다.

스르릉!

투왕의 경고가 끝나기 무섭게 상황을 판단한 장인덕의 손에 검신의 길이가 50센티미터 되는 검 두 자루가 잡혔다. 맑은 금속성을 내며 그의 손에 잡힌 푸른빛을 발하는 검신은 무척이나 날카로워 보였다.

전대 투왕의 변고 이후 투왕을 호위하게 된 장인덕은 쌍검

술의 달인이다. 흑룡회의 본부에서 파견한 자로, 투왕이 이끄는 조직원 중에서 무력이 가장 높다고 알려져 있는 자답게 살벌한 살기를 흘리기 시작했다.

"후후후, 오랜만에 재미있는 일이 벌어질지도 모르겠구나."

"제가 문을 열겠습니다."

최승후가 싸늘한 미소를 흘리며 발걸음을 옮기자 장인덕은 조심스럽게 현관문을 열었다. 기파를 흘려 점검해 본 결과 다행스럽게 문 뒤에서 암습을 하려고 기다리는 자는 없었기 때문이다.

"들어가십시오."

"후후후."

투왕은 미소를 지으며 장인덕이 열어주는 문을 열고 집 안으로 들어섰다.

'강했던 모양이로군.'

집 안으로 들어선 후 투왕은 흥미로운 광경을 볼 수 있었다. 언젠가 한 번 본 적이 있는 마치란 자는 응접실에 두 무릎을 꿇고 바닥에 앉아 있었고, 민사준은 소파에 앉은 앳된 청년을 향해 공손하게 서서 차분한 어조로 뭔가를 설명하고 있었다.

생경한 광경에 투왕은 앞으로 나서며 유한철이 있는 곳으로 다가가다 흠칫하지 않을 수 없었다. 민사준이 흑룡회의 전위 조직인 사대천왕에 대해 이름도 모르는 청년에게 이야기를 하고 있었던 것이다.

'저 새끼가 미쳤나?'

미치지 않고는 할 수 없는 일이다. 아무리 죽음을 각오했다고 하더라도 금제가 주는 고통은 인간이 참아낼 수 있는 것이 아니기 때문이다.

"저자가 바로 투왕이라 불리는 최승후란 자입니다. 전국 암흑가의 90퍼센트 이상이 저자의 손에 쥐어져 있는 실정입니다. 저자는……."

투왕이라는 자가 들어오는 것을 알고 있었지만 민사준은 그의 등장을 상관하지 않았고 계속해서 이야기를 이어나갔다. 투왕인 자신에 대한 설명이었다.

"그만 하지 못해! 네놈이 죽으려고 환장을 했구나."

자신을 무시하며 말을 이어나가는 민사준을 보며 최승후가 불같이 화를 냈다.

자신에 대한 이야기라는 것을 알았던지 불같이 노하는 모습이 마치 성난 호랑이 같다. 뿜어지는 기세에 실린 힘이 마치란 자를 가뿐히 상회하고도 남았다.

뿜어져 나오는 기세가 무척이나 사나운 것을 보면 민사준의 말대로 한가락, 아니, 전국구 중 최강자라는 말이 틀림없었다.

"기다리는 자가 왔으니. 이제 그만."

"알겠습니다."

민사준이 공손히 물러서는 것을 보고 자리에서 일어났다. 손님을 앉은 채로 맞을 수는 없는 일이기 때문이다.

사람을 죽일 듯한 눈빛이다. 남의 안가에 들어와 주인 행세를 하는 것을 보니 속에서 열불이 난 것 같았다.

"투왕이라고 했는데, 맞나?"

"으… 음."

역시, 투왕이라는 명호답게 이곳에 있는 자중 기감이 제일 발달한 자였다. 내게서 흘러나오고 있는 기세를 조금은 느꼈는지 그의 입에서 나직한 신음이 흘러나왔다.

"투왕이냐고 물었다."

"내가 바로 투왕이다."

민사준이 하는 행동이 믿을 수 없다는 듯 고개를 흔들던 투왕은 나를 노려보며 자신을 확인해 주었다.

"기다린 보람이 있군."

"금왕이 흑룡회의 비밀을 아무렇지 않게 흘리다니, 믿을 수가 없는 일이로군. 어떻게 한 건가?"

최승후에게는 무엇보다 중요했기에 자신도 모르는 사이에 나에게 물었다.

"후후후, 장사 밑천이라서 말이야."

"꽤나 시건방진 자로군. 하지만 네놈은 실수한 거다."

어차피 뻔한 대답이었지만 최승후는 살심이 치솟았는지 눈빛이 차가워졌다.

"실수?"

"나란 존재가 그저 세상에 알려진 것과는 다른 사람이라는 것을 몰랐다는 것이지."

"후후후, 알지는 못하지. 하지만 좀 두들겨 패다 보면 알 수도 있지 않을까?"

"이 자식이!!"

팟!

투왕을 안중에도 두지 않는 내 말에 뒤에 있던 자가 신형을 날려 나에게 돌진했다. 전등불에 비치는 새하얀 섬광이 그의 손에서 반짝였다. 아마도 그다지 길지 않은 중검류를 가지고 있는 것이 분명했다.

휘이익!

상당히 빠른 자다. 나와의 사이에는 약 2미터 정도의 거리가 떨어져 있었는데 바로 치고 들어와 양손을 휘두른다. 날카로운 기세가 담긴 검날이 배 부분을 훑고 지나갔다.

하지만 나는 이미 그의 검격의 범위에서 주먹 하나의 거리만 남겨놓고 뒤로 물러나 있었기에 그가 휘두른 검은 헛되이 허공을 가르고 말았다.

회심의 일격이 실패한 것이 놀라웠는지 흠칫했지만 연이어지는 공격은 예사로 볼 게 아니다. 어느새 검을 회수하고는 배나 빠른 속도로 오른손은 검을 역수로 돌리며 베어오고, 왼손에 들린 검으로는 은밀히 찔러온다.

지이익! 틱!

공격해 온 검격들이 배리어에 차단당했다.

"어!!"

의아해하는 그의 얼굴에 주먹을 꽂아줬다.

퍽!

"크윽!"

묵직한 비명 소리와 함께 그대로 그의 신형이 바닥으로 무너졌다. 아마도 내 주먹이 해머 같았을 터였다.

"이이이!"

픽!

일어서려는 그의 얼굴을 향해 발을 냅다 날렸다. 그의 고개가 뒤로 치켜지며 뒤를 향해 몸 전체가 넘어졌다.

우당탕!

응접 탁자 위에 몸이 떨어진 탓인지 꽤 큰 소음이 일었다.

"크으으윽!"

일어서려고 발버둥을 치고는 있지만 더 이상 일어나지 못할 터였다. 내가 가지고 있는 힘의 크기를 모르기에 처음에는 살살 쳤지만 이번에는 제법 힘을 실었던 것이다.

"꽤 하는군."

투왕은 한철이 보인 몸놀림에서 예사로운 상대가 아니라는 것을 느꼈다. 회피하려는 장인덕을 정통으로 맞혔을 뿐만 아니라, 단 두 방에 항거불능으로 만들어놨으니 실력은 알아줄 만한 상대라고 생각한 것이다.

거기다 두 번째 공격에서 검이 몸에 닿기도 전에 튕겨 나가는 것을 보면서 한철이 상당한 능력자임을 인식한 터였다.

"너도 꽤 할 것 같은데 한판 붙어볼까?"

치고 들어올 것을 예상해 준비하고 있었던 한철은 움직이지 않고 있는 투왕을 자극했다.

"좋지."

조용한 음색이지만 암암리에 힘을 끌어올리고 있는 모습이 보였다. 제법 강한 힘을 보유하고 있는 듯했다. 최승후의 몸에 휘돌고 있는 힘의 크기가 처음 볼 때와는 달리 무척이나 커져 있었던 것이다.

한철은 흥미를 느꼈다. 투왕의 몸에서 강력한 슈퍼내츄럴포스를 느꼈던 것이다. 자신이 능력자임을 알았을 텐데도 자신하는 것에는 이유가 있었던 것이다.

내력을 사용하는 무인이 사라진 시대에 저만한 힘을 보유했다는 것이 무척이나 어려운 일이라는 잘 알기에 무척 흥미로웠다. 미네르바를 통해 지구상에 존재하는 무예를 배우기는 했지만 그것이 전부가 아니라는 것을 알 수 있었기 때문이다.

서로 간에 손을 섞어봐야 최승후의 진실된 실력을 알 수 있을 것이기에 한철은 그에게 한 발자국 다가섰다. 한철이 다가서자 최승후는 자신도 모르게 한 발자국 뒤로 물러섰다. 그리고는 자신의 행동에 소스라치게 놀랐다.

'이, 이런!!'

투왕은 지금까지 적을 맞아 한 번도 뒤로 물러나 본 적이 없었다. 투왕의 위에 오르기 전까지도 그랬고, 이후에는 더할 나위가 없었다. 그럼에도 자신이 인식하지 못하는 사이에 뒤로 물러나 있었던 것이다.

'뭐, 뭐지?

맞설 때부터 한철이 흥미로운 표정을 보이자 최승후는 불길함을 느꼈었다. 아무리 강력한 적수라 해도 호승심만 느껴왔던 그로서는 생소한 느낌이었다.

내가 가지고 있는 힘의 본질을 어렴풋이나마 느끼는 것 같았다. 아직은 완전하지 않은 탓에 기운을 감추는 것이 서툴다고는 하지만 그렇다고 쉽게 알 수 있는 것은 아니다.

본능적으로 신형을 뒤로 물리는 것을 보면 기감이 무척이나 발달한 자다. 제법 대단한 힘을 가지고 있고, 이 정도의 감각이라면 천생 무인이라고 할 수밖에 없는 자다. 이자가 흑룡회의 별다른 도움 없이도 국내 암흑 조직을 대부분을 장악하고 막후에서 군림하고 있는 것이 이해가 되었다.

'이자 또한 민사준과 같은 것에 금제당해 있을 것이다.'

투왕이라 불리는 이자 또한 의식을 금제하는 봉인이 되어 있을 것이 분명했기에 서두르기로 했다. 민사준과는 다른 정보를 알고 있을 것이 틀림없기에 그것이 궁금했던 것이다.

'이번에는 그것들을 써봐야겠다.'

무예로 다져진 자 같았기에 미네르바가 전수해 준 각종 무예를 써보기로 했다. 데블나이트의 기술도 좋지만 앞으로 많은 적들을 상대하려면 알고 있는 기술들을 완전히 내 것으로 만들 필요가 있었기 때문이다.

비록 기운을 쓰는 무예들은 아니었지만 나름대로 인간이 가진 육체의 힘을 최대한 발휘할 수 있도록 갈고닦여져 온 터라 데블나이트의 기술을 응용해 기운을 쏟아낼 수 있다면 상당한 위력을 지니게 될 것이기에 시험해 보고 싶었던 것이다.

일단 선공을 하기로 했다. 투왕이라면 내가 시도하는 공격이 어느 정도의 수준에 와 있는지 파악하기 쉽기 때문이다.

핏! 파! 파! 팡!

전질보(前疾步)로 신형을 움직여 그의 면전에 다다르자 투왕이라는 자가 본능적으로 피했다. 전질보에 이어 오른발로 공격하려는 찰나 자신의 왼쪽으로 신형을 움직여 타격이 시작되는 점을 역으로 벗어난 것이다.

신형이 벗어나는 것을 느끼며 다리를 띄운 채 움직여 촉각도(觸角刀)를 시전했다. 다리를 채찍 후리듯 방향을 전환시켜 도로 찌르듯 찍어 들어가는 기술이다.

휘익! 파파파팟!

역시나 이번의 공격도 허사였다. 이미 뒤로 신형을 빼 피하고 있었다. 대단한 몸놀림이었다. 내재된 힘을 일 푼도 사용하지는 않았지만 데블나이트의 기술이 가미된 촉각도는 그리 쉽게 피할 수 있는 것이 아니었던 것이다.

미네르바에 의해 활성화된 내 육체는 인간의 한계를 벗어난 것이다. 움직이는 동작의 연속성은 고련된 무인이라 할지라도 피하기 어려운 것임에도 투왕은 단순한 동작으로 피한 것이다.

다음 동작도 마찬가지였다. 피할 것을 예상하고 촉각도에 이어 허공에 몸을 띄워놓은 채 연속해서 비연각(飛燕脚)을 시전했지만 허리를 뒤로 꺾듯이 숙여 피해내 버렸다.

민사준에게 들었던 대로 싸움을 아는 자다. 아니, 타고났다는 표현이 맞을 것이다. 투왕이라는 자는 그가 익힌 무예가 아닌 자신이 타고난 본능대로 신형을 움직여 내가 연속으로 시전한 삼연격의 공격을 모두 피해낸 것이다.

미네르바가 각인시켜 준 여러 가지 무예를 혼용하고 있지만 이 정도로 피해낸다는 것은 정말이지 놀라운 일이었다.

잠시 감탄하는 사이 투왕은 순간의 허점을 노리고 허리를 뒤로 꺾은 후, 튕기듯 젖히며 어깨로 짓쳐들어왔다. 팔꿈치를 돌리듯 회전시키는 것이 일격에 끝을 내려고 하는 것 같았다.

팔꿈치 공격이 시작되기 전에 차단해야 했다. 힘이 폭발하기 위해 연계되는 중간 과정을 끊기 위해 투왕의 어깨를 손바닥으로 쳐내며 신형을 돌렸다. 그리고 이내 그의 목덜미를 향해 수도를 날렸다.

자신의 목을 향해 손날이 들이닥치자 피할 수 없음을 느꼈음인지 투왕은 고개를 숙여 이마를 이용해 내 손날을 받았다.

퍽!

"크윽!!"

묵직한 신음을 흘리며 한 걸음 물러선 그는 나를 노려보며 눈빛을 빛냈다. 노려보는 것과 동시에 그의 자세가 바뀌었다. 조금 전까지는 본능적인 움직임이었다면 이제는 형을 갖춘 무예가의 모습이었다.

타고난 자질로 싸움판을 전전하며 감각을 키운 후에 자신에게 맞는 무예까지 수련한 것이 분명했다. 실전을 통해 자신에게 맞는 무예를 찾아 몸에 배이도록 수련한 자답게 그의 자세는 역시 빈틈이 없었다. 자신의 본능을 무예에 접합시켜 자신만의 것으로 소화해 낸 것이 틀림없었다.

'제법이다. 수련도 좋지만 이제 더 이상의 소란은 곤란하다.'

수련에 도움도 되고 재미는 있지만 빨리 끝내야 할 것 같았다. 더 이상 소란스러워져 봐야 좋을 것도 없고, 투왕이라는 자를 통해 알아낼 것도 있기 때문이다.

두 주먹에 기운을 담았다. 보이지 않겠지만 서늘한 기운이 두 손에 감돌자 투왕이라는 자가 흠칫하는 기색이 역력하다.

두 주먹에 실린 기운은 투왕이 사용하고 있는 하이드내츄럴포스와 같은 종류였다. 투왕과 같은 기운을 사용하려는 것은 그에게 무위의 격차를 실감하게 해줄 피스트스트라이크를 시전하기 위해서다.

피스트스트라이크는 두 주먹에 기운을 실어 예상치 못한 각도에서 연타를 날리는 것이다. 원래 직접적인 타격을 위주로 하지만 주먹에 담긴 기운을 날려 상대를 타격하기도 하는 데 블나이트 상의 기술 중 하나다.

피스트스트라이크는 날아가는 주먹이 관절의 각도를 무시하기에 상대는 막기가 상당히 곤란하다. 순간적인 속도 또한 장난이 아니었기에 집중되는 타격력 또한 만만치 않다.

거기에 더해 지금 쓰고 있는 피스트스트라이크는 기본적인 데블나이트의 기술과는 조금 다른 것이었다. 지구의 무예 중 여러 가지를 접목시켜 놓았기에 주먹은 물론, 손바닥이나 수도로도 시전할 수 있게 된 기술이다.

슈앙!

응접실 내라 움직이기는 좁은 공간이었기에 주먹에 담은 기운을 뿜어 투왕에게 날렸다.

퍽!

투왕이 다리를 움직여 피하려 했지만 그의 어깨에 스쳤다. 그의 본능적인 감각으로도 미처 반응을 하지 못했던 것이다. 투왕이라는 자의 반사 신경을 상회하는 속도였기에 미처 피하지 못하고 일부 얻어맞은 것이다.

"제기랄!! 권풍을 사용할 정도라니!"

중얼거리며 잠시 인상을 찡그린 투왕이 그대로 나에게 달려들었다. 사선으로 들어오는 그의 어깨가 시야에 확연히 들어왔다. 살을 내주고 뼈를 꺾겠다는 의지가 보였다.

하지만 그의 의지는 이미 읽힌 것. 그의 의도대로 맞추어줄 수는 없는 노릇이다.

퍼퍼퍼퍼퍽!!

"크윽!!"

순식간에 여섯 번의 주먹이 투왕에게 작렬했다. 무예가가 한 번을 내뻗기도 힘든 시간에 뻗어진 주먹의 기운이 투왕의 몸에 작렬했다. 나선형으로 꼬아졌다가 펼쳐졌기에 그가 입고 있는 옷들이 반대로 회전하며 그대로 찢겨 나갔다.

단순히 내뻗는 것이 아니라 관절을 돌려 회전하며 들어가는 권투의 특성을 접목시킨 것이라 마치 송곳으로 찌르는 듯한 충격이 갔을 터였다.

퍽!

다리 관절과 어깨, 그리고 가슴과 복부를 맞은 투왕은 비명을 지르며 엎어지듯 바닥에 쓰러졌다.

"크으으!"

신음을 흘리며 일어서려는 투왕이었지만 일어나기가 만만치 않을 터였다. 내가 뿜어낸 하이드내츄럴포스는 자연의 기운을 의지로 뭉쳐 놓은 것이기에 그의 몸속을 파고든 순간부터 그의 신경계를 완전히 장악하고 있었기 때문이다.

"쓸데없이 움직이지 않는 것이 좋아. 지금 몸속을 파고든 기운은 당신이라도 풀어낼 수 있는 것이 아니니까. 그럼 슬슬 당신이 알고 있는 사실들은 알아가 볼까? 후후후."

자신을 속박하고 있는 기운을 느끼며 투왕이 믿을 수 없다는 듯 나를 바라보았다.

하지만 그는 이제 거미줄에 걸린 나비나 다름없다. 친친 동여진 거미줄에서 빠져나갈 수 있는 나비는 없다. 아무리 발버둥쳐도 내 손아귀를 빠져나갈 수는 없을 것이다.

투왕을 구속하고 있는 봉인을 해제하는 것은 그리 어렵지 않았다. 이미 민사준을 통해 한 번 시험해 본 경험이 있었기에 그의 봉인을 해제하는 것은 그야말로 순식간에 끝났다. 검은 봉인체를 해체하고 투명한 수정체가 나타나 전과 같이 알 수 없는 소리가 흘러나왔지만 소리가 흘러나오자마자 부쉬 버렸다.

봉인을 해제한 후, 그의 정신을 제압해 몇 가지 사실을 들을 수 있었다. 묵왕이 모종의 일로 국내에 없다는 것과 사대천왕이라 불리는 이들의 실질적인 수장이 바로 전왕이라 불리는 자라는 것이다.

전왕은 다른 이들과는 달리 스스로 실력을 입증해 흑룡회의 일원으로 받아들여진 것이 아니라 원래부터 속해 있던 자라는 것은 놀라운 사실이었다.

수도방위사령부의 수장이라는 것도 의외였는데 원래부터 흑룡회에서 나왔다는 사실이 뜻밖이었다. 민사준의 설명을 들었을 때는 전왕이 다른 이들처럼 중간에 흑룡회에 받아들여졌다고 생각했었던 것이다.

"전왕이라는 서현준이라는 그자 말이야. 진짜 원래부터 흑룡회 출신인가?"

"그렇습니다. 흑룡회의 실체를 알려준 것도 그였고, 제가 사대천왕의 위에 오를 수 있도록 만들어준 것도 바로 그 사람이었습니다."

"서현준이라는 그자가 바로 흑룡회의 전위를 실질적으로 이끌고 있는 사람이라는 뜻이로군?"

"제가 알기로는 그렇습니다."

"으… 음."

수도방위사령관이라는 직책은 아무나 맡을 수 있는 것이 아니었다. 대대로 정권의 실세가 아니면 맡을 수 없는 자리였다. 수도권을 방위하는 것이 목적인 부대의 수장이라 등을 돌릴 경우 바로 쿠데타로 이어지는 실례를 여러 번 겪어온 탓이기도 했다.
"동양창투에 대한 것은 금왕과 당신이 맡고 있는 것인가?"
"그렇습니다."
"좋아! 그럼 이렇게 하도록……."
 동양창투에 대한 처리에 대해 어떻게 할 것인지 설명을 했다. 흑룡회라는 조직의 실체가 생각보다 거대하다는 생각 때문에 민사준이 가지고 있는 자금과 최승후가 지배하고 있는 조직을 온전히 내가 이용하려는 것이다.
 묵왕이라 불리는 전규석이라는 자는 흑룡회의 중요한 일로 외국에 나가 있어 당분간 돌아오기 힘들다는 사실과 전왕이라는 자는 직책이 직책이니만큼 함부로 움직일 수 없다는 생각에 흑룡회를 한 번 본격적으로 건드려 보기로 한 것이다.
 모든 설명을 마친 후, 집 안에 있는 사람들의 정신을 모두 제압했다. 거기에는 금왕과 투왕이라는 두 사람도 포함됐다. 두 사람의 의식 속에 자리하고 있는 봉인체에서 힌트를 얻은 방법을 사용했다.
 사이코 매트릭스의 힘에 더해 하이드마나포스를 섞어 절대 의지를 구현했다. 그런 의지체를 전에 보았던 봉인체와 비슷한 형태로 사람들의 정신에 심어 넣는 것이다.

이것은 두 사람을 금제했던 것과는 다른 것으로 나에게 친 혈육 이상의 호감을 갖도록 하는 것이었다.

모든 사람의 정신을 제압하고 난 후, 미네르바를 통해 이들을 민석 선배가 있는 곳으로 보내도록 했다.

투왕과 그의 직속 수하들은 싸움꾼으로서 천부적인 자질을 타고난 사람들이었기에 민석 선배가 받는 훈련을 받도록 할 생각이었고, 민사준은 당분간 모습을 감추는 것이 좋을 것 같았기 때문이다.

물론 그전에 민사준이 가지고 있는 통양창투에 대한 주식과 그가 관리하고 있는 흑룡회의 모든 재산에 대해 인계받는 것을 잊지 않았다.

완벽을 기하기 위해 나중에 공증을 받아야 하겠지만 그가 가지고 있는 각종 재산에 대한 것들은 이미 미네르바에 의해 완전히 파악된 상태라 접수하는 데는 그리 오래 걸리는 일도 아니었다.

사람들이 떠난 후, 민사준이 가지고 있던 관계 서류를 찾아 워프를 통해 네르키즈로 보내 미네르바가 직접 보관토록 했다. 그리고 바로 사무실이 있는 옥상으로 워프를 했다.

Chapter 3
미지의 무기 오메가

동북아의 물류 기지로 자리 잡기 위해 개벽이나 다름없는 변화를 보이고 있는 곳이 인천이다. 인천 자유 무역 지대가 바라다보이는 인천항에는 지금 커다란 컨테이너가 내려지고 있었다.

다른 것들과는 달리 이번에 내려지는 컨테이너는 이상하게도 통관절차를 거치지 않았다. 배에서 내려져 곧바로 항구를 빠져나가고 있었던 것이다.

인천항을 빠져나온 트레일러는 경인고속도로를 달리기 시작했다. 컨테이너를 실은 트레일러 앞에는 어느새 검은색 차 한 대가 길을 인도하고 있었다.

트레일러는 경인고속도로를 빠져나와 서울외곽순환도로를

탄 후 곧바로 남양주로 빠졌다. 그린벨트 곳곳에 창고형 건물이 세워져 있는 남양주의 어느 한적한 곳에 이른 트레일러는 컨테이너를 내려놓고 곧바로 돌아갔다.

작업이 끝난 후 트레일러를 인도해 창고까지 같이 온 검은색의 차에서 외국인으로 보이는 사나이 한 명이 내렸다. 짙은 선글라스를 들어 올린 사나이는 자신이 도착한 창고를 유심히 살폈다.

"아직 도착하지 않은 것인가?"

주위를 둘러보며 마중을 나온 이가 아무도 없음을 확인한 사나이는 손목을 들어 시간을 확인했다.

"아직 30분 정도 남았군."

사나이는 아직 약속 시간이 되지 않음을 확인하고는 컨테이너 주변을 서성였다.

부우웅!

잠시 후, 느긋하게 기다리던 사나이는 창고로 오는 길목에서 차가 오는 소리를 들을 수 있었다. 워낙 외진 곳이라 이곳에 올 사람들은 자신과 약속한 자들뿐이었다.

하지만 사나이는 위험이 발생할지도 모른 생각 때문인지 권총을 잡기 위해 오른손을 품속에 넣었다.

차가 창고에 도착하고 차에서는 덩치가 제법인 사나이들이 차문을 열고 일제히 내렸다. 어딘지 모르게 차가운 분위기를 풍기는 자가 천천히 차의 뒤쪽에서 내렸다. 보디가드로 보이는 자들은 차에서 내리는 자를 향해 허리를 90도로 꺾었다.

사나이의 풍채는 무척이나 당당했다. 왼쪽 귀밑머리에서부터 오른쪽 턱까지 길게 이어진 흉터가 그가 쉽지 않은 삶을 살아왔다는 것을 보여주고 있었다.

"오랜만이오."

"나 또한 오랜만이오."

사나이의 말을 받아 인사하는 외국인은 태연했지만 속으로는 조금 떨렸다. CIA의 과학기술부장으로 이번 실험을 위해 직접 한국을 찾은 헨리 앤트는 차에서 내린 사나이를 잘 알고 있었던 것이다.

막강한 권력을 가지고 있지만 절대로 겉으로 드러나지 않는 자였다. 모든 이들이 선망하는 강한 힘과 아울러 그에 못지않은 카리스마로 한국의 그림자정부라는 흑룡회를 이끄는 실세 중 하나인 정문호는 CIA의 간부인 그조차 쉽지 않은 상대였다.

"물건은 컨테이너 안에 있는 것이오?"

"그렇소. 오메가에 대한 사용법은 이미 전달받았을 테니 잘 알 것이라 믿고 물건을 인수하는 대로 나는 가보도록 하겠소. 내가 한국에 있다는 것이 알려지는 것이 그리 좋은 일은 아니니까 말이오."

"알았소. 그러는 편이 피차간에 좋을 테니까."

정문호는 고개를 끄덕이며 대답을 했다. 헨리 앤트가 한국에 와 있다는 것이 알려지면 주목을 받을 것이고, 그것은 그로서도 상당히 곤란해지는 일이었기 때문이다.

정문호의 대답과 동시에 헨리는 컨테이너로 다가갔다. 가지고 온 물건을 정문호에게 확인시켜 주기 위해서다. 컨테이너 문 앞에 선 헨리는 문 앞에 달린 자그마한 인식 장치에 엄지손가락을 댔다.

삐리리! 철컥!

작은 소리가 울려 퍼지고 컨테이너의 잠금장치가 풀렸다. 잠금장치가 풀린 컨테이너의 문이 열리고 안의 정경이 확연히 드러났다. 컨테이너 안에는 검은색 천으로 뒤덮인 상자들이 고정된 채 들어 있었다.

"이번에 가지고 온 것은 한 대지만 이 정도면 그들이 누구든 간에 전멸을 면할 수 없을 거요."

"더 이상 설명을 할 필요가 없으니 이만하면 됐소. 당신은 공항으로 가 이만 한국을 떠나도록 하시오."

"알았소. 그럼 난 이만."

정문호의 말에 헨리 앤트는 물건에 대한 인수인계가 끝났기에 고개를 숙여 보이고는 자신이 타고 온 차를 타고 이내 자리를 떠났다.

부우웅!

"후후후, 오메가라……. 재미있어지겠군."

헨리가 탄 차가 창고를 빠져나가 시야에서 사라지는 것을 바라보는 정문호의 입가에 서늘한 미소가 맺혔다. CIA에서 최신형 무기를 보낸 것이 결코 자신들을 위해서만은 아니라는 것을 잘 알고 있기 때문이다.

"창고를 열고 내용물을 전부 옮겨라."

정문호의 지시에 사나이들이 움직이기 시작했다. 창고를 열고 들어가 안에서 지게차를 몰고 나오더니 컨테이너 안에 들어 있는 것들을 옮기기 시작했다.

창고에 옮겨진 것들은 검은색 상자들이었다. 상자를 옮기고 난 후, 정문호는 그중 가장 커다란 상자 하나를 개봉했다. 상자 안에는 용도를 알 수 없는 부품들이 들어 있었다.

순서를 정해놓은 듯 번호표가 붙은 부품들이 정문호의 손에 의해 하나하나 조립되기 시작했다. 다른 상자들이 개봉되고 조립이 점점 진행될수록 나타나는 실루엣은 놀랍기 그지없는 것이었다. 키가 2미터에 달하는 인간형의 로봇이 완성되어지고 있었던 것이다. 조립을 시작해 완성하는 데 걸린 시간은 거의 2시간이었다.

"후후후!"

완성품을 보고 있는 정문호의 눈에는 흐뭇한 미소가 맺혔다. 보는 것만으로도 위압감을 절로 불러일으키고 있었던 것이다.

중장갑을 착용한 듯 중세의 기사처럼 보이는 몸체를 가진 오메가는 전체적으로 검은빛의 외형에 특성을 알 수 없는 금속으로 만들어져 있었다.

고대 투구를 연상시키는 머리 부분에는 날카로운 창처럼 양쪽으로 뿔이 나 있었고, 검은빛이 감도는 눈 부분은 반월형으로, 짙은 어둠을 보는 듯 섬뜩함이 감돌았다.

CIA에서 미래형 신무기로 개발하고 있는 오메가는 1개 사단에 버금가는 화력을 보유하고 있는 괴물이다. 지금의 기술로 이러한 것이 만들어질 수 있을지 의문인 것이 바로 오메가였다.

알루미늄을 탄환으로 하는 초전도 레일건과 각종 탐지를 위한 전자장비, 그리고 초소형 유도미사일 등 미국의 첨단 무기 체계가 빼곡히 탑재되어 있었다.

또한 초상심리학과 뉴런 체계가 결합된 인공지능 컴퓨터는 능력자들이 사용하는 슈퍼내츄럴파워를 컨트롤해 직접 사용할 수 있는 신무기였다.

오메가의 방어력 또한 우수하기 그지없었다. 열화우라늄으로 만들어진 탄환조차 흠집을 낼 수 없을 정도로 강력한 장갑을 가지고 있을 뿐만 아니라, 자기장을 이용한 강력한 배리어를 생성해 낼 수 있는 것이었기에 직접적인 핵공격 이외에는 거의 타격을 받지 않는 괴물이었다.

흠이라면 아직은 완벽하게 완성되지 않은 것이라는 것이다. 원래 오메가에 탑재되어야 할 자아 인식 컴퓨터가 아직은 완성되고 있지 않은 탓이었다.

하지만 현재 오메가에 탑재된 인공지능 컴퓨터도 만만한 것은 아니었다. 병렬형으로 연결된 컴퓨터는 조종하는 자의 뇌파를 인식해 움직이는 것으로 거의 인간에 가까운 움직임을 보일 수 있었던 것이다.

당초부터 계획되어 오메가에 장착될 자아 인식 컴퓨터가 완성된다면 혼자서 판단하고 스스로 작전을 수행할 수 있는 그야말로 공포의 무기였던 것이다.

"이제는 내가 저놈의 주인임을 인식시키고 가동만 시키면 되는 것인가?"

아직 동력이 들어가지 않았지만 보는 것만으로 오메가가 가진 위력을 짐작할 수 있었던 정문호는 검은색의 동체 앞으로 다가갔다. 자신을 주인으로 인식시키기 위해서다.

오메가의 가슴에는 X자 형태로 띠 같은 것이 둘러져 있었고 X자 가운데는 육각형으로 되어 있는 돌출물이 있었는데, 정문호는 그곳에 손을 얹었다.

육각형으로 된 해치는 인식되어 있는 자만 열 수 있게 된 것으로 정문호는 오메가의 사용자로 이미 등록이 되어 있었다.

지이잉!

육각형의 돌출물이 반으로 갈라지며 열리기 시작했다. 해치 안에서 망막을 시리게 하는 푸르스름한 빛이 새어 나왔다.

해치가 완전히 열리자 정문호는 자신의 손을 그 안으로 집어넣었다. 2단계 인식절차와 아울러 오메가의 1차 동력이라고 할 수 있는 에너지를 건네기 위해서다.

정문호의 손을 통해 건너간 에너지는 슈퍼내츄럴파워였다. 그 또한 능력자로서 자신을 주인으로 인식시키기 위해 자신이 가진 힘을 오메가에게 쏟아 넣고 있었던 것이다.

오메가의 몸이 점차 푸른색으로 덮이기 시작했다. 가슴에서 시작된 푸른빛은 전신으로 치달렸고, 이내 환한 빛으로 오메가를 감쌌다.

정문호는 자신이 가지고 있는 힘을 반도 넘게 잡아먹는 오메가를 보면서 조금은 창백한 안색이 되었다.

"후우! 많이도 잡아먹는군."

에너지의 충전과 동화가 완료되자 정문호는 집어넣었던 손을 꺼냈다.

지이잉!

다시 해치가 닫히고 오메가의 눈 부분에서 붉은 빛이 흘러나왔다. 정문호의 슈퍼내츄럴파워를 통해 기동이 시작된 오메가가 2차 동력원을 가동하기 시작한 것이다.

오메가의 2차 동력원은 핵반응로였다. 고농축 우라늄을 이용한 초소형 핵반응로를 이용해 움직일 수 있는 에너지를 생성해 내는 것이다.

2차 동력이 가동되고 나자 정문호는 오메가를 조종할 수 있는 조종기를 머리에 썼다. 밴드 형태로 되어 있는 조종기는 정문호의 의지에 따라 뇌파를 증폭시키고 그에 따라 오메가를 기동시키는 것이었다.

"눈을 떠라!"

정문호의 음성이 들리고 난 후 오메가의 눈에서 뻗어지는 붉은 빛이 더욱 강렬해졌다.

"오오!!"

정문호의 입에서 감탄성이 터져 나왔다. 오메가의 눈을 통해 그의 시야로 창고 안의 전경이 가득 찼던 것이다.

조금 전의 보던 것과는 전혀 다른 시야였다. 오메가의 시선으로 보는 것이기에 그의 시점이 좀 더 높아진 것이다. 정문호의 뇌파와 오메가의 뇌파가 완전한 동조를 시작한 것이다.

"일단 그자들의 부탁을 들어주기로 할까?"

정문호는 밴드를 찬 채로 창고를 나섰다. 그가 창고를 나섬과 동시에 오메가의 커다란 동체 또한 움직임을 시작했다. 정문호를 따라 창고를 나서 걷기 시작한 것이다. 커다란 덩치에 상당한 무게를 가진 것으로 보였음에도 움직이는 데 그다지 큰 소리가 나지 않았다.

창고 밖으로 나서자 커다란 컨테이너가 대기하고 있었다. 어느새 트레일러가 오메가를 탑승시킬 컨테이너를 탑재한 채 대기하고 있었던 것이다.

컨테이너 안에는 여러 가지 계기들과 사람들이 머물 수 있는 공간이 만들어져 있었다. 정문호는 발판을 이용해 컨테이너 안으로 올라섰고, 오메가도 그를 따라 안으로 올라섰다.

"저기에 앉아라."

오메가가 올라서자 정문호는 의지를 일으켜 특별히 만들어진 좌석에 앉도록 했다.

찰칵! 찰칵!

오메가가 자리에 앉자 고정쇠가 튀어나와 오메가를 단단히 고정했다. 트레일러가 움직이는 동안 오메가가 컨테이너와 부딪치는 것을 방지하기 위해서였다.

오메가가 자리에 안착하자 정문호는 밴드를 벗었다. 그와 동시에 오메가의 눈에서 뿜어지던 붉은 빛 또한 점차 사라져 갔다. 오메가가 기동을 중단하자 정문호는 운전석과 연결된 인터폰을 눌렀다.

"곧장 진주로 간다. 진주로 돌아가 주위 상황을 파악한 후에 곧바로 지리산으로 향한다."

"알겠습니다."

지이잉!

인터폰을 통해 대답이 들려오고 천천히 컨테이너의 문이 닫히기 시작했다.

부우웅!

문이 완전히 닫히고 트레일러가 이동하기 시작했다. 트레일러가 이동하기 시작하자 정문호의 눈이 한순간 섬뜩하게 변했다.

'그년이 꾸미고 있는 일이 무엇인지 확실히 알아내야 한다. CIA에서 관심을 가질 정도라면 예삿일은 아닐 터……'

정문호는 한 여인을 떠올렸다. 바로 CIA의 요청에 의해 다른 MP들과 함께 실험체로 제공되어진 최경아였다. 실험체는 그저 실험체였다. 반항을 한다는 것은 있을 수 없는 일이었기에 정문호의 눈에는 살기가 흘렀다.

"투왕에게서는 아직 연락이 없었나?"

순식간에 살기를 가라앉힌 정문호는 수도권 일원에서 벌어진 조직 간의 불미스러운 일을 정리하기 위해 나섰던 투왕의 근황을 물었다. 정문호의 질문이 끝나자 뒤에 시립해 있던 자 중 하나가 대답했다.

"중재를 끝낸 후에 분당에 있는 지부로 향한 것은 확인되었습니다만 이후로는 연락이 없었습니다."

"일을 끝냈으니 어디서 쉬고 있나 보군. 곧 회로 들어올 사람이니 예우에 차질이 없도록 하고. 묵왕이 돌아오는 대로 의식을 치를 것이니 준비를 철저히 하도록 해라."

"알겠습니다."

"그리고 금왕이 추진하고 있는 건은 어떻게 됐나?"

"아직은 그리 우려될 만한 사항은 아니라고 합니다. 투왕이 곧 합류하기로 했으니 원만히 처리될 겁니다."

"좋아. 투왕과 연락이 되는 대로 깔끔하게 처리하라고 일러라. 이번 일에는 어르신들의 관심이 지대하니 말이야. 미우그룹을 해체시킨 이후 마지막으로 남은 것이니만큼 잡음이 없어야 할 것이라고 말이다."

"금왕과 투왕도 명심하고 있을 겁니다."

"알았다. 난 좀 쉴 테니 진주에 도착하면 깨우도록."

"알겠습니다."

아직은 오메가에 대한 운용이 미숙하기에 정신적으로 조금 피곤했던 정문호는 컨테이너 한쪽에 마련되어 있는 소파에 앉아 눈을 감았다. 도착하기 전까지 명상을 통해 흐트러진 정신을 추스르기 위해서였다.

　　　　＊　　　＊　　　＊

　옥상으로 워프해 돌아온 후, 태호 선배의 지휘 아래 다들 주주총회 준비로 바빠 보였다. 일단 확인할 것이 있기에 창운 선배를 조용히 불렀다. 제일 바쁜 사람을 불러서 뭐 하냐고 유준이가 따졌지만 어쩔 수 없는 일이었다.

　창운 선배와 함께 옥상으로 올라갔다. 주변을 감시하기도 편하고 누가 들을 염려도 없으니 대화를 나누기에 적당했다.

　"창운 선배!"

　"중요한 일이 있나 보구나."

　"그렇습니다. 창운 선배의 도움이 필요해요."

　"내 도움?"

　지금도 자신의 능력을 최대한 발휘하고 있는 마당에 도움이 필요하다고 하니 의아한 모양이다.

　창운 선배에게 도움을 청하려고 하는 것은 다른 것이 아니었다. 민사준의 개입을 처음 알아차린 사람이 바로 창운 선배였기에 사채시장에 관해 묻고 싶은 것이 있어서였다.

　그리고 의문이 가는 궁금증을 풀기 위해서이기도 했다. 그것은 선배가 어떻게 민사준의 개입을 알았냐는 것이다.

　흑룡회의 금왕인 민사준을 상대하며 그가 가지고 있는 서류와 행동 양식을 볼 때 금융 딜러인 선배가 민사준에 대해 아는 것이 쉽지가 않은 일이었다. 별도의 조직을 가지고 주시하지 않는 한 말이다.

"전에 말씀하신 것도 있고. 혹시, 민사준이라는 자에 대해 잘 아나요, 선배?"

"민사준이라……. 흑룡회라는 미지의 조직에 속해 있다는 것과 친일파의 자손이라는 것 정도지. 나도 자세한 것은 모르지만 그의 손에 의해 지하 금융계가 요동을 친다고 하니 말이다. 그야말로 지하 금융계의 큰손이라고 할 수 있는 자다."

표면적으로 드러난 것만을 이야기하는 것 같았다. 뭔가 감추고 있는 것이 분명하다. 생각 같아서는 창운 선배의 머릿속에 무엇이 감추어져 있는지 알고 싶었지만 그러고 싶지는 않았다. 선배의 입으로 듣고 싶었기에 내가 아는 바를 말했다.

"전 그동안 민사준이라는 자에 대해 조사를 좀 했습니다. 흑룡회라는 조직, 상당하더군요."

"……."

"거기다 흑룡회에서 금왕이라 불리는 민사준의 힘도 만만치 않더군요. 그런 자가 어떻게 존재할 수 있는지 궁금할 정도로 지하 금융계에 있어서는 막강한 영향력을 행사하고 있고요. 전 궁금한 생각이 들었습니다. 제가 볼 때 그자에 대해서나 흑룡회에 대해 안다는 것은 상당히 어려운 일이었습니다. 금융 회사에 다니는 딜러에게는 말입니다."

"으… 음."

정곡을 찔렸는지 창운 선배가 신음을 터뜨린다. 조금은 불안한 마음이 들기 시작했다. 내가 믿고 있는 사람에게 배신을 당하기는 죽기보다 더 싫었기 때문이다.

"그자들에 대해 상당히 깊이까지 알아본 모양이로구나. 네 말이 맞다. 공식적으로는 존재하지 않는 자이니 일개 금융 딜러가 그자나 흑룡회에 대해 안다는 것 자체가 있을 수 없는 일이지."

"……."

가슴이 덜컥 내려앉았지만 일단은 이야기를 끝까지 들어보기로 했다.

"자신의 생명과 재산을 바쳐 가며 나라의 독립에 이바지했으면서도 독립운동을 하던 사람들의 자손들이 왜 제대로 된 대접을 받지도 못하고 어려운 삶을 살아야 했는지 아느냐?"

뜬금없는 말이었다. 지하 금융계를 좌지우지하는 금왕의 이야기에 독립운동을 하는 사람들이 왜 나오는지 알 수는 없지만 민사준을 친일파의 자손이라고 말하며 잔떨림을 보이던 선배의 행동을 보면 관련이 없는 것도 아닌 것 같았다.

"선조들이 독립운동을 하면서 후손들을 잘 돌보지 못했고, 일제의 탄압 때문인 것으로 알고 있습니다만."

집안의 가장들이 독립운동을 위해 매달린 탓에 후손들은 제대로 된 교육을 받을 수도 없었고, 일제의 탄압으로 원만한 생활을 할 수 없었기에 집안이 풍비박산이 나 독립유공자의 후손들이 어려운 삶을 살 수밖에 없었다는 것은 나 또한 알고 있는 일이었다.

"후후후, 그것은 좀 더 자세히 살펴보면 일각에 불과하다. 나라에서 조금만 신경을 썼으면 그리될 일은 없었지. 문제는 광복이 된 이후 정관계에 남아 있던 일제의 앞잡이들을 나라를 유지하기 위해 그대로 놔둔 것 때문이었다. 놈들은 자신들이 살기 위해 독립유공자나 그들의 후손들에게 제대로 된 지원을 하지 않았던 것이다. 독립운동을 하던 사람들이 권력을 잡게 되면 자신들이 살아남을 수 없을 테니까."

"그랬을 수도 있겠군요."

"아니, 놈들이 그렇게 한 것은 확실하다. 그렇지만 그들은 그저 하수인에 지나지 않는다."

"하수인이요?"

"사람들은 모르지만 친일을 했던 자들의 약점을 잡고 전면에 내세운 자들이 있다. 그들을 배후에서 부추긴 것이 바로 흑룡회라는 조직이다. 알려지지 않았지만 당시 대부분의 부와 권력을 그자들이 가지고 있는 상태라 빼앗기기 싫었을 뿐만 아니라 살아남아야 했을 테니까."

"독립유공자의 자손들이 그렇게 된 이면에는 흑룡회의 입김이 조직적으로 작용했기 때문이라는 말이군요."

"맞다. 나라를 위해 몸 바친 이들이나 그들의 후손이 정계나, 재계, 관계에 진출한다면 자신들에게 불리할 것이기에 그리한 것이지. 아직까지 대한민국에 일제의 잔재가 청산되지 않고 있는 것도 바로 그 탓이다. 지금도 그들은 보이지 않는 곳에서 대한민국의 모든 것을 장악하고 있으니까."

"으… 음."

창운 선배의 말이 사실이라면 흑룡회는 그야말로 암 덩어리나 마찬가지인 존재다. 아직까지도 일제에 협력한 자들이 청산되지 않고 소모적인 역사 논쟁에 휘말리는 현실을 보면 그들의 힘이 어느 정도 짐작이 갔다.

"단 한 번, 그들에 대한 응징의 시도가 있었다. 하지만 실패로 끝나고 말았지."

"반민특위 말씀이군요."

반민특위[反民族行爲特別調査委員會]는 1948년 친일파의 반민족행위를 처벌하기 위하여 설치되었던 특별 기구였다. 반민특위는 일제 경찰 노덕술과 화신백화점 사장이었던 박흥식 등 일제 치하에서 반민족행위를 했던 자들을 조사해 221명을 기소했었다. 하지만 경찰이 반민특위 사무실을 습격해 조사원들을 체포하여 해체되고 말았던 기구였다.

"맞다. 당시 반민특위가 제대로 역할을 수행했다면 우리 역사는 많이 달라졌을 것이다."

"반민특위가 해체된 것도 흑룡회와 관계가 있다는 말씀입니까?"

"그렇다. 반민특위가 해체된 이면에는 흑룡회의 힘이 작용했다. 미군정에 한국의 취약한 정치 기반을 메우기 위해서는 친일 경찰과 군, 그리고 친일 자본가를 필요하다고 설득을 한 것이 바로 그들이지. 미군정으로서도 반공을 기치로 삼았기에 친일 경력을 가진 이들이라도 필요했었다. 해서 당시 정권의 협력하에 반민특위를 해체시킨 것이다."

"어느 정도 알고 있었지만 미군정에도 흑룡회의 힘이 작용했다니 믿을 수가 없군요."

"꿩 잡는 게 매란 말이 있다. 미군정도 외세로 보는 꼬장꼬장한 독립유공자보다는 일제에 협력했다는 약점이 있는 민족반역자들을 이용하는 것이 더 유리했겠지."

"그렇겠군요."

"보다 결정적인 것은 당시 국회부의장 등 반민특위 활동에 적극적으로 동조했던 정치인들 상당수가 1949년, 이른바 '국회 프락치 사건'으로 구속된 것이다. 그로 인해 당시 친일 청산에 대한 열정을 가졌던 힘있는 이들이 권력층에서 사라지고 말았다는 것이다. 결국 반민법을 통해 실형을 선고받은 자들은 곧바로 풀려났고, 사형 판결이 난 친일부역자들 중에 단 한 명도 형이 집행이 되지를 않았지. 우스운 일이 아니냐? 후후후."

자조 섞인 창운 선배의 웃음이 마음에 와 닿았다. 그렇게 살아난 민족반역자들이 지금도 떵떵거리며 잘살고 있다는 사실을 잘 알고 있기 때문이다.

나라를 팔아먹고 치부한 자들이 국고로 회수된 재산에 대해 뻔뻔스럽게도 환수 소송을 벌일 수 있는 나라이니 말 다했다고 할 수 있는 일이었다.

"놈들은 사라졌다고 믿고 있겠지만, 당시 민족반역자들에 대한 응징을 가슴에 품고 활동을 시작한 사람들이 있었다. 나 또한 그런 분들의 후손 중 하나고."

"그런 분들이 있었단 말입니까?"

"그래. 덕분에 흑룡회와 민사준에 대한 것도 어느 정도 알 수 있었다. 네가 이번 계획을 시작했을 때 나는 흑룡회를 비롯한 그들이 최대의 걸림돌이 될 것이라고 짐작했다. 놈들은 뭐든지 먹어치우는 불가사리 같은 존재니까. 그래서 내가 속한 조직에서 도움을 얻었지."

"조직이라니 어떤 조직입니까?"

"……."

선배가 망설이는 표정을 지어 보이더니 내친김이라는 듯 이내 입을 열었다.

"개천회(開天會)라는 조직이다. 하늘을 다시 연다는 뜻으로 민족의 정기를 바로 세우고자 노력하는 사람들의 모임이지."

"그랬군요."

창운 선배가 민사준이나 흑룡회에 대해 알고 있다는 것이 이제야 이해가 되었다. 그런 조직에 속해 있다면 알 수도 있는 일이었다. 하지만 내가 계획하고 있는 일을 다른 조직에서 알고 있다는 사실이 조금은 걱정이 되기도 했다.

"사실대로 말씀해 주셔서 고맙습니다, 선배님. 하지만 선배님이 속한 조직에서 우리 계획을 알고 있다니 그것은 조금 유감이군요."

"아니다. 감추고 있던 내가 더 미안하지. 그리고 걱정하지 마라, 한철아. 나 또한 공과 사는 구분할 줄 아는 놈이다. 네가 세운 계획에 대해서는 개천회에서도 모른다. 동양창투를 파고들면서 필요했기에 내가 정보를 요청했을 뿐이니까."

"그렇습니까? 고맙습니다, 선배님."

역시 창운 선배였다. 선배는 내가 믿을 수 있는 몇 안 되는 사람 중 하나였다.

"그런데 민사준에 대해서는 왜 물은 것이냐?"

선배는 내가 자신에게 민사준에 대해 물었던 것을 상기한 것인지 궁금한 표정이었다.

"선배님께 그자에 대한 말을 듣고 이번에 조사를 해봤습니다. 그리고 여러 가지를 얻었지요. 그러니까……."

창운 선배에게 민사준에게서 얻었던 것들을 이야기했다. 자세한 사정을 이야기하지는 못했지만 민사준이 내 밑으로 들어왔고, 그가 가지고 있던 모든 권리를 내가 양도받게 됐다는 것을 설명했다.

"사, 사실이냐?"

"그렇습니다."

무척이나 놀라 눈을 크게 뜨고 되묻는 창운 선배에게 사실임을 확인해 주었다.

창운 선배로서도 놀랄 만한 일이었다. 대한민국의 지하 경제 규모는 거의 200조 원에 육박할 정도다. 그중 흑룡회의 금왕인 민사준이 움직일 수 있는 돈은 대략 40조 원이 넘는다. 지하 금융의 20%를 손에 쥐고 흔드는 자의 모든 것이 내 것이 됐다는 소리에 놀라지 않는다면 그것은 사람이 아닐 것이다.

"어, 어떻게?"

"자세한 사정은 이야기할 수 없지만 제게는 그만한 힘이 있습니다. 그렇지 않았다면 전 이번 일을 시작도 하지 않았을 겁니다."

"음… 그렇겠지."

"전 민사준이 가지고 있는 재산들을 이번 계획에 사용할까 합니다. 그러자면 합법적으로 그가 거느리고 있는 제2금융권과 사채업자들을 끌어들여야 합니다."

"그 일은 쉬울 수도 있을 것이다. 그들을 민사준이 부리고 있었다면 권리 관계를 명확히 했을 테니까."

창운 선배의 말이 맞다. 민사준은 그들의 자금줄을 틀어쥐고 있었다.

"선배님 말씀대로 권리 관계가 명확하기에 제2금융권을 참여시키는 것은 문제가 없습니다. 사채업자들은 그들의 자금을 세탁하는 것도 그다지 어렵지는 않으니 크게 문제는 되지 않지만 진짜 문제는 그 자금을 운용할 사람들입니다."

"다른 일도 계획하고 있는 것이 있는 모양이구나."

"아직은 계획 중입니다. 크게 돈놀이를 한번 해볼까 해서요."

"돈놀이?"

"한국에 들어 와 있는 투기자금들을 상대로 한번 해보려고 합니다. 그래서 이번 일이 끝나면 선배님께서 자금 운용팀을 만들고 이끌어주셨으면 합니다만."

"그런 일이라면 문제는 없다. 하지만 흑룡회에서 가만히 있을지 모르겠다. 그들의 힘은 아직도 베일에 싸여 있지만 무척이나 강하고 위험하다고 알고 있다. 사람의 목숨 알기를 파리 목숨보다 못하게 아는 놈이라 자칫 위험해질 수도 있는 일이다. 놈들을 추적하다가 쥐도 새도 모르게 죽은 사람도 꽤 많다고 들었다."

창운 선배가 걱정스러운 듯했다. 걱정을 하는 것도 당연한 일이다. 내가 밝혀낸 흑룡회의 힘이라는 것이 빙산의 일각이지만 그것만 해도 다른 이들이라면 감히 대적할 수 없는 힘이었기 때문이다.

"걱정하지 마십시오. 흑룡회에 대한 대처는 제가 알아서 할 겁니다. 조금 전에도 말씀을 드렸지만 저에게는 그만한 힘이 있으니까요."

"아까도 그런 말을 하던데, 정말로 그런 힘을 가지고 있다는 말이냐?"

"그렇습니다. 너무 염려하지 마십시오."

"네가 나를 속이지는 않겠지. 내가 속한 개천회도 상당한 힘을 가지고 있기는 하지만 흑룡회에 대한 응징은 아직도 요원한 일이다. 그저 놈들에 대한 견제만 할 수 있을 뿐이지. 그런데 네가 그런 힘을 가지고 있다니 놀랍구나."

창운 선배가 미심쩍은 듯했다. 믿지 못하는 눈치가 분명했다.

"충분히 가지고 있습니다. 제가 가지고 있는 힘으로도 충분하지만 이번 기회에 선배님께서 속해 계시다는 개천회의 힘이 합쳐진다면 흑룡회를 없애는 것은 그다지 어려운 일도 아닐 겁니다."

"으음, 개천회와 합작을 하고 싶다는 이야기로구나?"

창운 선배는 내 뜻을 짐작한 듯 물어왔다.

"개천회가 가지고 있는 힘이 어떨지 모르지만 티끌이 모여 태산이 되는 법입니다. 앞으로 여러 가지 일로 그들과 부딪칠 겁니다. 우리 계획에 개천회를 동참시킨다면 우리의 힘은 더욱 늘어날 겁니다."

"알았다. 한번 상의해 보마."

창운 선배도 이해가 되는 듯 고개를 끄덕였다. 그리고 자신을 믿어주는 것같이 보이자 기쁜 듯했다.

창운 선배에게 개천회와 합작을 하고 싶다고 한 것에는 이유가 있었다. 선배와 대화를 하는 사이에 미네르바가 개천회에 대한 조사를 이미 끝냈던 것이다.

개천회는 자신들이 비밀리에 활동한다고 생각하겠지만 어느 정도 윤곽이 드러난 조직이었다. 국정원의 메인컴퓨터에도 개천회에 대한 자료가 있었고, 민사준이 가지고 있는 자료에서 일부 개천회에 대한 자료가 있었던 것이다.

사명감만으로 민족정기를 바로하기 위해 노력하는 사람들이 이대로 두다가는 위험할 수도 있기에 이번 기회에 합류해 계획에 동참시키기로 한 것이다.

그리고 회원들의 면모를 보면 상당한 지식층들이었다. 계획이 본격적인 궤도에 오르면 사람들이 많이 필요하기에 합류하게 되면 많은 도움이 될 것이기 분명했기 때문이기도 했다.

"그럼, 내려가시죠. 모두들 궁금해할 겁니다."

"알았다."

창운 선배와 이야기를 끝내고 사무실로 돌아갔다. 다들 이상한 눈초리로 쳐다봤지만 밝은 표정으로 돌아오는 탓인지 이유는 묻지 않았다.

사무실에서 주주총회를 위한 마무리 준비가 진행되는 것을 지켜보았다. 관여할 수도 있지만 나 혼자 모든 것을 할 수 없기에 그냥 지켜보는 것으로 만족했다.

그렇게 선배들이나 유준이가 하는 일을 지켜보는데 미네르바의 목소리가 뇌리에 들려왔다. 한쪽에서 일에 열중하고 있는 한지예를 바라보는데 뇌리로 목소리가 들려온다는 사실이 조금은 이상했다.

―함장님, 지금 곧 백무요로 가셔야 할 것 같습니다.

"무슨 일이 있나?"

―아무래도 미국 측에서 손을 쓴 것 같습니다.

"미국?"

뜻밖의 말이었기에 되물었다.

―CIA에서 움직인 것 같습니다. 그리고 더욱 놀라운 것은 그들의 한국 내 하수인인 자가 능력자인 것으로 보인다는 것입니다. 목표가 백무요인 것 같으니 자세한 내용은 백무요로 오신 다음에 설명을 드리겠습니다.

"알았다."

급한 일인 것 같기에 사무실을 나서야 될 것 같았다.

"유준아."

한지예와 뭔가를 의논하고 있는 유준이를 불렀다. 녀석에게는 말하고 가야 할 것 같았기 때문이다.

"왜?"

바쁜데 불러서 그랬는지 모르겠지만 녀석의 목소리가 퉁명스럽다.

"아무래도 잠시 자리를 비워야 할 것 같다."

"온 지 얼마나 됐다고 또 자리를 비워?"

자꾸 자리를 비우는 것이 못마땅했는지 역시나 불만을 감추지 않고 유준이가 투덜거린다.

"후후후, 중요한 일이다. 금방 올 테니 너무 타박하지 마라."

"무슨 일인지 모르지만 빨리 끝내고 와라. 이제 마지막으로 주주총회에 대한 시나리오를 점검해야 하니까."

허튼짓을 할 내가 아님을 알기에 투덜거리면서도 이해하는 것 같았다. 아마도 태호 선배가 뭔가 언질을 준 것 같았다.

"알았다. 금방 다녀오마."

"그래."

유준이와 대화를 끝내고 곧바로 사무실 위 옥상으로 올라가 백무요로 워프해 갔다. 백무요 근처에 워프를 한 후 방금 전 들은 이야기에 대해 미네르바에게 물었다.

"자세히 좀 이야기해 봐."

─천상천을 통해 들어온 정보입니다만 CIA 측에서 미국으

로부터 비밀리에 뭔가를 운반해 왔습니다. 그리고 남양주에 있는 창고로 이동했는데 누군가와 접촉을 하고 가지고 온 물건을 인계했습니다. 바로 이자들입니다.

망막 속으로 컨테이너 앞에서 마주한 이들의 모습이 비쳐졌다. 사람들의 영상 옆으로 그들의 프로필이 나타났다.

'이자가 한국에 들어왔다는 것인가?'

백인인 외국인의 프로필은 놀라운 것이었다. CIA의 핵심 인물 중의 하나인 과학기술부장이었다. 헨리 앤트라면 거물 중의 거물인데 그런 자가 한국에 들어오다니 무척이나 흥미로웠다.

"저자에 대한 프로필은 왜 없지?"

헨리 앤트와 마주한 인물에 대한 것은 아무것도 나타나 있지 않았다.

—나와 있는 프로필이 전혀 없습니다. 마치 백지처럼 국가 전산망이나 그 어디에도 나타나 있지 않은 인물입니다. 다만!

"다만?"

—저자가 차에서 내릴 때 수행한 인물들이 흥미롭습니다. 대부분 오래전 은퇴한 것으로 되어 있는 조직 쪽의 거물들입니다. 거의 보스 급들인데 저자를 깍듯이 대하는 것으로 봐서는 저자 또한 흑룡회와 관련이 있을 것으로 판단됩니다.

"신상 자료가 어디에도 나와 있지 않은 자가 조직폭력배의 보스 급들을 휘하로 둔다니 재미있군. 미네르바 말대로 흑룡회 쪽의 인물이 틀림없겠군."

전국의 폭력 조직은 흑룡회의 휘하나 마찬가지다. 흑룡회의 수족으로 보이는 조직폭력배들의 보스 급을 수하처럼 거느리고 있는 자라면 흑룡회에서도 간부급에 속하는 자가 분명할 터였다.

―놀라운 일은 몇 시간 후에 벌어졌습니다. 저자가 컨테이에서 상자를 꺼내 창고로 들어간 뒤에 나타난 영상입니다. 한 번 보시죠.

미네르바의 말이 끝나기 무섭게 눈가로 영상이 잡혔다. 시야에 잡히는 영상을 보고서도 믿을 수가 없었다. 영화에나 나올 법한 로봇이 나타났으니 말이다.

"미네르바! 저건 뭐지?"

―아마도 인간형 로봇 같습니다. 주 동력원은 슈퍼내츄럴 파워를 사용하고, 보조 동력원으로 소규모 원자로를 이용하는 로봇입니다. 더욱 놀라운 것은 저자의 뇌파와 움직이고 있는 로봇의 파장이 완벽히 일치하고 있다는 점입니다. 능력자가 나타난 것으로 보고드린 이유도 로봇을 움직이고 있는 에너지가 저자로부터 비롯되어진 것으로 보이기 때문입니다.

"저런 것을 만들어내다니, 역시 미국이라는 건가?"

인계되는 과정으로 봐서는 로봇은 미국 쪽에서 만들어진 물건이 분명했다. 검은색 광채를 발하는 로봇은 보통 물건으로는 보이지는 않았다. 어딘가 섬뜩해 보이는 느낌을 풍기게 만드는 것이었다.

―강력한 파장 때문에 내부를 살펴볼 수 없는 것이 유감입

니다만 로봇의 메카니즘을 살펴봤을 때 상당한 화력을 보유하고 있는 것으로 보입니다.

말이 끝남과 동시에 로봇의 어깨 부분이 확대되었다. 확대된 부분을 보면 미세한 금이 가 있었다. 일부러 만들어진 것이었다.

―저 안에는 자동화기가 장착되어진 것으로 보입니다. 반동을 최대한 감소시키는 메카니즘을 볼 때 보통의 화기는 아닌 것으로 판단됩니다. 추측이지만 미국에서 연구 중이라고 알려진 레일건이 장착된 것으로 보입니다. 그리고 가슴 부분을 주목해 주십시오. 방사형으로 총 일곱 개의 부착물이 보입니다. 하나는 모르겠지만 나머지 여섯 개는 아마도 소형 유도체가 장착되어진 것 같습니다.

"미사일이란 말이지?"

―그럴 것이 분명합니다. 대략 길이 20센티미터에 지름이 5센티미터인 발사체가 분명합니다. 그리고 각 손가락 끝에 절단면이 있는 것으로 보아 기관포 종류의 무기가 장착되어 있는 것으로 보입니다.

"저런 것을 만들 수 있다니 대단하군."

정말이지 영화에나 나올 법한 로봇이었다. 무기 체계도 그렇고, 아무래도 미국에서 심혈을 기울인 물건으로 보였다.

―정말 대단한 물건입니다. 젠트리온 엽합에서 생산해 낸 전투를 대행하는 메카닉 휴머노이드보다 기계적인 성능에서는 많이 떨어지지만 슈퍼내츄럴 파워를 사용한다는 것도 그렇

고, 사용자와 뇌파로 의식을 주고받는 것을 볼 때 무척이나 잘 만들어진 것입니다.

미네르바도 감탄하는 것 같았다. 내가 보기에도 무척이나 잘 만들어진 것 같았다. 뇌파를 이용한다고 했는데 움직이는 모습이 무척이나 자연스러웠던 것이다.

"저것이 지금 백무요로 향하고 있다는 건가?"

―그렇습니다. 아마도 지난번 함장님께서 제압한 자들과 연관이 있는 것 같습니다.

"그럼 준비를 해야겠군."

―아직 제대로 성능을 파악하지 못해 조금은 위험하기도 합니다만, 몇 가지 준비를 하면 괜찮을 것 같습니다.

"좋아! 해보자고. 저런 것을 준비해 왔다면 이미 작정을 한 것 같으니 말이야."

―알겠습니다.

한눈에 보기에도 세상에 함부로 내보일 만한 무기가 아니었다. 그렇다는 것은 그들이 나와 전쟁을 하자는 것이나 마찬가지였기에 나 또한 그렇게 상대해 주면 될 일이었다.

저들과 지리산 인근에서 상대한다는 것도 그렇고, 백무요 근처에서 상대한다면 생각지도 않은 피해를 입을 수도 있기에 작전을 잘 짜야 했다.

"미네르바, 저것들을 통째로 이동시킬 수는 없을까?"

―전에는 불가능했을지 모르겠지만 지금은 함장님께서 3단계 차폐를 푼 상태라 가능은 합니다. 다만 함장님의 힘을 과도

하게 사용할 수 있어 정확한 계산이 별도로 필요합니다.

"그것은 상관이 없고, 어디로 이동하는 것이 좋을까?"

―아무래도 인적이 없는 곳이 좋을 테니 사막 같은 곳이 좋을 것 같습니다.

"사막이라면? 혹시?"

―그렇습니다. 지금 최민석 씨가 훈련하고 있는 곳이 좋을 것 같습니다. 고비사막 인근에 있는 모든 인공위성들은 제 통제하에 놓여 있으니 추적을 당할 염려도 없고 말입니다.

"좋아! 일단 거기로 하자고. 나는 물론이고 놈들을 모두 워프시켜 줘."

―알겠습니다, 함장님.

좌표 계산을 하는지 어느 정도 시간이 지난 후 미네르바가 나를 워프시켰다. 경부고속도로를 타고 내려오던 트레일러와 그 안에 타고 있던 자들도 모두 고비사막으로 워프되었다.

*　　　*　　　*

인공위성이 전해오는 회색빛 화면을 통해 고속도로를 달리고 있는 컨테이너를 바라보고 있는 이들이 있었다. CIA의 중앙통제실에서 정문호가 타고 있는 트레일러를 감시하고 인물들은 버논 스미스 국장과 공작부의 로버트 말토 부장이었다.

"잘 가고 있군."

"그런 것 같습니다. 처음 주입된 에너지의 양을 볼 때 이번 테스트 결과는 매우 잘 나올 것 같습니다."

"그렇겠지. 그자 또한 다크 드래곤 내에서도 상당한 실력자라고 하니 말이야."

프로토 타입의 오메가를 처음 기동시킬 사람으로 정문호를 선택한 것이 바로 자신이었기에 버논은 희미한 미소를 지었다. 기동 당시 오메가에서 보내온 수치가 그를 만족스럽게 한 때문이다. CIA의 산하에는 그 정도의 파워를 지닌 인물은 없었기에 이번 테스트의 결과를 기다리며 상당히 만족한 것이다.

"헨리는 돌아오는 중이라던가?"

"다크 드래곤에서 요청이 있어 몇 명과 접촉할 예정이라고 합니다. 접촉이 끝난 후에는 일본에 들렀다가 곧바로 돌아올 겁니다. 아무래도 테스트 결과가 궁금할 테니 말입니다."

"다크 드래곤도 정권이 바뀌기 전까지 사리고 있던 몸을 다시 움직이려니 도움이 필요하기는 하겠지. 경호를 최대한 강화하고 돌아오기까지 신경을 쓰도록!"

"걱정 마십시오. 이미 극동 지부에 비상을 걸었습니다."

"좋아. 이제 얼마 남은 것 같지 않으니 한번 지켜보자고."

"알겠습니다."

대화를 나누던 두 사람의 시선이 다시 화면으로 향했다. 고속도로 위에서는 트레일러가 빠른 속도로 달리고 있었다.

삐이이이!

갑자기 소음 소리가 통제실 안을 울렸다. 완성에 앞서 최종 테스트를 위해 한국으로 보낸 오메가의 위성 신호가 갑자기 끊긴 것이다.

인공위성을 통해 상황을 지켜보던 버논 스미스 국장은 경악스러운 눈빛으로 화면을 주시했다. 오메가가 탑승한 컨테이너를 실은 트레일러가 고속도로 위에서 갑자기 사라져 버린 것이다.

아직도 고속도로를 비추고 있기에 오메가에서 나오는 발신 장치의 신호를 이용해 지면을 검색하는 첩보 위성의 카메라가 고장이 났을 리는 없었다. 고속도로상에서 트레일러만 갑자기 사라진 것이다.

순식간에 증발하듯 사라져 버린 트레일러로 인해 통제실 안은 갑자기 분주해졌다.

"주변을 모두 검색해라. 어서!"

인공위성에서 보내오는 화면이 주변 지역을 검색하기 시작했지만 트레일러의 모습은 그 어디에도 보이지 않았다.

"국장님, 아무래도……."

"뭔가?"

"공간 이동이 된 것이 틀림없는 것 같습니다."

"로버트! 그것이 말이 된다고 생각하는 건가? 마스터 급의 인물이라고 해도 저렇게 큰 물체를 공간 이동시킨다는 것은 불가능한 일이야."

"하지만……."

버논 국장의 말에 로버트가 말끝을 흐렸다. 공작부를 책임지고 있는 자신 또한 잘 알고 있는 이야기였던 것이다. 마스터 급의 능력자가 물체를 공간 이동시킬 수 있는 한계는 최대 100킬로그램까지다. 그 이상도 가능하기는 하지만 더해야 100킬로그램을 더할 뿐이다.

최대 200킬로그램까지 공간 이동을 시키기 위해서는 마스터 급이라 하더라도 목숨을 걸어야 했다. 설사 가능하다 하더라도 명운을 다투는 중요한 일이 아닌 이상 공간 이동을 위해 마스터 급을 희생시킨다는 것은 미친 짓이나 다름없는 일이었다.

"무슨 일이 있어도 찾아내라. 오메가에서 흘러나오는 신호를 추적해라. 분명 어딘가에서 신호를 보내오고 있을 것이다. 어디로 이동했는지 모르지만 가동할 수 있는 모든 위성을 가동하란 말이다."

버논 국장의 말소리가 격해졌다. 오메가의 실종은 버논 국장으로서도 큰 타격이었기 때문이다.

"알겠습니다."

오메가가 신호를 보내고 있다면 지구상 어디에 있더라도 벌써 위치가 잡혀야 했다. 하지만 아무런 신호도 포착되고 있지 않았다.

로버트는 오메가를 찾아낸다는 것이 불가능한 일임을 알면서도 대답을 하기는 했지만 갑자기 트레일러가 사라진 이유를 공간 이동으로밖에는 설명할 수 없었기에 당혹스러울 수밖에 없었다.

부인은 하고 있지만 버논 국장도 내심은 트레일러가 사라진 이유를 공간 이동에서 찾고 있는 모양이었다. 로버트는 버논 국장의 명령과 동시에 다시 한 번 CIA에서 가용할 수 있는 모든 위성을 이용해 오메가의 행방을 찾기 시작했다.

*   *   *

부우우웅! 끼이익!

쾌적한 도로를 달리다 갑자기 도로가 시야에서 사라지고, 울퉁불퉁한 황무지가 나타나자 트레일러를 운전하던 이가 급브레이크를 밟았다.

"무슨 일이냐?"

갑자기 멈추어 서버린 바람에 신형을 비틀거리던 정문호는 인터폰을 누르고 상황을 물었다.

"그, 그게!"

"똑바로 말해야 알아들을 것이 아니냐!!"

더듬거리며 말을 잇지 못하는 운전하던 수하를 향해 호통을 쳤다.

"직접 보셔야 할 것 같습니다. 저도 어떻게 된 일인지······."

"에이, 도대체 뭐가 어떻게 됐다는 것인지······."

어리둥절해하는 수하의 답변에 정문호는 화를 내며 컨테이너의 문을 개방했다.

휘이이잉!

"어, 어떻게!!"

모래바람과 함께 시야에 끝없는 황무지가 펼쳐졌다. 고속도로를 달리는 중이었는데 갑자기 이런 황무지에 와 있다니 자신의 눈을 믿을 수가 없었다.

어찌 된 영문인지는 모르지만 정문호는 빠르게 컨테이너에서 내려 사방을 둘러보았다.

'사막이라니……. 도대체 여기는 어디라는 말이냐?'

아무리 둘러보아도 대한민국에서는 절대로 볼 수 없는 지형이었다. 고속도로를 달리다가 갑자기 사막 같은 황무지의 한복판이라니 아무리 봐도 이유를 알 수 없었다.

"보스! 아무래도 이상합니다."

"그런 것 같다."

자신을 호위하듯 둘러서며 사방을 살피고 있는 수하들도 긴장한 표정이 역력했다.

"보스!"

불어오는 모래바람을 손으로 가리며 운전을 하던 수하가 정문호에게 다가 왔다.

"우선 여기가 어디인지 파악을 해봐라."

"GPS도 말을 듣지를 않습니다. 켜는 순간 화면에 나타나는 것이 아무것도 없으니 말입니다. 여기가 어디인지 전혀 파악이 되지 않습니다."

"제기랄!!"

정문호의 입에서 욕이 튀어나왔다. 그러다 갑자기 눈살을 찌푸렸다.

"서, 설마! 아니겠지."

정문호의 뇌리에 스치는 것은 공간 이동이었다. 흑룡회 내에서도 몇몇 능력자는 가능한 일이었기에 공간 이동을 의심한 것이다.

'그것은 불가능한 일이다. 이 정도의 물체를 공간 이동시킨다는 것은 그야말로 자살행위니까. 그리고 공간 이동이 됐다고 하면 내가 알아차리지 못할 리도 없을 것이고……'

공간 이동에 대한 생각은 버렸다. 이 정도의 물체를 공간 이동시키려면 30명 이상의 마스터 급 능력자가 목숨을 걸어야 하는 일이었기 때문이다. 지구상에 있는 모든 마스터를 합쳐야 겨우 가능한 숫자였기에 자신의 생각이 허황되다고 생각했다.

'마법진이 운용된 것인가? 하지만 의뢰를 한 그들이 마법진을 사용할 리는 없다. 사용한다고 할지라도……'

공간 이동 마법진을 사용할 줄 아는 이들은 이번 일을 의뢰한 자들이었다. 하지만 그것도 불가능한 일이었다. 가만히 서 있다면 모를까 고속으로 움직이는 물체를 마법진으로 이동시킨다는 것 자체가 불가능했기 때문이다.

'어찌 된 일인지는 모르지만 만약에 사태에 대비해 일단 준비는 해야겠군.'

어떤 상황이 벌어질지 모르기에 준비를 해야 했다. 지형에 대한 정보가 전혀 없는 이상 누군가의 급습을 경계해야 했던 것이다.

"모두들 무장을 완료하고, 주위를 경계해라. 뭔가가 나타나면 명령에 관계없이 지체없이 발포하도록!"

정문호는 자신의 수하들로 하여금 무장을 하게 했다. 컨테이너 안에는 이번 작전을 위해 준비한 무기들이 상당수 있었기에 만약의 사태에 대비해 무장을 시킨 것이다.

정문호를 비롯한 수하들은 컨테이너 안으로 들어갔다. 각자 배정이 된 듯 상자에서 무기들을 꺼냈다. 그들이 사용하는 주 무기는 오스트리아의 글록사에서 제작한 자동권총인 글록18이었다. 권총에 탄창을 끼워 장전을 끝내고는 방탄조끼를 걸쳐 입은 후 조끼에 달린 탄입대에 탄창을 채워 넣었다. 탄창은 각자 모두 10개씩, 거기다 세열수류탄도 각자 두 발씩 소지했으니 웬만한 무장은 한 셈이다.

수하들과 같이 기본 무장을 끝낸 정문호는 만약을 대비해 오메가를 기동시켰다. 초기 기동을 위해 자신의 슈퍼내츄럴 파워를 반 이상이나 주입한 탓에 정상적인 몸은 아니지만 지금을 그런 것을 가릴 때가 아니라는 것을 잘 아는 까닭이다.

'아무리 봐도 대단한 놈이다.'

검은색의 동체가 움직이기 시작하자 다들 고무적인 표정이다.

'어떤 놈들인지는 모르지만 오메가의 제물이 될 것이다.'

정문호를 비롯한 그의 수하들은 오메가가 현존하는 무기 중 제일 강력한 무기였기에 어떤 사태가 벌어진다고 해도 헤쳐 나갈 수 있다는 자신감이 생겼다.

멀리서 지켜보자니 무장하는 화력이 장난이 아니다. 일개 폭력 조직이 가질 무력이 아니었다.

"대단하군. 저놈이 기동하는 것부터 전부 체크는 하고 있는 거지?"

—전부 모니터링하고 있습니다. 잘하면 좋은 성과를 얻을 수 있을 것 같습니다. 제가 가지고 있는 젠트리온의 메카닉과 저것을 연계시킬 수 있다면 상당한 성과를 거둘 수 있을 겁니다.

"그나저나 저런 것이 어떻게 만들어질 수 있었는지 파악해 봤어?"

—현재 지구 차원에서 보유하고 있는 기술로는 만들 수 없다는 것만 알 뿐, 아직은 파악이 되지 않고 있습니다. 아무래도 저것을 포획해야만 정확한 결론을 내릴 수 있을 것 같습니다.

"그럼 어쩔 수 없이 한판 붙어야 한다는 소리로군."

—그렇습니다.

"……"

조금은 걱정되기는 했다.

—지금 착용하고 계시는 방호복이 소형 플라즈마 광선도 막을 수 있는 것이니 상당히 도움이 될 것입니다.

"고마워. 디자인도 심플하고 꽤나 마음에 드는 복장이야."

미지의 무기 오메가

미네르바에게 고마웠다. 지금 내가 착용하고 있는 방호복 때문이다. 살을 팰 듯 불어오는 모래바람이 스쳐 지나갔지만 방호복을 입은 나는 아무런 불편을 느낄 수 없었다. 몸 주위로 둘러 쳐진 배리어가 있는 탓이다.

몸 주변 1미터에 강력한 배리어가 생성되어 총탄은 물론이고, 폭탄에 직격당해도 다칠 염려가 없었다. 순간 온도가 1억 도가 넘는 플라즈마 광선도 잠깐이지만 막을 수 있는 것이니 당연한 일이었다.

무술을 하는 사람들이 입는 무복처럼 생긴 방호복은 주변의 환경에 따라 색이 변하는 탓에 지금은 황무지와 같은 황토빛이다. 색상뿐만이 아니다. 형상 기억이 가능한 나노튜브로 만들어진 것이라 형태를 자유자재로 변형시킬 수가 있다. 주변의 색상과 조합된 형태로 변형할 수 있는 가짓수가 기천을 넘어선다.

자체의 방호력 또한 뛰어나다. 나노 튜브 형태의 탄소섬유를 얽어 만든 것이라 철갑탄은 물론 열화우라늄탄도 뚫을 수 없는 것이었다.

모래바람을 뚫고 놈들이 있는 곳으로 향했다. 모래바람 속에서 위장된 탓인지 20미터 전방에 이르렀는데도 내가 나타났다는 것을 알아차리지 못했다.

좀 더 접근하려고 발걸음을 옮기는 순간 미네르바가 능력자라고 판단한 자의 시선이 나에게로 향했다.

"응?"

기운을 끌어올려 주변을 살피고 있던 정문호는 바람의 결이 조금씩 엇갈리는 것을 느낄 수 있었다. 보이지는 않지만 무엇인가 다가오는 것이 분명했다. 바람이 갈라지는 소리가 나는 곳을 보니 모래바람이 역으로 흩어지는 것이 보였다. 누군가 가까이 접근한 것이다.

'나타났군.'

예상치 못한 장소에서 만난 적이었다.

"모두들 전방을 주시해라."

정문호는 수하들을 향해 텔레파시를 날렸다. 그의 지시에 수하들의 총구가 전방으로 향했다. 다른 곳과는 달리 모래바람이 흩어지듯 휘날리는 곳이 눈에 보이자 그들은 가차없이 총을 쏘기 시작했다.

타타타타탕!

타타탕!

9미리 파라블럼탄 30발이 장착되어 있던 연장탄창이 순식간에 비워졌다. 1분에 1,000발이 넘는 속도로 발사되는 놈이니 당연한 결과였다.

순식간에 발사된 것이 모두 150발, 다가오던 물체가 멈추어 섰다. 오랜 연습으로 특등 사수에 버금가는 자들이라 한 발도 빗나가지 않았다.

철컥! 철컥!

탄창이 비워지자 다시금 새로운 탄창으로 순식간에 갈아 끼워지고 정문호의 수하들은 전방을 향해 조준 자세를 취했다.

충격을 받았는지 멈추어 섰던 물체가 다시금 움직이기 시작했다. 수하들이 다시 총을 발사하려고 하는 순간, 정문호가 손을 치켜들며 제지했다. 150발의 총알을 맞고도 움직이는 물체의 정체가 궁금했던 것이다.

모래바람 속이라 시야가 가려지기는 했지만 가까이 다가오자 실루엣이 드러났다. 놀랍게도 총알을 맞고도 전진해 온 것은 사람이었다.

"으음!"

황토색으로 물든 무복 같은 것을 입고 있는 한철의 모습에 정문호는 신음을 흘렸다. 한철이 어떻게 총알을 막아냈는지 볼 수 있었던 것이다.

자신의 뺨을 따갑게 스치고 지나가는 모래들이 한철의 주변에서는 무엇인가에 가로막힌 듯 비껴 나가고 있었다. 능력자에게서 느껴지는 파동이 없는 데도 불구하고 배리어가 형성되어 있는 것이 정문호를 곤혹스럽게 했다.

'바람이 갈라지는 소리가 났던 것은 저자의 주변에 쳐진 것 때문인가 보군. 기운이 느껴지지 않는 것을 보면 능력자는 아닌 것 같은데······.'

능력자로 보이지는 않았다. 특유의 기파를 읽을 수 없기 때문이다. 능력자가 치는 배리어가 아니라면 분명 오메가에 적용된 것과 같은 것이 분명했다.

"총으로는 상대할 수 없는 자다. 오메가! 움직여라. 타깃이다."

어떻게 능력자와 같이 배리어와 같은 것을 펼치는지는 몰라도 수하들이 상대할 자가 아니라는 생각에 이미 오메가를 조정할 수 있는 밴드를 착용하고 있던 정문호는 오메가에게 한철을 적으로 인식시켰다.

지이잉!

컨테이너 안에서 소음이 울리고, 오메가가 모습을 드러냈다. 번들거리는 검은색의 동체와 붉은 섬광이 번득이는 눈이 사뭇 위협적이었다.

정문호의 의지에 의해 기동을 시작한 오메가는 앞에 보이는 한철을 확인하기 시작했다. 적외선과 열감지 시스템을 사용해 한철을 찾아낸 오메가는 붉은색으로 인식되는 한철을 타깃으로 삼았다.

철컥!

기괴한 소리와 함께 오메가의 견갑 부분이 열리며 은빛의 총신이 드러났다. 레일건이었다.

—역시 예상이 맞았습니다. 전자 가속 방식의 레일건이 맞습니다. 크기를 저 정도까지 줄이다니 그동안 연구 중이라고 했던 것은 거짓말이었나 봅니다.

견갑이 열리고 형태가 드러나자 미네르바가 음성을 보내왔다. 자기장을 생성하여 밀어내는 방식인 레일건은 강력한 충격으로 인해 한 번 발사되면 레일을 쓸 수 없는데 어떻게 장착되었는지 의문이 아닐 수 없었다.

레일건이 제대로 된 위력을 발휘하려면 지금의 기술 수준이면 거의 작은 집 한 채의 크기 정도가 되어야 하는데 보고 있는 정도의 크기라면 예정에 이미 무기로 완성된 것이 분명했다.

—측정되는 에너지의 양으로 봐서는 예상 출력은 64메가줄, 탄두 속도는 마하 7로 최장 거리 350킬로미터까지 타격이 가능할 것 같습니다. 레일 및 총신 등은 지구상에 존재하지 않는 물질로 만들어져 있습니다. 저로서도 직접 접촉하지 않는 한 파악이 성질을 파악하기 불가능한 금속입니다.

지구상에 존재하지 않는 금속이라는 말을 들으니 뭔가 기분이 찜찜했다. 반드시 정체를 밝혀야 할 것만 같았다.

—배리어로 충분히 방어가 가능하지만 충격파가 상당할 겁니다. 함장님께서는 본신의 힘을 최대한 운용하시기 바랍니다.

미네르바의 말이 끝나기도 전에 견갑 속의 총신에서 은빛 섬광이 빛을 발했다.

쾅!!

섬광과 동시에 강력한 충격파가 몰아닥쳤다. 배리어와 레일건의 총탄이 부딪친 충격파는 주변을 황폐하게 만들었다. 몰아치던 모래바람은 산산이 날아가 버렸고 배리어와 부딪친 지점에는 직경이 3미터가 넘는 커다란 크레이터가 생겼다.

소리도 없이 날아와 박히는 레일건의 위력이 장난이 아니었다. 미리 힘을 끌어올리고 있지 않았다면 충격파로 인한 상처가 꽤 심각했을 터였다. 아마도 내 육신은 바람에 흩날리는 모래처럼 산산조각 났을 것이 분명했다.

레일건이 목표물을 맞히고 난 뒤에 지근거리에 있던 터라 사방으로 몰아치고 있는 충격파를 막아내며 서 있던 정문호의 눈이 뜨악하게 커졌다.

10센티미터 두께의 철판도 종이처럼 갈가리 찢어버리는 것이 레일건의 파괴력이라고 알고 있었다. 그런데 그것을 버텨냈을 뿐만 아니라 강력한 충격파에도 한철의 신형이 고작 3미터 정도밖에 물러나지 않았던 때문이다.

'저, 저런 능력은 마스터라도 불가능한 일이다!'

아무렇지도 않게 생각하고 진행한 일이다. 그냥 작은 소일거리로 생각하던 일이었다. 오히려 그동안 탐내왔던 오메가를 볼 수 있다는 사실에 기회로 여겼었다.

CIA에서는 흑룡회에서 오메가를 복제할 능력이 없다고 생각하겠지만 흑룡회가 가지고 있는 기술력이라면 충분히 복제가 가능한 일이기에 자신이 직접 나섰던 것이다.

하지만 마스터 급 능력자라 할지라도 막기가 불가능할 것이라고 생각하던 오메가의 힘이 전혀 통하지 않는 상대가 나타났다는 사실이 그를 전율케 했다.

"모두 발사해라."

정문호는 오메가가 가지고 있는 무기들을 모두 발사하도록 했다. 60발의 레일건은 물론이고, 초소형 유도미사일 12기도 모두 발사됐다.

슈슈슈슝!

번쩍이는 빛과 함께 레일건이 발사되고 오메가의 가슴에 장착된 유도 미사일들이 차례대로 한철을 향해 발사됐다. 이미 레일건의 충격파를 경험한 정문호는 오메가 가지고 있는 무력의 힘을 최대한 가동하기 시작했다.

"충격파에 대비해라."

텔레파시를 통해 수하들에게 주의를 준 정문호는 충격파에 대비한 배리어를 치고는 한철이 있는 곳을 바라보았다.

콰콰쾅! 콰쾅!!

연이은 폭발음과 함께 섬광이 번쩍였다. 20미터 앞 전방이 완전히 초토화되기 시작했다. 마스터 급의 인물 10명이 모여 배리어를 친다고 해도 살아남을 수 없는 엄청난 화력이었다. 바위가 날아오르고 흙먼지가 사방을 가렸지만 불어오는 모래바람에 점차 시야가 트였다.

"으으으!"

정문호의 입술이 가늘게 떨렸다. 처음 레일건을 맞을 때와는 달리 한철이 아무렇지 않은 표정으로 그 자리에 우뚝 서 있었기 때문이다.

한철의 주변으로 파괴로 인해 비산하던 먼지들이 알 수 없는 기운에 휘돌고 있었다.

'저자는 저런 무기로는 어떻게 할 수가 없는 자다. 어쩌면 내가 직접 나서야 할지도······.'

정문호는 일반적인 무기로는 아무리 오메가라 해도 상대할 자가 아님을 깨달았다. 능력을 쓰지 않으면서 오메가의 모든 화력을 방어하는 자라면 자신의 능력을 최대한 발휘해야 함을 알았다. 오메가의 진정한 힘을 이끌어내야만이 한철을 제거할 수 있을 것 같았다.

생각을 정한 정문호는 그 자리에 가부좌를 틀고 앉았다. 오메가와 자신의 능력을 완전하게 동기화시키기 위해서였다. 완전한 동기화를 끝낸 후 뇌파로 전해지는 자신의 힘이라면 오메가를 새로운 차원의 괴물로 진화시킬 수 있었기 때문이다.

흑룡회에서 CIA의 계획에 전폭적인 지원과 협조를 한 이유도 바로 지금부터 진화할 오메가의 능력 때문이었다. 기계이지만 자신의 능력을 몇 배나 증폭해 발휘할 수 있는 상태가 되는 것이다.

정문호가 가진 능력으로 진화시킨 오메가의 능력은 가히 가공스러울 정도로 변한다. 초급의 능력을 가진 이라도 오메가와 동화한다면 마스터 급의 능력을 낼 수 있는데, 그와 같은 마스터 급의 능력자라면 오메가가 가지게 되는 힘은 거의 무적이 되는 것이다.

정문호가 가부좌를 틀고 앉자 그의 수하들이 주변을 엄호하며 전방을 제외한 사방을 둘러섰다. 호위하기 위한 방어진이 쳐지기 무섭게 정문호의 몸에서 흘러나온 기운의 파장이 점차 모래바람을 밀어내기 시작했다.

그와 동시에 오메가의 몸에서도 강력한 기운이 흘러나왔다. 정문호의 몸에서 흘러나온 슈퍼내츄럴파워인 사이코 매트릭스의 힘이 오메가와 동화한 후 증폭하기 시작한 것이다.

"으…음."

한철의 입에서 신음이 흘러나왔다. 오메가의 파워가 급격히 증가하고 있었다. 오메가의 몸에서 느껴지는 힘의 파장이 지금까지 접했던 것과는 사뭇 달랐다. 어떻게 기계가 사이코 매트릭스의 힘을 가질 수 있었는지 의문이 아닐 수 없었다.

Chapter 4
텔레키네스 마스터

그는 지금까지 보아온 자들과는 다른 차원의 강력한 파워를 가지고 있다. 자신의 정신을 기계와 어떻게 동화시키고 동조를 이루는지 모르지만 처음 보았던 힘과는 비교조차 할 수 없을 만큼 비정상적으로 힘이 증폭되고 있다.

 유준이 같은 경우야 선천적으로 타고난 능력이지만 나를 공격하기 위해 인위적으로 만들어진 능력이다. 초자연적인 능력을 몇 배로 증폭시키는 것을 볼 때 대량으로 만들어진다면 무척이나 위협이 될 것이 분명했다.

 적용된 기술을 내 것으로 만든다면 상당히 도움이 될 것이기에 관심이 가지 않을 수 없었다.

 "미네르바! 어떻게 저런 현상이 벌어지는 것이지?"

―특이한 현상입니다. 사이코메카닉의 경우와는 완전히 다른 경우입니다. 사이코메카닉을 가진 능력자들도 저렇게 비정상적으로 힘을 증폭시키는 것은 거의 불가능한 것이니 말입니다.

미네르바도 정확한 원인을 파악할 수 없다는 것이 의아했다. 초자아 컴퓨터의 능력으로도 알 수 없는 현상이라면 반드시 파헤쳐 볼 필요가 있었다.

"인위적으로 저런 능력을 만들어낼 수 있다니, 놀라지 않을 수 없군. 자세히 파악해 볼 수는 없나?"

―견갑이 아직 열려 있으니 나노 로봇을 이용해 한번 살펴보도록 하겠습니다.

"그럼 난 저놈이 계속 공격하도록 시선을 끌어야겠군."

힘이 증가하는 속도가 점점 줄어드는 모습을 보니 곧 움직일 모양이었다. 미네르바가 정확한 실체를 알아내기 전까지는 일단 방어부터 해야 할 것 같았다.

로봇의 손이 올려지며 푸른빛으로 타올랐다. 푸르스름한 불꽃이 로봇의 양손에 생긴 것이다. 상당히 안정적으로 보이지만 불꽃의 내부에 잠재한 기운이 장난이 아니다. 로봇의 손을 떠난 후 폭발을 이용해 살상하는 수법이 분명했다.

슈웅!

예상은 들어맞았다. 하지만 반만 맞았다. 로봇의 공격은 손에서 일어난 불꽃만이 아니었다. 견갑에 있는 레일건도 동시에 발사가 됐던 것이다.

배리어가 있었지만 자기장이 변화하는 것을 느낄 수 있기에 내 몸은 이미 놈의 사거리를 벗어나 움직이고 있었다. 자리를 벗어나자마자 강력한 충격파가 내가 있던 자리를 강타했다.

콰쾅!! 고오오오!

레일건의 불꽃 폭발음과 함께 강렬한 힘 때문인지 모래바람 휘날리던 공간이 뚫려 버렸다. 방원 10여 미터가 불꽃으로 물들고 암석과 흙들이 강력한 열기에 타 들어갔다.

그와 동시에 혜성의 꼬리처럼 모래들을 끌어들인 레일건의 탄환이 사라지고 난 후 빈 공간을 향해 몰려드는 모래바람으로 인해 기괴한 소리가 사방으로 메아리쳤다.

콰쾅!

뒤이어 폭발 소리와 함께 500여 미터 떨어진 곳에 있던 작은 언덕 하나가 통째로 사라졌다. 레일건에서 쏘아진 탄환이 남긴 흔적이다.

레일건이 쏘아내는 탄환의 충격파가 크다고는 하지만 언덕의 상태로 봐서는 탄환의 위력이 늘어난 것이 틀림없다. 조금 전의 레일건과는 전혀 다른 위력이다. 저자가 뿜어내는 힘으로 인해 레일건에도 변화가 생긴 것이 분명했다.

만약 이번에도 배리어를 믿고 막았다면 상당한 타격을 입었을 것이 분명했다.

"아차!"

레일건이 날아와 놀라운 위력을 보인 것 때문에 시선을 분산시킨 것이 실수였다. 시선을 돌리는 사이 오른쪽 얼굴로 강렬한 힘이 다가오고 있었던 것이다. 로봇의 손에서 일던 푸른 불꽃이 어느새 쏘아져 눈앞으로 다가오고 있었던 것이다.

피할 수도 없을 정도로 가까이 왔기에 하이드마나포스로 메탈 가드를 쳤다. 모래바람 속에 섞여 있는 금속 성분을 이용해 배리어 위에 한 겹의 강철 방어막을 덧씌운 것이다. 파티클뷰렛건의 응용 기술로, 데블나이트의 기술 중 극단의 방어 기술이다.

콰쾅!!

강렬한 폭발음과 함께 충격파가 배리어를 통해 전달되었다. 갑자기 펼친 것이라 완전하지 않았던 탓에 충격을 받아 묵직한 통증이 가슴에서부터 퍼져 나갔다. 내상을 입은 듯 울렁거리는 것이 입가에 비릿함이 느껴졌다.

"제길, 아직 멀었어?"

―조금만 있으면 됩니다.

이대로는 방어만 할 수 없었기에 미네르바를 재촉했다. 저놈의 괴물이 어떤 식으로 작동하는지 미네르바가 빨리 알아내기를 바라는 수밖에 없었다.

빠르게 신형을 움직였다. 단숨에 끝내려는 듯 연속해서 내는 공격을 피하는 것밖에는 방법이 없었기 때문이다.

콰쾅! 콰콰쾅!!

미네르바가 분석을 하는 와중에도 괴물 같은 놈의 공격은 지치지도 않았다. 언덕 하나를 통째로 파괴시키는 레일건의 탄환은 물론이고, 공간을 격하고 연이어지는 마법 같은 공격이 계속해서 이어졌다.

내가 서 있던 주변은 이미 초토화다. 3단계 차폐를 해제하고 가지고 있는 힘을 일부나마 일깨우지 않았다면 주변에 널려진 파괴의 흔적처럼 갈가리 찢겨져 예전에 죽음의 강을 건너고 있었을 터였다.

몇 분간 그렇게 놈의 공격을 피하고 있을 때 미네르바의 목소리가 뇌리에 울렸다.

─함장님, 저놈이 움직이는 메커니즘은 거의 파악이 끝났습니다.

"그럼 이제 저놈을 박살 내버려도 되는 거야?"

─아직은 아닙니다. 몇 가지 불확실한 부분이 있습니다. 조금 기다려 보십시오. 이제는 회로망의 기초 구성만 파악하면 되니까 그때부터는 공격하시면 됩니다.

"제기랄! 알았어. 최대한 빨리 끝내."

콰쾅!!

콰르르르!

미네르바와 대화를 나누던 와중에도 놈의 공격은 그치지 않았다. 로테이트크루즈를 이용해 계속해서 피하고 있었지만 공격할 힘이 있음에도 어쩔 수 없다는 것에 짜증이 났다.

공격이 정묘했던 처음과는 달리 점점 더 거칠어지고 있었다. 자신이 뿜어내는 연속적인 공격에도 빠르게 피해내는 것 때문이지 나를 공격하는 놈도 초조한 것 같았다.

─함장님, 시작하셔도 됩니다.

"좋았어."

기다리던 말이었다. 미네르바의 음성이 뇌리 속에 파고들자 흥분이 일었다. 이제는 마음 놓고 공격을 해도 되기 때문이다. 앞에서 깔짝거리는 저 괴물 같은 놈의 공격력은 무지막지했지만 나 또한 이미 괴물이 되어버린 지 오래다.

'크크크, 해보자고.'

선무화를 이용해 내부에 잠재된 힘을 일부 이끌어냈다. 전율스럽게 휘감는 거력에 전신이 잘게 떨린다.

'잘도 쐈댔다는 말이지!!'

공격하려는 의지가 일어남과 동시에 주변에 맴도는 모래바람을 기초 입자로 수많은 입자들이 뭉쳐지기 시작했다. 인간들을 상대할 때와는 다른 차원의 입자가 맺혀졌다.

모래바람 속에 들어 있는 금속 성분이 모여지며 점점 반투명하게 변해갔다. 파티클뷰렛건과 비슷한 것이지만 완전히 다른 것으로 데블나이트의 기술 중 하나인 블레이즈뷰렛건이다.

블레이즈뷰렛건은 파티컬뷰렛에 넵코에너지를 주입해 만들어진 공격 방법이었다. 의지를 통해 뭉쳐진 입자에 넵코를 전달하면 뭉쳐진 입자는 넵코에 의해 강력한 반물질로 전환하고, 새끼손가락보다 훨씬 작은 입자 탄환 하나에 상상할 수도 없는 엄청난 에너지가 응축되어진다.

이런 반물질 입자가 타깃에 부딪치면 순간적으로 에너지의 균형이 깨지면서 입자는 반물질에서 물질로 전환되는데, 이때 입자가 가지고 있는 에너지가 전부 방출되면서 강력한 폭발을 일으키는 위력이 상상을 불허할 정도다.

작은 반물질 입자 탄환들이 가지고 있는 폭발력은 반경 100여 미터를 초토화시킬 수 있을 정도로 강력할 뿐만 아니라, 1킬로미터 이내의 모든 에너지 준위를 제로로 만들 수 있는 것이다.

일반적인 비유지만 쉽게 말해서 보통 탄환을 철갑탄이나 열화우라늄탄으로 바꾼 후에 거기다가 폭발탄의 기능을 추가한 것이라고 보면 된다.

내 몸을 타고 흐르는 주변의 기운이 변화하는 것을 알아차려서인지 괴물 같은 로봇이 공격을 중단하고 기운을 끌어올리고 있었다. 배리어에 전해지는 힘이 강해지는 것을 보면 조심해 하는 기색이 역력했다.

'후후후, 그렇다고 피할 수 있는 것이 아니다. 가라! 고요의 폭풍들이여!'

의지를 따라 입자 탄환들이 빠르게 날아갔다. 투명한 상태였기에 보이지 않음에도 위기를 느낀 듯 로봇이 빠른 속도로 움직이기 시작했다. 시각으로 느끼는 것이 아닌 모양이었다.

하지만 로봇은 내가 바라보는 시야에서 벗어나지 않는 한 블레이즈뷰렛건의 입자 탄환들을 피한다는 것은 불가능한 것이었다.

콰쾅!!

콰콰콰콰쾅!!

강렬한 폭발음과 함께 대기가 일그러졌다. 로봇이 만들어낸 배리어가 충격을 받아 일그러지기 시작하면서 벌어진 현상이다.

콰직!

연속되는 타격에 로봇이 친 배리어가 산산이 부서져 나가기 시작했다.

퍼퍼퍽!

배리어가 완전히 부서지자 검은색의 동체가 직접적인 타격을 받고 있었다. 총탄에 맞은 흔적같이 여기저기 패고, 어떤 곳은 떨어져 나가며 로봇의 검은 동체가 비틀거리며 뒤로 물러났다.

한동안 비틀거리던 로봇이 움직임을 멈추었다. 에너지가 다한 듯 로봇의 몸에서 느껴지는 기운이 하나도 없었다.

"크으, 이제 끝난 건가?"

로봇을 조종하던 자를 바라보았다. 입가로 가느다란 핏줄기를 흘리는 것을 보니 이번 공격으로 상당한 타격을 받은 것 같았다.

"으음!"

처음 사용하는 것이라 힘 조절을 하지 못한 탓에 가슴이 답답해 신음이 흘러나왔다. 이미 예상한 결과였지만 내상을 입은 탓에 나 또한 상태가 그리 좋은 편은 아니었다.

─괜찮으십니까?

한계까지는 아니지만 한 번에 많은 양의 힘을 써서 그런 것인지 미네르바가 걱정스러운 모양이다.

"괜찮아. 너무 걱정할 필요도 없어. 나도 내 상태를 잘 알고 있으니까. 그런데 대단한 놈이군. 이 정도의 공격이면 박살이 났어도 벌써 났을 텐데 말이야."

―그런 것 같습니다. 저자의 에너지 파장이 로봇을 통해 증폭이 된다고는 해도, 함장님이 사용하신 힘을 감당할 수 있다니, 반드시 연구를 해봐야 할 재질인 것 같습니다.

지구상에 존재하는 금속 중 내가 방금 한 공격을 제대로 버텨낼 수 있는 것은 없다고 해도 과언이 아니었다. 그럼에도 견뎌낸 것을 보면 로봇을 보호하기 위해 상당한 힘을 쓴 것이 분명했다.

"스타쉽이나 스페이스셔틀에도 적용할 수 있을 테니 확실히 알아내 봐."

―걱정하지 마십시오.

"그나저나 저놈이 움직이지 않는 것을 보면 저자 또한 타격을 입은 것 같은데… 미네르바, 저자의 상태가 어떤지 좀 살펴봐 줘."

―알았습니다. 잠시만 기다리십시오.

로봇을 조종하는 자의 상태를 확실히 체크해야 했다. 쓰러진 자의 힘으로 공격을 막아낸 것이 분명하니 그의 정체를 알아야 했던 것이다. 미네르바도 궁금했는지 서둘러 검색을 시작하는 것 같았다.

―동기화 때문이지 뇌 혈류가 불안정합니다. 전체적으로 상당한 타격을 받은 상태입니다. 하지만 회복이 놀라울 만치 빠

른 것으로 보입니다. 내부적으로는 벌써 회복을 시작하고 있는 중입니다.

나노 로봇을 통해 전해온 정보를 미네르바가 실시간으로 전해왔다.

'잡으려면 지금 잡아야 한다는 소리로군.'

회복이 완전히 끝나기 전에 놈들을 잡아야 했다. 블레이즈 뷰렛건을 막아냈을 정도의 방어력이면 회복될 여유를 준다는 것이 사치였다.

"제길!! 놈이 움직인다."

정문호의 호위를 책임지고 있는 찬성은 한철의 움직임에 바짝 긴장을 했다. 정문호가 신경을 쓴 탓인지 이번 공격에서 자신과 수하들은 별다른 피해를 입지 않았다. 오메가를 기동시키고 난 후, 한철과의 교전에서 타격을 받아 정신을 잃은 정문호를 지켜야 했던 것이다.

타타타탕!

찬성의 경호성과 함께 글록18의 총구에서 불이 뿜어졌다. 호위하는 자들이 일제히 사격을 개시한 것이다.

티티티팅!

한철의 1미터 앞에서 총알이 튕겨져 나갔다. 지근거리임에도 아무 소용이 없었다.

'아직은 익숙하지 않은 오메가에 의지하는 것이 아니었는데, 마스터께서 당신이 가진 능력만으로 싸웠어도……'

오메가에 의지하지 않고 정문호의 진정한 능력이 구현되었다면 지금 다가오고 있는 한철은 아무것도 아니었을 것이라고 찬성은 생각했다.

아무리 오메가가 마스터의 능력을 증폭시킨다고 해도 아직은 완성되지 않은 기종이었다. 수족같이 다룬다면 몰라도 익숙하지도 않은 그런 신외지물에 의지한 것 자체가 문제였다.

그가 알고 있는 텔레키네스 마스터인 정문호의 능력은 상상을 불허하는 것이다. 방금 전 오메가를 통해 구현된 능력은 정문호가 가진 능력 중 그야말로 일각에 지나지 않았다.

'최대한 놈을 저지해야 한다. 마스터께서 깨어날 때까지만이라도. 그 뒤는 마스터의 몫이다.'

정문호의 회복력은 믿을 수 없을 정도로 빠르기에 우선 시간을 벌어야 했다. 텔레키네스 마스터인 정문호가 힘을 회복한다면 다가오고 있는 한철을 충분히 제지할 수 있을 것이라 믿은 것이다.

"계속해서 발사해라. 탄환이 떨어질 때까지 계속 발사해! 놈이 접근하지 못하게 막아야 한단 말이다."

찬성도 한철이 자신들의 힘으로는 막을 수 있는 존재가 아니라는 알고 있었다. 하지만 찬성은 포기할 수 없었다. 아직은 기회가 있었기 때문이다. 소용이 없다는 것을 알고 있지만 정문호가 정신을 차리기까지 시간을 벌겠다는 뜻이었다.

타타타탕!

한철이 가까이 다가왔다. 탄창은 어느새 거의 비워지고, 마지막 탄창만이 남았다.

텔레키네스 마스터

"이제 마지막 탄창이다. 마지막 탄환에는 힘을 싣는다."
"……."

 찬성의 명령이 무엇을 뜻하는지 알기에 그의 수하들은 안색을 굳혔다. 말없이 한철을 쏘아보는 눈빛이 예사롭지 않았다. 모두들 죽음을 각오한 눈빛이다.

 아직은 텔레키네스 파워를 쓰는 것이 일천하지만 어느 정도는 다룰 줄 아는 이들이기에 찬성의 명령이 주는 의미를 알고 있었던 것이다.

 힘을 싣는다는 의미는 탄환이 발사되는 순간 자신의 정신을 쏟아붓는다는 의미였다. 염동력이라 불리는 텔레키네스 파워를 이용해 총을 쏘는 것이다.

 그렇지만 발사되는 탄환에 정신 동력을 실어 보낸다는 것은 매우 어려운 일이었다. 고도의 집중력을 필요로 할 뿐 아니라 상당한 힘을 실어야 했던 것이다.

 찬성을 비롯한 그의 수하들도 할 수는 있지만 마스터 급이 아니기에 최후의 순간이 아니면 사용을 하지 않는 것이다. 정신적으로 심각한 폐해를 미치기에 죽음을 각오하거나 정신적으로 폐인이 될 생각이 아닌 한 말이다.

 찬성과 그의 수하들은 글록18을 반자동으로 돌려놓고는 다시 총을 쏘기 시작했다. 한 발 한 발 의미를 부여하며 정신을 가다듬었다. 29발은 최후의 한 발을 위한 예비 사격이다.

 탕! 탕!
 총이 발사될수록 그들의 눈이 푸르스름하게 빛나기 시작했다. 그리고 마지막 탄환이 발사될 때는 지금까지 발사된 탄환들과는 다른 소리가 울렸다.

투웅!

배리어를 두드리는 탄환들의 기세가 점점 올라간다. 방호복에서 발생하는 배리어로 인해 튕겨 나가던 탄환들이 어떤 수를 쓴 것인지 점차 틀어박히듯 배리어에 타격을 주고 있었다.

'제법이군.'

―탄두에 텔레키네스 파워를 집중하고 있습니다. 아무래도 주의를 하셔야 할 것 같습니다.

미네르바의 전언이 아니더라도 주의를 하고 있는 중이다. 방호복에서 발생하는 배리어만 믿고 있다가는 낭패를 당할 수도 있다는 생각에 그 뒤에 중첩해서 배리어를 쳤다. 저들이 사용하는 것과 같은 텔레키네스 파워를 이용한 배리어다.

투웅! 투웅!

퍼퍼퍼퍼퍽!

역시나 기괴한 소음과 함께 발사된 탄환들이 외곽에 있는 배리어를 뚫고 들어왔다.

그르르륵!

가가각!

텔레키네스 파워가 담긴 탄환들이 뚫은 것은 거기까지였다. 두 번째로 쳐져 있던 배리어가 탄환들을 막았다. 실타래처럼 촘촘히 얽어진 배리어가 뚫고 들어온 탄환을 잡아내며 기괴한 소음을 냈다. 그렇게 텔레키네스 파워가 집중된 다섯 발의 탄환이 허공에 멈췄다.

자신들의 공격이 실패한 때문인지 호위하던 자들의 얼굴에는 믿을 수 없다는 듯한 표정이 역력하다. 한꺼번에 힘을 쏟아낸 탓인지 안색이 더할 나위 없이 창백하다. 거기다 중심을 잡지 못하고 다들 비틀거리다 이내 정신을 잃고 쓰러져 갔다. 호위로 나선 자들은 이제 염려할 필요가 없을 것 같았다.

하지만 저들의 공격으로 잠시 주춤하는 사이 로봇을 기동시켰던 자가 정신을 회복을 한 것 같다. 강력한 기파가 그의 주위에서 흘러나왔다.

―조금 전에 로봇에게 전이시킨 능력을 자신에게 쏟아붓는 것을 보면 아마도 본신의 힘으로 함장님을 상대하려는 모양입니다.

미네르바의 말 대로였다. 그의 몸에서 흘러나오는 힘의 파장이 조금 전 나를 공격했던 로봇에 필적할 정도였다. 본신의 힘이 이 정도인 자가 기계의 힘을 빌리려 했다니, 의아할 뿐이다.

'모두들 최선을 다한 모양이로군. 하지만 피해조차 주지 못한 모양이니……'

오메가를 기동시키며 입은 내상을 회복하기는 했지만 정문호는 기분이 언짢았다. 상대를 쓰러뜨리지도 못하고 힘이 다해 정신을 잃고 쓰러진 수하들의 모습 때문이다.

'오메가를 너무 믿는 것이 아니었다. 아직은 완전한 것이 아니었거늘……'

장착된 무기 체계를 너무 믿었던 자신을 탓하며 정문호는 한 걸음 한 걸음 한철을 향해 다가갔다. 피할 수 없는 자리임을 인식한 그는 자신의 죽음을 예감하며 한철과의 싸움에 자신이 가진 능력을 최대한 발휘하기로 한 것이다.

그의 걸음마다 지면이 움푹움푹 꺼져 들어갔다. 정신 동력을 최대한 가동해 파워를 끌어올린 탓이었다. 자신이 가진 정신의 힘을 육체적 능력을 끌어올리는 데 전부 사용하고 있는 중이었다.

정문호는 오랫동안 체술을 수련해 왔다. 태권도는 물론, 합기도, 가라데 등 주로 입식 타격기를 위주로 익힌 그의 체술은 능력을 사용하지 않을지라도 가공할 경지에 올라 있는 상태였다.

흑룡회의 전위 중 가장 강한 자라는 투왕이라 할지라도 그를 상대로 채 10분을 견디지 못할 정도로 강력한 힘을 보유하고 있는 자가 바로 정문호였다.

그런 육체적 능력에 정신의 힘을 부여한 그의 힘은 이미 한계치를 넘어섰다. 죽련에서 초인이라 불리는 자들처럼 육체만으로 가공할 능력을 발휘할 수 있는 상태가 된 것이다.

팟!

정문호의 신형이 일순간 자취를 감췄다. 능력을 동원한 상태에서의 순간 가속이라 한철의 시야로도 제대로 따라잡기 힘든 속도였다.

파파팡!

삼단으로 연속해 내뻗는 그의 다리가 파공음을 내며 마치 철퇴처럼 한철을 향해 몰아쳤다. 그저 그런 공격이 아니었다. 관절의 운동 방향을 무시한 듯한 움직임이었다. 채찍처럼 공격 방향을 종잡을 수 없도록 흔들리며 진행되는 그의 공격은 한철이라도 무시할 수 없는 것이었다.

터터턱!

정문호의 공격이 진행되는 것을 본 한철의 손이 마치 파리를 쫓듯 움직였다. 손가락 끝에는 이미 강한 기운이 감돌고 있었기에 그의 손은 정문호가 내민 발끝을 모두 쳐내며 둔탁한 소리를 흘려냈다.

차앗!

휘이익!

쇳덩어리도 부수어 버릴 수 있는 자신의 공격을 방어해 낼 수 있을 것이라 이미 생각하고 있었는지 정문호의 신형이 휘돌 듯 허공에서 돌았다.

그와 동시에 그의 발끝은 푸르스름한 빛으로 휩싸였다. 마치 드릴의 날처럼 회전하는 그의 발끝에는 강대한 힘이 집중되어 있었다.

정문호가 시도한 공격은 속도에 의해 힘을 얻는 공격과는 차원이 다른 공격이다. 한 점에 집중된 힘이 타격과 동시에 퍼져 나가며 마주치는 것은 산산이 부서져 버릴 것이기에 한철은 정문호의 공격을 피해 옆으로 움직였다.

움직임과 동시에 정문호의 신형도 허공에서 방향을 틀었다. 모래바람이 마치 회오리치듯 정문호의 신형 주위를 휘돌며 한철을 따라붙었다.

한철은 정문호의 발끝에 모아진 힘이 얼마나 강력한 것인지 알고 있었다. 피할 수 없다면 마주쳐 상쇄시키는 수밖에 없어 휘도는 정문호의 발끝에 장심을 가져다 대었다.

그르르르!

정문호의 발끝과 한철의 손에서는 기의 파장이 충돌하며 기괴한 소음을 흘렸다.

휘이이이!

기의 충돌은 주변의 대기를 일그러뜨렸고 이로 인해 주변에서 불던 모래바람도 두 사람이 마주치는 기의 파장으로 인해 모두들 갈피를 잡지 못하고 사방으로 비산했다.

인간의 몸에서 나오는 공격이지만 미사일이나 레일건에 비할 바가 아니다. 배리어로 튕겨낼 수 있는 힘은 더더욱 아니다. 내부로 무자비하게 파고들어 안쪽에 충격을 주는 기운의 기세가 제법 매섭다.

로봇이나 조금 전 쓰러진 자들이 날린 기탄들을 상대하느라 조금 타격을 입기는 했지만 지금의 공격을 상대할 바가 못 되는 것은 아니다.

한계치에 다다를지는 모르겠지만 일단 기운을 일으켰다. 전

텔레키네스 마스터 167

에 집 근처에서 상대했던 자들과는 질적으로 다른 자라 조금은 무리가 가지만 기운을 좀 더 개방했다.

슈퍼내추럴 파워 중 가장 강한 물리력을 가진 것이 저자가 사용하는 것이다. 정신 동력을 물리력으로 전환하는 것에 특화된 능력을 가진 자를 정면으로 상대하는 것은 좋은 생각이 아니기에 조금 전과는 다른 능력을 사용하기로 한 것이다.

텔레키네스 파워라면 상극이라고 할 수 있는 하이드내츄럴 포스를 사용하는 것이 좋을 것 같기에 암암리에 힘을 끌어 모았다. 처음 사용해 보는 것이기는 하지만 그리 어려울 것도 같지 않았다.

처음 한 것은 내 자신을 늘리는 일이다. 하나둘, 내 모습이 늘어나자 한눈에 보기에도 놀라는 빛이 역력하다. 공격을 하던 중에 사람이 갑자기 셋으로 늘어나자 타격점을 잡기가 힘들어서인지 그는 빠르게 신형을 뒤로 물렸다.

어떤 것이 진체인지 파악하려는 듯 눈빛이 날카롭게 빛나고 있었다. 하지만 마음의 눈으로도 어떤 것이 허상인지 어떤 것이 진체인지 구별하기란 힘들 터였다.

데블나이트의 전투 기술 중 트리플일루젼은 허상을 만들어 내어 적의 시야를 혼란시키는 것이지만 나는 여기에 넵코를 더했다. 반물질과 물질을 오가는 넵코의 특성상 만들어진 허상들은 이미 허상들이 아니었기 때문이다.

허상 속에 존재하는 진체들은 나름대로의 특성이 있다. 모두가 같은 자세라면 몰라도 다른 자세를 취하며 각기 다른 방향으로 살기를 흘리고 있는 중이다.

거기다 미네르바가 준 방호복으로 인해 각자 다른 복장을 하고 있다. 나를 상대하는 자는 그런 내 모습에 혼란에 빠진 눈빛이었다.

환상을 자유자재로 다루는 일루셔니스트들을 많이 보아왔던 정문호로서도 자신의 시야에 들어온 사람들의 모습에 정신을 차릴 수가 없었다.

자신이 느끼고 있는 느낌이 틀림없다면, 같은 얼굴을 하고 있지만 그것은 절대 한 사람이 아니었다.

한 사람이면서 세 사람인 한철을 보며 등에는 식은땀이 흘렀다. 어디에서도 허상이라는 증거가 나타나지 않았다. 복장이 전부 다를 뿐만 아니라 기세 또한 달랐다. 같은 얼굴만 아니라면 누가 보더라도 다른 사람이었다.

'분신은 불가능한 일이거늘……'

자신을 분리해 내는 것은 마스터 급에 이른 일루셔니스트들이라도 불가능한 경지다. 지금과 같이 완전하게 자신과 같은 분신을 만들어내는 방법은 그의 기억을 뒤져 보더라도 원영체밖에는 없었다.

원영체는 초월의 경지에 이른 이만이 가능한 경지였다. 원영체를 이룬다는 것은 높고도 먼 경지였기에 흑룡회 내에서는 물론 그가 알고 있는 다른 능력자 단체들 중에도 없었다.

전설이 전하는 신선들이라면 모를까, 그가 알고 있는 범위 내에서는 불가능한 경지였다. 수많은 능력자들이 있었지만 원영체를 이룬 이에 대한 이야기는 들어보지 못한 정문호였기에 안색이 급격히 굳어질 수밖에 없었다.

'뭔가 트릭이 있을 거다. 트릭……'

정문호는 한철이 자신이 파악하지 못하는 색다른 기술을 사용하고 있는 것이라 결론을 지을 수밖에는 없었기에 허점을 찾기 위해 신경을 곤두세웠다. 하지만 아무리 찾아봐도 트릭이 어떤 것인지는 찾을 수 없었다.

'어떤 기술인지는 모르지만 힘으로 밀어붙이는 수밖에 없다. 우리가 이곳으로 이동해 온 것도… 아니지, 이것도 환상일지도 모른다. 여하튼 모든 것이 저자 때문임이 분명하니 자칫 이곳에서 뼈를 묻을지도 모르겠군.'

모든 원인은 한철로 귀결되었다. 한철을 제거해야만 된다는 사실을 절감한 정문호는 조용하지만 싸늘한 눈으로 한철을 바라보며 최근 완성한 기술을 생각했다.

그의 몸으로 푸르스름한 기운이 한 겹 덧씌워졌다. 정문호의 상태가 변해가는 것을 보고 있는 한철의 눈에는 흥미로운 빛이 가득했다. 소설에나 나올 법한 호신강기라 칭해지는 기술에 자신만의 심득을 더해 만들어진 기술이었다.

"미네르바! 제법인데!"

―그런 것 같습니다. 형태로 보아 함장님께서 사용하시는 고스트익스플로젼과 유사한 형태 같습니다.

미네르바의 목소리에도 놀라는 빛이 역력했다. 유형화되어 보이기는 하지만 저자가 펼치는 기술의 형태를 보면 고스트익스플로전과 닮은 점이 많았다.

소리없이 날아가 적의 피부 바로 위에서 터져 안으로 충격파를 주는 고스트익스플로전과 같이 폭발력의 여파로 상대를 공격하는 기술이 분명했다.

"재미있는 자로군. 지금 시대에 저만한 능력을 보유하고 있는 자라니 말이야. 흑룡회라는 집단… 아무래도 그저 친일파나 자기 이익을 위해 모인 집단은 아닌 것 같아 보여."

이제는 거의 고물이 되어버린 검은 동체의 로봇도 그렇고, 내가 2단계 차폐가 해제된 상태에서나 가능했던 기술을 사용하는 자가 소속되어 있는 것도 그렇고, 흑룡회라는 집단에 대해 새로운 시각으로 봐야 한다는 생각이 들었다.

"저자가 들고 나온 필살기라는 것이 저런 것이라면 빨리 끝내야겠다. 더 보아도 소용이 없을 테니 말이야. 그런데 미네르바, 저자의 정신을 읽는 것도 가능할까?"

―저 정도의 텔레키네스 파워를 사용할 정도라면 어렵기는 하지만 가능은 할 겁니다.

"좋아, 빨리 끝내도록 하자고."

빨리 끝내면 끝낼수록 좋을 것 같기에 나는 고스트익스플로전을 시전하기로 했다. 앞에 보이는 자와는 다른, 보이지 않는 기운이 주변에 맺혔다.

이제는 한 발 한 발이 거의 폭탄 수준에 다다른 기술이기에 쓰는 데 신중을 기하지 않을 수 없었다. 눈에는 보이지 않는 것이기에 전적으로 기감에 의존해야 하는 탓이다.

자칫 앞에 있는 자를 죽이게 되는 경우가 발생할 수 있었기에 나는 애써 힘을 조절해야 했다.

파파파팟!

원하는 대로 기운을 모은 정문호는 자신의 기운을 떨쳐 냈다. 푸른 기운이 빛살처럼 퍼져 한철에게 다가갔다. 그것은 마치 빛으로 이루어진 화살 같았다. 푸른빛들이 모래바람을 헤집으며 득달같이 한철을 향해 달려들었다.

"가랏!"

자신의 기운을 응축시킨 빛의 화살들이 한철의 면전에 이르자 정문호는 싸늘한 목소리로 일갈을 날렸다. 빛의 화살인 광전섬(光電閃)은 가공할 가속도로 인한 충격파에 이어 자체의 폭발력으로 적을 산산이 부숴 버리는 특성이 있기에 정문호는 한철을 죽이지는 못할지라도 상당한 충격을 받을 것임을 믿어 의심치 않았다.

파팡!! 콰콰콰쾅!

공기의 파열음에 이어 빛의 폭발이 이어졌다. 오메가가 날리던 레일건이나 미사일과는 또 다른 위력이다. 한순간 한철의 신형이 빛의 폭발에 가려 보이지 않았다. 피하지도 못한 채 고스란히 정문호의 공격을 맞고 있었다.

무지막지할 정도로 강력한 폭발이었지만 실제로는 한철의

바로 1미터 전방에서만 폭발이 이어지고 있었고, 폭발력 또한 한철을 비껴 옆으로 흩어지고 있었던 것이다.

정문호의 공격을 막아내고 있는 것은 한철이 시전한 고스트 익스플로젼이었다. 정문호가 뻗어낸 것과 같은 수의 고스트익스플로젼이 폭발하며 연이어지는 공격을 무산시키고 있었던 것이다.

실체가 보이지 않는 것이기에 한철의 기운은 보이지 않았고 정문호의 기운에 섞여 같이 폭발한 탓으로 일방적으로 고역을 당하고 있는 것으로 보였던 것이다.

한철은 정문호의 공격을 막으면서 은밀히 세 개의 고스트익스플로젼을 떨쳐 냈다. 방어와 동시에 우회시켜 정문호를 공격할 생각인 것이다.

콰콰쾅!!

연이어지는 폭발음 속에 희미한 미소를 지어 보이던 정문호의 안색이 점차 일그러지기 시작했다.

"제기랄!!"

처음에는 공격이 성공했다고 생각했지만 연이어지는 폭발이 그의 뇌리에 경종을 울렸던 것이다.

마주치는 힘이 없다면 자신이 시전한 광전섬은 폭발을 할 리가 없었다. 아무리 강력한 힘이라도 광전섬은 자신의 힘을 넘어서지 않는다면 그대로 뚫고 나가는 특성이 있기 때문이다.

폭발이 일어났다는 것은 광전섬과 맞먹는 힘이라는 뜻이었다. 자신의 적인 한철이 자신과 맞먹는 힘을 발휘하고 있다는 소리였기에 정문호는 2차 공격을 준비했다.

혹시나 하는 생각에 마음의 준비를 하고 있던 탓에 정문호의 2차 공격은 빠르게 준비됐다. 그의 양손이 눈이 감길 것 같은 새하얀 은빛 섬광으로 물들었다.

섬광이 사라지고 잠시 후, 반원형의 초승달 모양을 한 기운의 집합체들이 그의 양손에 들려졌다. 정신의 힘을 실체화시킬 수 있는 마스터 급만이 할 수 있는 능력이다.

정문호의 정신 동력으로 실체화되어 날카로운 예기를 흘리는 반월형의 기운들은 단월참(斷月斬)이라 불리는 그가 가진 비장의 기술이었다.

단월참은 흑룡회가 보유하고 있는 사대비공 중 하나로, 일인전승으로 이어지는 살상무예의 최고봉이다. 시전하는 순간 막대한 정신력을 잡아먹기에 정문호도 최후의 순간이 아니면 펼치지 않는 것이다.

'어쩔 수 없다. 저자를 쓰러뜨리지 않으면 당하는 것은 내가 될 테니……'

후유증으로 인해 몇 달간을 식물인간처럼 누워 있는 신세가 되어야 하지만 그것이 문제는 아니다. 광전섬을 막아낼 정도라면 최후의 수가 아니면 통하지 않을 것이기에 정문호로서도 지금은 선택의 여지가 없었던 것이다.

자신의 눈앞에 있는 적은 무조건 쓰러뜨려야 하는 것이 그가 지금까지 살아온 방식인 것이다.

"차앗!!"

광전섬이 뿌려대는 폭발의 여파가 가시기 전에 정문호는 기합과 함께 단월참을 떨쳐 냈다.

지구상에 존재하는 물질 중 가장 강한 경도를 지녔다는 다이아몬드도 단월참의 예기라면 두부처럼 잘라낼 터였기에 회심의 미소를 지으며 정문호는 천천히 옆으로 쓰러져 갔다. 그가 가지고 있던 텔레키네스 파워를 모두 소진해 버린 탓이었다.

"이런!!"

자신의 공격이 전혀 통하지 않는다는 것을 알아차린 모양이다. 고스트익스플로젼을 떨쳐 내기 무섭게 새로운 기운들이 응집하더니 나를 향해 쏟아지고 있었다.

"피스트스트라이크!"

급하게 고스트익스플로젼을 변형시켰다. 날아오는 기세가 워낙 날카로워 빠르게 접근해 가던 고스트익스플로젼을 연이어 중첩시킨 것이다.

피피핏!

뻗어 나온 두개의 기운과 부딪쳐 가는 고스트익스플로젼이 꺼지듯 사라져 갔다. 워낙 날카로운 놈이라 기세를 잃지 않고 있었다. 천천히 쓰러지는 모습으로 봐서는 이번 공격에 자신이 가지고 있는 전력을 모두 기울인 것으로 보였다.

고스트익스플로젼을 중첩시킨 것으로는 놈이 던져 낸 기운을 막아내긴 힘들었다. 저항을 받은 후에 고스트익스플로젼을 무산시킨 후 진행 방향을 확인할 수 없도록 이리저리 회전하며 나를 향해 다가오고 있었다.

어쩔 수 없이 라이징그레어를 펼쳤다. 실과 같이 가느다란 빛의 검이 아니면 놈이 던진 기운을 소멸시키기 힘들어 보였다.

라이징그레어는 사이코 매트릭스를 이용해 빛의 검을 뽑아내는 기술이다. 수많은 빛의 실타래를 검으로 환원해 적을 도륙하는 것으로, 그 수에는 한정이 없다. 힘에 비례하여 실같이 가느다란 검인을 수도 없이 만들어낼 수 있는 전투 기술이다.

대량살상을 통해 다수의 적에게 공포를 심어주는 것을 목표로 하는 것이다. 위험하지 않으면 가급적 사용이 자제되는 기술이지만 이번에는 나를 향해 날아오는 기운을 잡기 위해 펼칠 수밖에 없었다.

콰드드득!

실타래처럼 사방으로 뻗은 빛의 검에 부메랑처럼 다가오던 은빛의 기운들이 걸리며 기괴한 소음을 토해냈다. 주변에 이는 모래바람들도 부딪치는 기운에 저만치 밀려나고 있었다.

살아 있는 듯한 기운들은 저항을 멈추지 않았다. 주인의 의지를 반영한 듯 거세게 회전하며 라이징그레어가 만들어낸 빛의 실검들을 잘라내려 애썼다.

하지만 반항도 잠시뿐, 수많은 빛의 검으로 인해 기세를 잃은 은빛의 기운들은 점차 수그러들기 시작하더니 어느새 장내에서 사라져 버렸다.

"휴우! 꽤나 골치 아픈 상대였어."

―정신력을 모두 소진하면서까지 함장님을 상대하다니 대단한 성격의 소유잡니다.

"그런 것 같다. 어서 저자의 상태나 살펴봐. 무리를 한 것 같으니 말이야. 다른 자들도."

미네르바로 하여금 쓰러진 자들을 살펴보게 했다. 강력한 적들을 상대하느라 쓸 수 있는 힘을 최대한 뽑아 쓴 터라 가슴이 조금 전보다 더 답답했다. 상당한 힘을 쏟았기에 조금 쉬면서 상태를 살펴보기로 했다.

'방법을 마련해야지 이대로는 힘들겠다.'

3단계 차폐를 해제하기는 했지만 가용할 수 있는 힘에는 한계가 있었다. 지금같이 이런 상태라면 문제가 많았다. 쓰러져 있는 저자와 같은 자가 한 명만 더 있었다면 생사를 장담할 수 없는 지경까지 갈 것이 분명했다.

CIA는 물론 그들과 연계를 가지고 있는 흑룡회라는 집단과 맞서기 시작한 이상 어떻게 해서든지 제법문의 소재를 찾아야 한다는 생각이 들었다.

내 힘을 전부 가용할 수 있기 전까지는 흑룡회와 상대하는 것도 자제해야 할 것이다. 저런 능력자를 보유했다면 더 강한 자들도 있을 것이기에 당분간은 철저히 신분을 감추는 것이 좋을 듯했다.

―함장님, 괜찮으십니까?

쓰러진 자들을 살펴보는 것이 끝난 것인지 걱정스러운 듯 미네르바가 물었다.

"걱정하지 마, 이제는 안정이 됐으니까. 저 괴물 같은 로봇에서 발송되는 전파는 완전히 차단해야 하지 않아?"

―지금까지 방해만 했습니다만 이제 완전히 차단하고 이송을 준비 중입니다.

"좋아. 네르키즈로 워프시킨 후에 자세히 조사 좀 해봐. 저 정도의 무기라면 앞으로 우리 계획에도 많은 도움이 될 테니까. 그리고 저자들에 대해서도 조사를 하도록 하고. 방법은 전과 같이 말이야."

―걱정하지 마십시오.

휘이잉!

미네르바의 대답이 끝남과 동시에 모래바람이 몰아치며 입 안에 텁텁한 흙 맛이 났다.

"퉤! 그리고 이놈의 모래바람도 멈추도록 하고."

―아직은 제가 통제하지 못하는 위성들이 있기에 일단 저들을 워프시킨 후에 조치를 취하겠습니다.

지금도 불고 있는 모래바람은 미네르바의 작품이다. 아직은 미네르바도 완전하게 지구상에 있는 위성들을 통제하지 못하기에 중국의 기상 위성 시스템과 미국의 전투 위성을 이용해 만들어낸 것이다.

미국 전투 위성의 레이저를 이용해 대기권 상층부에 열을 가해 일시적인 기압 차를 만들어내고, 중국 기상 위성 시스템을 통해 조작된 명령으로 중국 항공기가 구름 씨를 뿌려 인위적으로 불게 만든 모래바람이었던 것이다.

 상당히 어려운 일이었지만 무리를 해 강행한 이유는 혹시라도 첩보 위성에 나와 저들의 모습이 포착될까 해서였다. 천상천의 완성이 코앞에 있기는 하지만 아직은 주의해야 할 때인 것이다.

 잠시 후, 쓰러져 있는 자들과 검은 동체의 로봇은 물론 컨테이너를 실은 트레일러까지 네르키즈로 워프되었다.

 워프가 끝난 후 천천히 모래바람이 서서히 멈추기 시작했다. 전투 위성을 이용해 조작한 것이라 레이저가 작동을 멈추자 잦아든 것이다.

 모래바람이 잦아드는 것과 동시에 답답하던 것도 많이 가셨다. 선무화를 계속 운용하고 있었던 탓에 몸 안의 기운의 안정을 찾은 것이다.

 "미네르바, 민석 선배가 이곳에서 멀지 않은 곳에 있다고 했지?"

 미네르바의 또 다른 터미널이 훈련을 맡고 있었다. 이미 상당한 수준의 훈련을 끝냈다는 것을 계속해서 듣고 있었기에 알고 있다. 프로그램의 내용도 전해 들은 터라 어떤 훈련을 하는지 보고 싶어졌다.

 ─이곳에서 약 10킬로미터 북방에 캠프를 차려놓았습니다. 지금은 쉬고 있지만 조금 있으면 훈련을 재개할 겁니다.

 "좋아. 거기로 한번 가보자고. 어떤 식으로 훈련을 받고 있는지 궁금하니까 말이야."

―알았습니다. 바로 가도록 하겠습니다.

미네르바가 워프를 시키려는지 시야가 흐려져 왔다. 그리고 잠시 후, 조금 전에 있었던 곳과 별달리 변하지 않은 풍경이 시야에 들어왔다.

다만 다른 것이 있다면 2층 집 크기만 한 커다란 바위들이 군데군데 산재했다는 것만 달랐다.

"저기 있는 건가?"

500여 미터 떨어진 바위 사이에서 사람의 기운이 느껴졌다. 민석 선배와 선배의 수하들이 틀림없었다.

―그렇습니다. 바람이 잦아들었으니 곧바로 훈련을 재개할 겁니다.

미네르바의 말이 끝나고 얼마 후 사람들이 바위 사이에서 나오기 시작했다. 위장복을 입고 있는 탓에 자세히 분간이 가지는 않았지만 시선을 집중시키자 사람들의 얼굴이 눈에 들어왔다.

실전을 능가하는 훈련 탓인지 모두들 군기가 바짝 든 모습이었다. 모두들 사방을 경계하며 조심스럽게 이동하고 있는 모습이었다.

"미네르바, 무장이 그리 많지 않은 것 같은데?"

조금 전 상대했던 자들에 비해 무장이 별로 보이지 않았다. 검정색으로 보이는 권총 한 자루만이 그들이 가진 무장의 전부였다.

―기본 무장만 갖추었습니다. 지금 들고 있는 권총은 지구에서 볼 수 있는 것들이 아닙니다. 레일건과 같은 가우스건의 일종으로 코일건을 기본 무장으로 채택했습니다.

"호오! 그래?"

―솔네노이드에서 발생하는 자기장은 최대 8메가줄로, 소형 탱크는 그대로 박살 내버릴 정도의 위력을 가지고 있습니다.

"무시무시하군. 그런데 이번 훈련은 뭐지?"

―적의 원거리 저격에 대비한 적응 훈련입니다. 기감을 이용해 1킬로미터 이내에 있는 살기에 반응할 수 있는 훈련입니다. 원거리 저격에 대한 적응 훈련이라고는 하지만 그 반대도 될 수 있는 훈련이기도 합니다.

"벌써, 그 정도까지 간 것인가?"

미네르바의 말에 놀라지 않을 수 없었다. 그 정도의 기감을 발휘할 수 있다면 거의 초인이나 다름없었기 때문이다.

―능력자가 아닌 탓에 뇌 용량 전체에 대한 활성화 작업을 할 수는 없었습니다. 대신 육체의 능력을 최대한 이끌어냈습니다. 그나마 본능적인 감각이 탁월한 사람들이라 이 정도입니다.

"그래도 대단해! 그 짧은 시간에 이 정도 수준까지 오르다니 말이야. 그나저나 나를 발견한 것 같군."

감탄을 하고 있다가 싸늘한 살기들이 나에게 쏟아지는 것을 느꼈다. 민석 선배와 훈련을 받는 이들이 내 존재를 알아차린 것이 분명했다. 서둘러 존재의 기척을 지우고는 자리를 피했다.

쾅!

자리를 피하자마자 폭발음과 함께 뒤편에 위치해 있던 바위에 커다란 구멍이 뚫렸다. 기척을 발견하자마자 민석 선배가 코일건을 쏘았던 것이다.

먼지 사이로 드러난 흔적을 보니 웬만한 것들은 그냥 박살이 나고, 사람이라면 흔적도 남지 않을 것이 분명했다.

"잘못했으면 골로 갈 뻔했군."

기척을 감지하자마자 정확이 내가 있던 자리에 바로 발사를 할 정도라니 민석 선배의 능력이 대단했다.

―미처 말씀드리지 못했지만 최민석 씨의 능력은 저들 중 발군입니다. 거의 능력자에 근접하는 능력입니다.

"그랬나? 역시 대단한 선배야."

―제가 만들어놓은 타깃들이 곧이어 신호를 보낼 겁니다. 어떻게 처리하는지 그것만 보시고 바로 한국으로 돌아가시겠습니까?

"아니, 일단 구경이나 한번 해보고 가자고. 아직 시간은 있으니까 말이야."

민석 선배나 훈련하는 사람들을 좀 더 지켜보고 싶었다. 기척을 지운 후였기에 전망이 좋은 곳에 은폐한 후 선배와 사람들의 움직임을 살폈다.

진행하는 방향을 따라 무작위로 표적이 나타났다. 순간적으로 나타나는 데도 불구하고 그들의 총은 백발백중이었다. 살기를 흘리는 표적이 등장하면 팀원 중 한 명이 어김없이 박살내버리며 전진하고 있었다.

특수한 훈련을 받은 이들이라면 그리 놀랄 일도 아니라고 생각하겠지만 그들이 상대하는 표적은 일반적인 훈련에 쓰이는 다른 것들과는 달랐다.

표적과의 거리는 최소 500미터 최대 1,500미터 반경이고 거기다 크기는 거의 손바닥만 한 것이었다. 그럼에도 나타나는 것과 동시에 표적들이 모두 제거되었다.

팀원들 중 민석 선배의 실력은 발군이었다. 1킬로미터가 넘어서는 지역에 있는 타깃들은 모두 민석 선배의 차지였던 것이다. 다른 팀원들은 대부분 1킬로미터 안쪽에 있는 타깃에만 반응을 보였지만 벗어난 지역에서 나타나는 것은 유일하게 민석 선배만이 반응을 했던 것이다.

얼마 진행되지 않은 훈련이라고는 하지만 상당한 성과를 거두고 있는 것으로 보였다. 미네르바가 잠재 능력을 활성화했다고는 하나 예상을 넘어 다들 훌륭한 모습을 보여주고 있었던 것이다.

"민석 선배의 능력이 최고로군."

—지금도 상당한 수준이지만 아직 능력을 계발할 여지가 많은 분입니다. 아직은 활성화가 덜 끝나서 그렇지, 가진바 능력을 전부 일깨울 경우 최대 5킬로미터까지 반응 거리가 넓어질 것으로 판단됩니다.

"5킬로미터까지?"

민석 선배의 반응 정도의 범위가 그렇게까지 넓어질 수 있다니 믿을 수가 없었다.

―그렇습니다. 하지만 그 정도까지 느낄 수 있는 것은 사람들이 살지 않는 이런 곳 정도일 겁니다. 대도시의 경우에는 방해를 받는 것들이 많으니 아무래도 반응 거리가 줄어들 것입니다. 최대 3킬로미터 범위 정도가 한계일 것으로 판단됩니다.

"우와! 그 정도라니, 대단한걸!"

그 정도만 해도 어마어마한 것이었다. 초인이라 불려도 손색이 없기 때문이다.

인간이 정해진 타깃을 저격할 수 있는 한계는 최대 2.5킬로미터다. 그것도 망원렌즈와 최첨단 장비를 동원해서야 겨우 가능한 이야기였다.

그것도 특급이라는 킬러가 최대한의 능력을 발휘했을 때 2번에 1번꼴로 겨우 성공시킬 수 있는 확률밖에는 없었기에 민석 선배가 가질 능력은 매우 특별한 것이었다.

"그렇다면 훈련을 끝내면 다른 선배들이나 가족들에게는 위험이 훨씬 줄어들겠군."

―그렇습니다. 이미 일부 가동하기 시작한 천상천의 감시망과 함께 앞으로 훈련받게 될 이들이 합류하게 된다면 이번 계획에 참여하시는 분들에 대한 충분한 보호가 가능합니다. 여차하면 제가 워프를 시켜도 되고 말입니다.

어느 정도 안심이 되었다. 내가 지금 본 대로의 능력이라면 그동안 알게 모르게 걱정했던 내 계획에 참여한 사람들의 신변 보호에 대한 문제는 접어도 될 것 같았다.

"선배나 한번 만나보고 갈까?"

―문제가 되지 않겠습니까?

미네르바의 말대로 민석 선배를 만나는 것이 문제가 될 수도 있었다.

훈련 때문에 의문을 참고 있는 중이지만 고비사막과 같은 오지에서 이렇게 상상하기 힘든 훈련을 한다는 것이 민석 선배로서는 무척이나 궁금할 것이다. 내가 나타난다면 틀림없이 전후의 사정을 알기 위해 질문을 할 텐데 대답할 말이 마땅하지 않았던 것이다.

"그렇기는 하겠지만 만나는 봐야 할 거다. 앞으로 음지에서 나와 같이 싸울 분이니까."

―알겠습니다. 제 분신이 그동안 교육을 시킨 것도 있으니 그다지 거부감은 없을 겁니다. 그렇지만 저의 존재에 대해서는 언급을 회피하시는 것이 좋겠습니다, 함장님.

"알았다. 굳이 알려야 할 필요도 없으니까."

충고대로 최후의 보루인 미네르바에 대해서는 알려줄 필요가 없었다. 어떻게 고비사막으로 올 수 있었는지, 그리고 훈련에 사용하고 있는 최신 무기들에 대해서만 설명하면 될 것이라고 생각했다.

미네르바의 분신이 지시를 한 것인지 훈련을 하던 이들이 한자리에 모인 후 자신들이 머물고 있는 베이스캠프를 향해 이동하기 시작한 것을 보며 나도 걸음을 옮겼다.

베이스캠프는 위장이 무척이나 잘되어 있었다. 상공을 지나가는 인공위성들은 대부분 미네르바의 통제하에 들어가 있어 발견되더라도 정체가 탄로나지는 않겠지만 설사 그렇지 않더라도 쉽게 찾아내지는 못할 것 같았다.

베이스캠프에 다가가자 민석 선배가 묘한 눈으로 나를 바라보고 있었다.

마음으로 아끼는 후배를 바라보는 민석의 마음은 온통 궁금증으로 가득 차 있었다. 불행한 일을 당하고 난 후 학교를 끝마치지도 못하고 사라져 버렸던 한철이 그로서는 이제 알 수 없는 존재로 다가왔기 때문이다.

엄청난 돈으로 남들이 상상할 수 없는 사업을 계획하는 것은 그럴 수 있다 치더라도 지금 자신과 수하들이 하고 있는 훈련의 내용은 일개 개인이 할 수 있는 일이 아니었기 때문이다.

그리고 얼마 전, 갑작스럽게 나타난 자들도 의문이었다. 지금이야 상대해도 별문제가 없겠지만 하나하나가 이전의 자신과 비슷한 실력을 지닌 실력자들이었던 것이다.

그다지 많은 대화는 없었지만 교관으로부터 자신들이 받았던 기초 훈련을 받고 있는 그들은 분명 암흑가의 인물들이 분명했다. 그것도 전국구를 능가하는 실력을 가진 자들이었다.

엄청난 돈에 웬만한 국가에서도 가지고 있지도 못하는 신무기에 암흑가의 실력자들까지… 훈련이 아니었다면 벌써 한철이 있는 곳으로 달려가 어찌 된 일인지 알아봤을 민석이었다.

어째든 마주한 두 사람은 무척이나 반가웠다. 어디에 있던 같은 목적을 가지고 노력하고 있었기 때문이다.

"피부가 많이 거칠어지셨군요."

"후후후, 사막이 그다지 좋은 환경은 아니니까."

"말씀드릴 것이 있으니 일단 캠프로 들어가시죠."

"그러자."

자신의 집인 양 거침없이 캠프 안으로 들어가는 한철을 보며 민석은 자신의 궁금증이 풀릴지도 모른다는 생각이 들었다.

자신의 수하들이 도열해 있는 곳을 지나쳐 탁자에 앉고 있는 한철을 보며 민석 또한 마주 앉았다. 자신들을 훈련시키고 있는 교관이 차를 내오자 한철이 천천히 음미하듯 차를 즐기는 모습을 보며 민석은 서두를 꺼냈다.

"지금 어떤 일을 계획하고 있는 것이냐?"

많은 의미가 함축된 질문이었다.

"궁금하셨던 모양이로군요. 이제 선배님도 아셔야 하니 말씀을 드리도록 하지요."

한철의 말에 민석뿐만 아니라 주변에 서 있던 민석의 수하들도 귀를 기울이기 시작했다.

다 이야기해 줄 필요는 없었기에 몇 가지 중요한 사실만 이야기해 주기로 했다. 할아버지와 부모님의 이야기와 내가 어째서 이번 일을 계획하고 있는지에 대해서 말이다.

다른 선배에게는 이야기하지 않고 감추었던 부분이지만 민석 선배에게는 미네르바의 이야기를 제외한 모든 사실을 이야기해 주었다.

아멘도스라는 통합 무기 체계 때문에 할아버지와 부모님이 돌아가셨다는 이야기와 범인의 배후로 미국의 군산복합체와 CIA 같은 정보 단체가 개입되어 있다는 사실도 이야기해 주었다.

그리고 국정원장인 김한석 원장과의 일도 언급했다. 민석 선배의 의심을 사지 않기 위해 이번 훈련이 국정원에서 지원을 받아 벌인 일이라고 핑계를 댔던 것이다.

"국정원도 이번 일에 개입되어 있는 것이냐?"

국정원이 개입되어 있다는 소리에 민석 선배가 얼굴을 찌푸렸다. 정계와 재계가 밀착되어 있는 마당에 자신의 복수가 어려울지도 모른다고 생각했기 때문인 것 같았다.

"약간의 지원을 받는 일종의 합작관계지만 서로의 일에 대해서는 일체 관여를 하지 않습니다. 국정원은 아멘도스를 넘겨받으면 되는 것이고, 저는 무기상이 되는 것이니까 말입니다."

"시켜서 하는 것이 아니라 지원만 받는다는 말이냐?"

"그렇습니다. 그 와중에 할아버지나 부모님의 복수를 하는 것은 국정원과는 상관이 없습니다. 물론 민석 선배의 복수도 포함되고요."

"뜻은 알겠다만, 그리 쉽게 될 수 있을까?"

거대 기업을 상대해야 한다는 것이 그리 쉽지만은 않다는 것을 잘 알고 있는 민석 선배로서는 아직도 의문점이 있는 모양이었다.

"할아버지와 부모님께서 제게 남겨주신 것은 돈뿐만이 아닙니다. 지금 훈련에 사용하고 계시는 무기들도 물려주신 것입니다. 사실 시끄러워지기는 하겠지만 막나가기로 한다면 그까짓 선배님의 복수는 아무것도 아닙니다."

"하긴……."

죽음으로 끝을 내야 하는 복수라면 민석 선배가 지금까지 훈련받은 것만으로도 충분했다. 1킬로미터나 벗어난 곳에서 저격을 한다면 손쉽게 복수를 끝낼 수도 있는 것이다.

"선배가 원하는 것은 그들의 완전한 파멸일 겁니다. 선배도 죽음이라는 작은 만족으로 복수로 끝내고 싶지는 않으실 거고요. 선배님은 모르시겠지만 유성그룹은 이번 일에 사활을 걸고 있습니다. 그들로서도 선택의 여지가 없으니까요."

"그것은 무슨 말이냐?"

궁금할 만도 할 것이다. 유성그룹이 미우해양조선을 인수해도 그만 아니어도 그만인 것이 선배들이나 세간의 평가였기 때문이다.

"흑룡회라는 단체가 있습니다. 일제시대부터 보이지 않는 곳에서 우리 겨레를 말살해 오던 단체지요. 그들이 미우해양조선을 인수하고자 하니 그들의 수족이라고 할 수 있는 유성이 손을 뗄 수는 없을 겁니다."

"흑룡회라니? 언뜻 듣기는 했지만 그 흑룡회라는 단체가 유성과 무슨 관계가 있는 것이냐?"

유성그룹과 흑룡회가 관계가 있다는 것은 민사준의 장부를 조사한 결과 나온 것이었다. 교묘한 방법으로 자금이 유성그룹 쪽으로 넘어가고 있는 것은 물론, 미우해양조선의 주식들도 민사준을 통해 유성으로 건네지고 있던 것이었다.

"흑룡회는……."

앞으로 민석 선배가 상대해야 할 적들이기에 내가 알고 있는 범위까지지만 자세하게 흑룡회에 대해 설명을 해주었다.

"그런 죽일 놈의 단체가 있었다니… 이번에 새로 온 자들도 흑룡회 소속이라는 말이냐?"

"그렇습니다. 그저 하수인에 지나지 않은 존재들입니다."

"그런 자들이 하수인이라니 앞으로 힘들어지겠군."

선배의 말대로 힘겨운 싸움이 될 터였다. 주변에 있는 이들도 그렇게 생각하는 듯 모두가 인상이 굳어져 있었다.

"후후후, 걱정하지 마십시오. 흑룡회와 하수인들 간의 연결고리는 이미 파악해 놓았고, 그중 자금과 암흑가는 제 수중에 있습니다. 암중에 있는 자들은 명분을 얻기 어려울 테니 제법 할 만한 싸움이 될 겁니다."

"그런데 그자들을 믿을 수 있을까?"

내 휘하로 들어왔다고는 하지만 투왕을 비롯한 흑룡회의 인물들이 걱정스러운 모양이었다.

"그 점에 대해서는 걱정하지 마십시오. 완벽하게 세뇌가 되어 있는 상태니 배신할 염려는 없을 겁니다. 앞으로 그들은 선배님 휘하에 있게 될 겁니다."

"으음, 그렇다면 괜찮겠지. 네가 허튼소리를 할 리는 없으니까. 그럼 내가 할일은 뭐냐?"

"선배님이 하실 일은 그들을 이용해 지하경제와 암흑가를 장악하는 겁니다. 유성 또한 흑룡회의 전위 세력인 이상 아마도 재미있는 싸움이 될 겁니다."

"후후후, 그래. 한번 해보도록 하지. 그들이 죽든 내가 죽든……."

민석 선배는 완전히 결심을 굳힌 것 같았다.

"알겠습니다. 그럼, 전 이만 가보겠습니다. 선배님도 머지 않아 저와 합류해야 하니 빠른 시간 안에 훈련을 마쳐 주십시오."

"걱정하지 마라. 교관 말로는 늦어도 한 달 안에 훈련이 끝난다고 하니까."

"그럼 전 이만."

민석 선배를 두고 캠프를 빠져나왔다. 민석 선배는 내가 한국으로 어떻게 돌아갈 것인지 궁금한 듯했지만 묻지 않았다. 조용하게 왔으니 조용히 돌아갈 것이라 생각한 모양이다.

―표정은 변함이 없었지만 충격이 제법 컸던 모양입니다.

캠프에서 멀어지자 미네르바가 말을 걸어왔다.

"그렇겠지. 유성이 한낱 하수인에 지나지 않는 사실을 알았으니까. 진정한 원수가 흑룡회라는 사실과 그들이 가진 힘이 만만치 않다는 것을 알았으니 선배도 충격이 클 테지. 하지만 훈련에 성과가 있는 것은 같더군. 그런 충격 속에서도 평상심을 유지하다니 말이야."

―대단한 분입니다. 저만한 전사는 젠트리온 우주에서도 찾아볼 수 없으니 말입니다.

나 또한 같은 생각이다. 저 정도의 평정심은 아무나 가질 수 있는 것이 아니니 말이다.

"후후후, 훈련이 한 달 안에 끝난다고 했나?"

―그렇습니다. 뇌의 활성화를 좀 더 높이면 일찍 끝낼 수도 있습니다.

"아직 시간이 있으니 너무 서둘지는 마. 자칫 부작용이라도 있으면 곤란하니까."

―알겠습니다. 위험하지 않은 범위 내에서 진행하도록 주의를 기울이겠습니다.

"좋아. 이만 하면 됐으니 그만 가보자. 다들 무척 기다릴 테니 말이야."

―알겠습니다. 바로 워프를 진행하겠습니다.

민석 선배가 어떤 훈련을 받고 있는지 확인하고, 저간의 사정을 말해주었으니 이제 사무실이 있는 옥상으로 곧장 워프해 가야 했다.

  이제 동양창업투자를 꿀꺽해야 하는 시간이 다가오고 있는 것이다. 그리 크지 않은 먹잇감이지만 속 안에 감추고 있는 것이 많은 곳이니 탈이 나지 않도록 조심을 할 때였다.

Chapter 5
앤트 가의 후계자

헨리 앤트는 출국하기에 앞서 한국 내에서 자신에게 도움을 주고 있는 이를 만나고자 강남으로 향했다. 이미 약속을 해두었던 터라 그는 빠르게 차를 몰았다.

그가 도착한 곳은 검은색 목조 양식으로 지어진 강남의 어느 한 일식집이었다. 꽤나 운치있게 꾸며져 있는 곳으로, 상당한 가격대의 식사와 술이 제공되는 곳이었다.

은좌라 이름 붙여진 이곳은 동아시아 지부에 근무했을 무렵부터 단골로 삼아오던 곳으로, 이제는 헨리가 비트로 삼고 있는 곳이었다. 한국 정부의 요인들과 비밀스러운 만남을 위해 자주 사용되던 곳이기도 했다.

이미 연락을 해놓았던 그는 주차장에 차를 세우자마자 급히 안으로 들어갔다. 외곽순환도로를 타고 오기는 했지만 남양주에서 오는 동안 차가 밀려 약속 시간이 거의 다 되었기 때문이다.

안에 들어선 그는 기모노를 차려입은 종업원의 안내를 받아 특실로 향했다. 특실은 가장 안쪽에 있을 뿐만 아니라 만약의 경우를 대비해 뒷문으로 나갈 수 있는 곳으로, 웬만해서는 예약을 할 수 없는 곳이지만 그에게는 그리 상관이 없는 일이었다.

특실 앞에 이르자 미모의 여인이 그를 맞았다. 익숙한 얼굴인 듯 헨리는 미소를 지으며 자신과 약속한 인물이 도착했는지를 물었다.

"왔나?"

"10분 전에 도착해서 기다리고 계십니다."

"다른 사람들이 접근하지 못하도록 주변을 철저히 경계해 줘."

"염려하지 마세요. 이미 만약의 사태에 대비하고 있는 중이니까요."

은좌는 헨리 앤트가 동아시아 지부에 근무할 무렵부터 만들어 온 사조직이었다. 당연히 이곳에서 일하는 종업원들도 그의 수하들이었다.

CIA의 요원들이 아닌 그의 가문이 부리는 사람들로, 절대적인 충성심과 함께 웬만한 요원들은 간단히 처리할 수 있는 능력을 가진 사람들이었다. 눈앞의 여인은 헨리를 대신해 조직을 이끌고 있었다.

헨리는 문을 열고 안으로 들어섰다. 안에는 언제 봐도 특이한 모습의 사나이가 앉아 있었다. 검은 뿔테 안경을 쓰고 있는 중늙은이가 대한민국의 정보를 책임지고 있는 국가정보원의 수장일 것이라고는 아무도 믿지 않을 터였다.

'언제나 변함없는 모습이군. 저런 모습에 속았다가는 언제 어떻게 될지 모르지……'

헨리는 정신을 가다듬었다. 속에 무슨 생각을 하는지 전혀 알 수 없는 사람일뿐더러 자칫 말실수를 했다가는 뒤통수를 맞을 우려가 있었기 때문이다.

"오랜만입니다, 원장님!"

헨리는 유창한 한국어로 인사를 했다. 김한석도 그의 인사를 기꺼이 받아주었다.

"오랜만이군. 한국을 떠난 것이 4년 전 이었으니 말이야."

"벌써 그렇게 됐군요."

"어서 자리에 앉게."

김한석의 권유에 헨리가 자리에 앉았다.

"날 보자고 한 이유가 뭔가? 비밀리에 입국했으니 소리 소문 없이 나갔을 수도 있을 텐데 말이야."

질책의 뜻이 담겨 있는 말이었다. 전 세계 정보 조직 중 가장 강력한 힘을 보유하고 있다는 CIA의 수뇌부가 어째서 국정원의 눈을 피해 한국에 들어왔냐는 질책의 뜻이었다.

"일이 있었습니다."

"일이야 그쪽의 일일 테고. 묘한 물건을 들여왔다는 소식을 접했네만, 그게 도대체 무엇인가?"

김한석은 자신의 비선으로부터 들어온 보고를 토대로 이번에 헨리가 모종의 작전을 수행하고 있다는 것을 알고 있었다. 그것을 위해 컨테이너째 뭔가를 들여왔다는 것도 보고를 받았기에 단도직입적으로 물었다.

지난날에 비추어 이런 경우가 없지않아 있었지만 이토록 철저하게 비밀을 감추는 경우는 드물었기 때문이다.

"제가 감시하고 있는 자가 원하기도 했지만 가문에서 추진하고 있는 중요한 실험 중 하나라 지금은 말씀을 드릴 수가 없습니다. 그리고 어차피 나중에는 아시게 될 테니 지금은 그리 궁금해하지 않으셔도 됩니다."

"가문의 일이라… 알았네."

이렇게까지 말을 하는 것을 보면 머지않아 자세한 정보가 자신의 손에 들어올 것이기에 의문을 접었지만 어쩐지 꺼려지는 것을 어쩔 수 없는 김한석이었다.

"아직은 랭글리 쪽을 신경 쓰지 않을 수 없는 처지라 자세히 말씀을 드릴 수 없어 죄송합니다."

불편해하는 김한석을 향해 헨리 앤트가 사과를 했다. 김한석의 묵인이 없다면 문제가 커질 수도 있을 것이고, 자신의 가문에서 차지하는 김한석의 위치상 조심스러울 수밖에 없었기 때문이다.

"자네가 말하지 않는 것에는 이유가 있을 테니 더 이상 신경을 쓰지 않겠네. 그런데 어째서 나를 보자고 한 것인가?"

입국한 이유가 그토록 철저하게 보안을 지켜야 할 일이라면 자신을 볼 이유가 없었기에 김한석은 의문스러운 표정으로 헨리를 바라보았다.

"제가 원장님을 뵙자고 한 것은 가문의 일 때문입니다."

"가문? 앤트 가에서 내게 무슨 볼일이 있기에 차기 가주께서 이렇게 직접 온 것인가?"

가문의 일이라는 말에 김한석의 얼굴이 굳어졌다. 자신을 보러 온 것이 CIA의 일이 아니라 앤트 가의 차기 가주로서 온 것이었기 때문이다.

앤트 가의 역사는 무척이나 오래되었다. 앤트 가와 역사를 같이하는 가문이 유럽에서도 손을 꼽힐 정도밖에 없을 정도로 오랜 세월 유지되어 온 가문이다.

공식적인 기록이 나타난 앤트 가의 시작은 로마시대부터다. 최초의 기록이 나타난 것은 로마시대부터이지만, 그들의 활동으로 보아 그 이전부터 존재했을 가능성이 많은 가문이다.

김한석이 밝혀낸 바로는 앤트 가는 권력의 그늘에서 언제나 2인자의 위치를 지켰던 가문이다. 지금까지 앤트 가는 표면에 나선 적이 한 번도 없었다. 언제나 1인자의 뒤에 숨어 그림자처럼 살아온 가문이 바로 그들이다.

앤트 가가 비록 2인자의 위치에 있지만 가진바 힘은 그야말로 막강이라는 한마디로 표현될 정도였다. 그들이 가지고 있는 힘은 당대의 1인자조차 가볍게 누를 수 있을 정도라는 것이다.

지난날 앤트 가와 인연을 맺은 것이 자신에게 뭔가 의도를 가진 것이 분명했기에 오랜 시간 공을 들여 앤트 가에 대해 알아봤던 김한석으로서도 그 정도밖에는 실체를 밝혀낼 수 없었던 신비의 가문이다.

그리고 어쩌면 그들이 내보이고 있는 힘조차 빙산의 일각이라고 할 수 있을지도 모른다고 김한석은 오래전부터 생각해오고 있었다.

앤트 가에 대해 잠시 생각을 하던 김한석은 헨리 앤트의 목소리에 귀를 기울였다.

"그렇습니다. 아버님께서는 태양이 다시 뜨기 시작했다고 원장님께 전해달라고 하셨습니다."

"태양이?"

태양이 다시 뜨기 시작했다는 말에 김한석이 놀라 되물었다.

"그렇습니다."

"으음……."

김한석이 침음성을 삼키며 얼굴을 굳혔다. 헨리가 전한 것은 그로서도 뜻밖이었던 것이다.

"가주께서 그리 말했다면 틀림없는 사실이겠지. 가주께는 알았다고 전해주게."

"그렇게 전하겠습니다."

어느새 안색이 풀어진 김한석의 모습이지만 헨리는 의문을 감출 수 없었다. 김한석의 태도를 보면 아버지의 전언을 자신이 지금 한국에서 벌이고 있는 일보다 더욱 중요하게 생각하는 것 같았기 때문이다.

'어차피 내가 알아야 할 일이 아니다. 가문의 비밀스러운 일은 차기 후계자라 하더라도 아직 정식 일원으로 승낙받지 않은 이상 마음대로 알 수 있는 일이 아니니……'

의문이 일고 있는 헨리는 조용히 수긍을 했다. 어차피 자신은 전달자에 불과했다. 자신의 아버지와 김한석이 태양이라는 의미 모를 단어를 통해 무엇을 주고받았는지 알 수 없었기 때문이기도 하지만 가문의 율법상 허락된 정보 이외에는 접근이 허용되지 않는다는 것을 잘 알기 때문이다.

"이만 가보게. 그리고 될 수 있으면 한국 내 출입을 자제해 주게. 그쪽에서 하는 일이야 어느 정도 선까지 봐줄 수는 있지만 한국 내 정서가 그리 좋은 것은 아니니 말이네."

"명심하고 있습니다. 이대로 출국할 예정이니 너무 걱정하지 마십시오."

헨리 앤트는 시켜놓은 식사에는 전혀 손을 대지 않고 자리를 물러 나왔다. 방 안을 나서자 자신을 맞이하려는 수하들을 손짓으로 물렸다. 헨리를 맞이했던 여인이 의문스러운 표정을 지었지만 헨리는 고개를 가로저었다.

"손님을 잘 모셔줘. 어디 불편한 점이 없도록 말이야."

"알겠습니다."

잘 모시라는 말이 감시를 부탁한다는 것을 알기에 여인은 고개를 끄덕였다. 헨리는 부탁을 한 후 빠르게 은좌를 빠져나와 공항으로 향했다. 그런 헨리의 모습을 보면서 여인은 아쉬운 표정을 지었다.

'일단, 어디로 연락을 하는지 알아봐야겠구나.'

연인은 헨리의 부탁을 들어주기 위해 조용히 문을 열고 특실로 들어섰다. 자신이 직접 시중을 들기 위해서였다.

김한석은 조용히 앉아 따뜻하게 데워진 청주를 기울이고 있었다. 헨리가 떠났지만 식사를 마저 하려는 모습이었다. 여인은 식탁에서 조금 떨어진 자리에 조용히 앉아 김한석의 식사 시중을 들기 시작했다.

언제나 귀빈으로 모시는 손님이었기에 은좌의 종업원들은 최선의 서비스를 보여주었다. 다른 손님들과는 달리 은좌의 여주인이 직접 나서서 음식 시중을 들었기 때문이다.

'이상하군. 분명 어디론가 연락을 취해야 정상일 텐데 말이야. 역시 그냥 얻은 자리는 아닌 모양이로군.'

그녀가 알기로 헨리를 통해 김한석에게 전해진 이야기들은 무척이나 심상치 않은 것들이었다. 그렇지 않았다면 자신에게 감시를 부탁하지도 않았을 것이다.

긴밀한 밀담을 나누었음에도 불구하고 아무렇지 않은 듯 음식을 즐기는 김한석의 모습을 보며 역시 한 나라의 정보를 좌지우지하는 수장은 아무나 하는 것이 아니라는 생각이 들었다.

'이자가 어떻게 움직이는지를 살펴야 할 텐데, 이곳이 어떤 곳인지는 눈치 채고 있을지도 모르겠군.'

헨리의 부탁으로 오래전부터 국정원의 수장인 김한석을 감시하고 있던 강은아는 김한석을 움직이고 있는 자가 있음을 알고 있었다.

한때 배후에 대한 단서가 포착되어 고무된 적이 있었지만 그것은 해프닝으로 끝나고 말았다. 의심이 가는 자가 있었지만 이미 죽은 것으로 판명이 난 자였기 때문이다.

그렇게 용의선상에 오른 자가 죽은 후에도 김한석은 누군가의 지시를 받고 있었다. 한 나라의 정보를 움켜쥐고 있는 사람을 배후에서 조종하고 있는 자가 누구인지 밝혀내려고 무진 애를 썼지만 배후가 누구인지 모든 것이 오리무중이었다.

거기다 두드러지게 활동을 한 적은 없지만 자신들이 누구인지는 어느 정도 눈치를 채고 있는 것 같아 이제부터는 작전을 바꿔야 할지도 모른다는 생각이 들었다.

'그렇지만 꽤나 재미있을 것 같은데 말이야. 꽤나… 일단 이곳을 나가면서부터 시작이 될 테니 눈치 채지 않게 조심이나 해야겠다.'

배후가 누구인지 밝혀내는 것이 어려운 일일 것이 분명하지만 꽤나 흥미가 가는 일이었다. 강은아는 일단 의문을 접었다. 아직은 행동할 시점이 아니라는 것을 잘 알기 때문이다.

잘못 움직이면 헨리가 자신을 통해 한국 내에 만들어놓은 비선들이 모두 드러날 수도 있기에 그저 아무것도 모르는 양

주방에서 날라진 음식들을 김한석 앞에 가지런히 놓으며 시중을 들 뿐이었다.

"맛있게 드십시오. 오늘 산지에서 직송된 것들이라 모두 싱싱할 겁니다."

"알았네."

기분 좋은 미소를 흘리며 여러 가지 음식을 내려놓는 강은아를 보며 김한석은 젓가락을 들었다. 한 점 한 점 음식을 집어 드는 모습이 식도락을 즐기는 이와 그리 다르지 않았다.

순서를 지어 내어오는 음식들을 조용히 즐기는 모습이었지만 김한석의 속내는 강은아가 보는 것과는 달랐다.

헨리가 한국에 들어온 이유와 그의 입을 통해 앤트 가의 가주가 전한 말을 누군가에게 텔레파시로 보고하고 있었다. 아무도 알고 있지 못하는 비밀이지만 그 또한 상당한 경지에 이른 능력자였던 것이다.

"어르신, 이번에 헨리 앤트가 한국에 온 이유는 아무래도 그것을 시험하기 위한 것 같습니다."

"이미, 자네의 눈과 귀를 통해 보고 들었네. 그쪽 일은 염려하지 않아도 될 것일세. 우리가 준비한 인연을 얻은 그 아이가 그리 호락호락하지 않을 테니까. 예상보다 빠른 행보를 보여 걱정이 들기는 하지만 나름대로 생각이 있는 것 같으니 자네는 그 아이에 대한 정보를 차단시키는 데 주력해 주게."

"알겠습니다. 한철이에 대한 정보는 모두 차단시키고 있는 중입니다. 여러 가지 일을 진행시키고 있는 중이니 어느 정도

성장할 때까지 그 아이에 대한 실체는 모두 가려질 겁니다."

"다행이로군. 자네가 힘들겠지만 계속 수고해 주게. 그 아이는 우리가 들고 있는 마지막 패이니까 말이야."

"염려하지 마십시오. 그런데 어르신께서는 앤트 가의 가주가 전한 전언에 대해 어떻게 생각하십니까?"

김한석은 자신의 뇌리를 울리는 목소리를 향해 앤트 가에서 전한 전언에 대해 물었다. 태양이 다시 뜬다는 소리는 그간 경계해 왔던 자들이 이제 기지개를 켜고 활동을 시작한다는 이야기였기에 그로서도 여간 신경이 쓰이는 일이 아닐 수 없었기에 향후 행동할 지침을 얻고자 했던 것이다.

"사실일 수도 있고, 아닐 수도 있겠지만 단언하듯 말을 전했다면 그들이 움직였다고 봐야 하네. 그들이 움직였다면 앤트 가로서도 긴장을 할 수밖에 없었겠지. 하지만 내 생각으로는 그들이 직접 나선 것으로 보기에는 무리가 있네. 아마도 그들이기보다는 그들의 하수인일 가능성이 크니 자네는 정확히 살펴야 할 것일세. 우리의 실체가 조금이라도 드러난다면 이제 다시는 기회가 없을 테니까 말이야."

"저 또한 그렇게 생각하고 있습니다. 그에 대해서는 나름대로 조치를 취하겠습니다."

"그래야겠지. 하수인들이지만 만만치는 않을 테니까. 자네가 그간 잘해왔으니 앞으로도 잘하리라 믿네. 그리고 참! 너무 그쪽 방면에만 신경을 쓰지는 말게."

"무슨 말씀이십니까?"

뇌리를 울리는 목소리에 김한석은 자신이 놓친 것이 있나 생각을 해봤다. 하지만 아무리 생각을 해봐도 자신의 시야를 벗어나는 것은 없었다. 지금은 앤트 가의 일이 가장 중요한 시점임에도 다른 이야기를 꺼내는 목소리를 향해 김한석이 의문을 드러냈다.

"아무래도 일본 쪽에서 움직이고 있는 모양이니 그쪽에도 신경을 쓰게."

"일본에서요?"

일본 쪽에서는 움직일 이유가 없었다. 앤트 가에서 그리 허술하게 움직일 리가 없기 때문이다. 그렇다면 이번 일과는 별개로 다른 일 때문에 일본 쪽에서 움직이는 것이 분명하기에 김한석이 연유를 물었다.

"가네가와 사와루란 자가 얼마 전 한국으로 입국한 것 같네."

"가네가와 사와루요?"

"그자는 한국에 도착하자마자 자네 수하의 뒤를 쫓고 있네. 그리고 그간 감시해 왔던 자가 움직였다고 하고 말이야."

"제 휘하에 있는 사람을 말입니까? 그리고 감시하던 자라면?"

"그들의 뒤를 쫓고 있는 사람은 조동원, 그 사람이네. 요시모토 타카루가 그자와 같이 움직이며 은밀히 조동원을 감시하고 있네."

"어째서……."

이상하지 않을 수 없었다. 조동원이 지난 얼마간 한 일이라고는 한철의 일뿐이었다. 일본 쪽에서는 한철의 일을 알 수 없을뿐더러 더군다나 요주의 인물인 요시모토와 함께 있다는 가네가와 사와루란 자는 자신으로서도 들어보지 못한 이름이었기에 김한석은 의문이 들었다.

"예감이 이상하네. 요시모토가 그자를 매우 어려워했다는 이야기로 봐서는 아무래도 암천문이 다시 움직인 것 같아 보이네."

"암천문이라니……."

암천문이라는 소리에 김한석의 안색이 약간 굳어졌다. 암천문이 주는 의미를 그 누구보다 잘 알고 있기 때문이다.

"음식이 입에 맞지 않으십니까?"

시중을 들다 김한석이 표정이 변하는 것을 본 은좌의 여주인이 안색을 살피며 물었다.

"아니네. 그저 색달라 보여서 말이야. 맛은 좋은 편이네."

"다행이군요."

짚을 이용해 살짝 구운 도미 껍질이 잘못되지 않았나 하고 걱정하던 강은아는 다시 요리를 내오도록 했다.

"저 여자 헨리 앤트의 애인이던가?"

김한석의 뇌리를 울리는 목소리가 물어왔다.

"애인 겸 그의 국내 비선 중 하나라고 알고 있습니다."

"숨겨진 힘이 만만치 않은 것 같으니 조심하는 것이 좋을 것 같네."

"전부터 조심은 하고 있습니다."

"자네가 어련히 알아서 하겠지만 미국 쪽에서, 특히 이번 일은 앤트 가에서 관심을 가져서는 안 되는 일이라는 것을 자네가 잘 알 것이네."

"아무것도 모를 테니 염려 마십시오."

"알았네. 그 점은 자네를 믿으니까. 그나저나 가네가와 사와루란 자가 한국에 들어온 이유가 우리가 쫓고 있는 것과 관련이 있을지도 모르니 반드시 살펴봐야 할 걸세."

"그래야 할 것 같군요. 조 사무관에게는 어느 정도 언질을 주겠습니다. 조 사무관도 암천문과 전혀 무관한 관계가 아니니 말입니다. 신을 쫓는 자들이 암천문의 인물이라는 것을 알면 알아서 처리를 할 겁니다. 그런데 언제 돌아오실 예정이십니까?"

"이제 어느 정도 조사가 끝났으니 1년 정도 후면 돌아갈 수 있을 것이네. 그동안 자네가 수고 좀 해줘야겠네."

"염려하지 마십시오. 이쪽의 일을 차질없이 마무리 짓도록 하겠습니다."

"내, 자네만 믿겠네. 중요한 일이 있으면 또 부르게."

"알겠습니다."

"……."

김한석의 뇌리를 울리는 목소리가 잦아들었다. 서로 간에 연결되어 있던 뇌파의 파장이 끊기는 것을 느낀 김한석은 식사를 마치고 젓가락을 내려놓았다.

"식사가 끝나신 건지요?"

방 안에서 시중을 들던 강은아는 김한석이 젓가락을 내려놓고 냅킨을 들어 입을 닦자 여인이 식사를 끝낼 것인지를 물어왔다.

"배가 좀 부르군. 고맙네. 진짜 오랜만에 해보는 즐거운 식사였네. 자, 여기!"

김한석은 옅은 미소를 지으며 대답을 한 후 자리에서 일어났다. 이곳이 헨리 앤트의 비밀 거점 중 하나라는 것을 알고 있지만 모르는 척 카드를 내밀었다.

"이미 계산이 끝났습니다."

"그런가?"

강은아의 대답에 알았다는 듯 고개를 끄덕인 김한석은 은좌를 나와 대기 중인 차를 타고 사무실로 돌아갔다.

강은아는 은좌를 운영하며 헨리 앤트의 한국 내 비밀 조직을 관리하고 있는 여자다. 방 안에서 시중을 들다 김한석을 배웅한 그녀는 차가 떠나는 모습을 지켜보며 가지고 있던 핸드폰의 단축키를 눌렀다. 헨리에게 김한석의 움직임을 보고하기 위해서였다.

삐이!

"떠났나?"

핸드폰으로 굵은 저음의 목소리가 들려왔다. 먼저 떠난 헨리 앤트였다.

"그냥 식사만 하고 떠났어요."

"하긴, 그렇겠지. 자네가 관리하는 곳이 내 거점이라는 것을 이제는 어느 정도 알고 있을 테니까. 그건 그렇고, 지시한 사항에 대해서는 반드시 확인하도록 하고, 흑룡회의 움직임에 신경을 써줘."

"호호호, 걱정하지 말아요. 일에 대해서는 이미 신경을 쓰고 있으니까. 그런데 이대로 한국을 뜰 작정인 건가요?"

내연의 관계를 유지하고 있던 강은아는 헨리가 이대로 미국으로 떠나는 것이 아쉬운 듯 새침한 목소리로 물었다.

"두 달 후면 시간을 낼 수 있을 것 같으니. 이번 일이 끝나는 대로 미국으로 들어와."

"정말인가요?"

"물론. 하지만 이번 일은 확실히 끝내야 할 거야."

"호호호, 그럼 내 연애 사업을 위해 정말 발 벗고 나서야겠네요."

"잘 끝내주리라 믿어. 그럼 미국에서 보자고."

"알았어요."

헨리 앤트와 통화를 끝내자 강은아는 핸드폰을 주머니 속에 넣고는 곧바로 은좌로 들어섰다. 자신의 애인이자 상관인 헨리의 명령은 반드시 이행되어야 하니 이제부터는 무척이나 바빠질 터였다.

은좌에서 김한석과 헤어진 헨리는 군산으로 향하고 있었다.

그가 향하는 곳은 군산에 있는 주한미군 제8전투비행단으로, 그곳에서 수송기 편을 이용해 일본에 들렸다가 곧장 미국으로 돌아갈 예정이었던 것이다.

　서울외곽순환도로를 빠져나와 조남 분기점에서 서해안고속도로를 탈 무렵까지, 다크 드래곤과 연락이 닿지 않은 것을 제외하고는 한국에서 예정된 일들을 원하는 대로 모두 끝냈기에 가벼운 마음이었다. 다크 드래곤은 CIA로 돌아가 연락을 취해도 그만이었기 때문이다.

　하지만 본국에서부터 긴급하게 타전된 연락으로 인해 그의 얼굴은 휴지처럼 구겨져야만 했다.

　"젠장!!"

　욕지거리와 함께 휴대폰에 전해진 문자를 바라보던 헨리 앤트의 얼굴은 금방 제 신색을 찾았다. 작전이 실패했다는 이야기에 연연하기보다는 실패의 원인을 찾고 해결해야 하는 것이 급선무였던 것이다.

　엑셀레이터가 급하게 밟혀지고 도로변을 지키고 있는 단속 카메라들이 연신 찍어대는 가운데 그의 차는 군산을 향해 급속도로 가까워졌다.

　제8전투비행단으로 들어서는 정문은 검문없이 바로 통과했다. 미리 연락이 되어 있었던 것이다. 정문을 통과한 차량은 통제실 앞에 급하게 멈추어 섰고 헨리는 차에서 내리자마자 뛰듯이 통제실로 들어섰다.

　"자료는?"

"다운로드 중에 있습니다. 잠시 후면 위성 화면을 보실 수 있을 겁니다."

굳은 듯한 헨리의 목소리에 통제실을 맡고 있는 케밀 소령이 빠르게 대답을 했다.

잠시 후, 통제실에 놓여 있는 모니터에 위성 화면이 뜨기 시작했다. 고속도로를 달리고 있는 트레일러의 영상이 나타났다. 자신이 정문호에게 인계했던 오메가가 타고 있는 트레일러라는 것을 짐작한 헨리는 팔짱을 끼고는 유심히 화면을 바라보았다.

"으음……!"

화면에서 갑자기 트레일러가 사라졌다. 옆에서 달리고 있는 차량에는 전혀 변화가 없는 것으로 보아 화면이 끊기거나 하는 현상은 아니었다. 그야말로 순식간에 사라진 것이다.

"다른 위성들이 보내오는 화면도 같다는 연락이 있었습니다. 이곳에서 상황을 파악하실 것인지, 아니면 본국으로 가셔서 지휘하실 것인지 연락을 달라고 하셨습니다."

케밀 소령은 자신이 전해 받은 연락을 헨리에게 전했다.

"지휘부는 이곳에 차린다고 전하고, 요원들을 긴급하게 파견해 달라고… 아니, 내가 직접 연락하는 것이 좋겠군. 이곳 통신은 보안이 되나?"

"랭글리와 직접 연결되는 핫라인이 개설되어 있고, 보안도 확실합니다."

"그럼 내가 연락을 하도록 하지."

헨리의 말에 케밀 소령이 보안통신실로 안내를 했다. 지하에 마련되어 있는 통신실로 향한 헨리는 통신실로 혼자 들어가 랭글리와 직접 연결되는 보안 회선을 통해 버논 국장을 연결했다.

"연락은 받았나?"

전화에서 들려오는 버논 국장의 목소리는 무척이나 허탈한 상태였다. 대당 가격이 거의 1억 달러에 달하는 오메가의 실종이 그에게 압박으로 다가왔기 때문이라는 것을 헨리가 모를 리 없었다.

"어떻게 된 일입니까?"

"분석팀을 가동했지만 명확하게 나온 것이 없네."

"일단, 극동 지부 인력을 최대한 가동해 오메가의 행방부터 찾아야겠군요."

"이미 지시는 해두었네. 두 개 팀이 자네를 보좌하고, 일본에 있는 팀들도 곧 한국으로 들어갈 것이네."

"으음……."

버논 국장의 말대로라면 극동 지역에 있는 CIA의 전력 대부분이 이번 사태에 투입되는 것이었다. 그만큼 사태가 심각하다는 소리였기에 헨리는 자신도 모르게 신음을 삼켰다.

"다크 드래곤이 제일 유력한 용의자로 분류되었지만 이번 실험에 동참하고 있는 이상 그들이 그럴 이유는 없다는 것이 분석팀의 보고네. 내가 보기에도 그들로서는 그럴 이유가 전혀 없지 싶네. 어차피 오메가에 대한 정보는 그들에게 넘어갈 것이니까. 오메가가 탈취된 정황에 대한 아무런 정보가 없는 이상 매우 어려운 상황이 될 수도 있을 것이네.'

아무리 생각을 해봐도 능력자에 의한 소행이 분명한 상태였다. 하지만 CIA에서 파악하고 있는 정보로는 그런 능력자를 보유한 곳도 없을뿐더러, 뭔가 트릭에 의한 것일 수도 있었다.

버논 국장은 이번 사태에 대한 정보 부재 상태에서 오메가를 탈취한 자들이 누구인지 밝혀낸다는 것이 어려울 수도 있음을 상기시켰다.

"화면상으로는 이번에 실험에 참여하는 자들까지 사라진 것이 분명합니다. 다크 드래곤 측에서도 비상이 걸렸을 테니 그들과도 연계하는 것이 좋을 것 같습니다."

"이번에 오메가 계획에 참여한 자가 정문호던가?"

"그렇습니다. 그가 정말 사라진 것이라면 다크 드래곤 측에서도 가만히 있지 않을 것입니다. 그리고 그가 사라진 것이 아니라면 오메가가 사라진 사건에 다크 드래곤이 개입되었다는 증거도 되니 그들과 한번 접촉을 해보겠습니다."

'그렇게 하게. 사안이 사안이니만큼 빠른 시간 안에 결과를 보고하기 바라네.'

"알겠습니다."

통화를 끝낸 헨리는 통신실에서 나와 장교 막사로 향했다. 자신을 만나기 위해 찾아올 요원들을 기다리기 위해서였다.

애써 침착함을 유지하려 했지만 오메가가 사라진 사건은 그에게 있어서도 매우 큰 충격이었다. 오메가에 대한 실험은 그의 가문에서도 매우 심혈을 기울이고 있는 프로젝트였기 때문이다.

'죽련이나 암천문이 개입된 것인가?'

한국을 중심으로 이런 일을 벌일 만한 집단은 모두 세 개뿐이다. 그중 이번 실험에 함께 참여하고 있기에 다크 드래곤은 일단 용의선상에서 제외했다.

그렇다면 두 개의 집단이 남는다. 뱀부체인이라 불리는 화교들의 비밀 연합 세력인 죽련과 다크 스카이라 불리는 베일에 가려진 일본의 비밀 집단인 암천문이 용의선상에 오른다.

하지만 그들의 행동하는 방식과 이번 사건은 어딘가 어긋났다. 두 개의 집단이 보유하고 있는 능력으로 볼 때도 그렇지만, 고속도로 위를 달리는 트레일러를 사라지게 하는 것은 그들의 방식이 아니었기 때문이다.

'확인을 해봐야겠지만 분명 워프 마법 중 미지의 영역인 워프 게이트다. 하지만 그럴 리가 없겠지······.'

인공위성을 통해 송출된 화면으로 볼 때 이번 사건에 사용된 것은 전설처럼 전해지는, 공간 이동 마법의 최고봉이라는 워프 게이트가 분명했다.

하지만 헨리는 이내 고개를 흔들었다. 자신의 생각이 너무 앞서 나간다고 판단한 것이다. 세인들은 판타지나 SF영화에서만 가능하다고 생각하는 공간 이동 마법이 실제로 있기는 하지만 지금과 같은 경우는 절대로 발생할 수 없기 때문이다.

공간 이동 중 하나인 텔레포트야 사용하는 자들이 꽤나 많왔다. 자신의 가문에만도 수를 헤아릴 수 없을 만큼 상당했다.

 그러나 워프는 달랐다. 텔레포트야 이동할 수 있는 양과 거리의 한계가 있지만 거리에 상관없이 목적한 공간에 이동할 수 있는 워프는 사용할 수 있는 자가 극소수였다. 세상에 몇 명 존재하지 않는 마스터 급만이 가능한 기술이다.

 그러나 워프에도 한계가 있었다. 이동할 수 있는 중량의 한계로 마스터 급이라도 이동할 수 있는 것은 본인뿐이다. 무리를 한다면 자신 이외에 한 명 정도는 가능하겠지만 자칫 능력을 잃을 수도 있기에 사용하지를 않는다.

 이번에 사라진 트레일러를 이동시키려면 마스터들이 전부 동원된다고 해도 불가능하다. 트레일러가 가지는 중량을 이겨 내고 공간 이동을 시키는 것은 마스터 급의 숫자만 많다고 되는 일이 아니기 때문이다.

 생각해 낼 수 있는 방법은 워프의 최고봉이라는 워프 게이트다. 인원과 중량에 관계없이 공간과 공간에 일순간에 연결시키는 워프 게이트만이 트레일러를 사라지게 할 수 있었다.

 하지만 지금까지 워프 게이트를 구현해 낸 이는 아무도 없었다. 자신의 가문에서도 오랜 세월 연구를 해왔지만 소모되는 엄청난 에너지 양과 좌표축을 유지시키는 일이 어려워 포기했던 사실을 기억해 낼 수 있었기에 조금 더 신중히 판단하기로 한 것이다.

 검은색 외관의 밴 세 대에 나누어 탄 요원들이 도착한 것은 날이 어두워질 무렵이었다. 이미 만반의 준비를 한 듯 각종 장비를 싣고 온 그들을 헨리가 맞았다.

"바이런, 오랜만이군."

"저도 부장님이 오셨다는 소식을 듣고 놀랐습니다."

헨리의 인사에 대답을 한 금발의 중년인은 한국 지역을 책임지고 있는 바이런 오스칼이란 자로, 미국대사관 무관으로 있었다. 오래전 자신과 함께 작전에 참여한 적이 있었던 자로, 꽤나 호흡이 잘 맞았기에 헨리로서는 반갑지 않을 수 없었다.

"상황은 가면서 설명을 할 테니 일단 차에 타지."

"알겠습니다."

작전에 대한 자세한 설명은 듣지도 못하고 출발해 온 터라 무척이나 궁금했지만 바이런은 헨리의 명령에 따랐다.

세 대의 검은색 밴이 제8전투비행단을 떠나 지리산으로 향했다. 다크 드래곤 측에서 벌인 작전의 대상이 있는 지리산 쪽에 단서가 있을 것이라는 헨리의 판단이 작용한 것이다.

암천문이나 죽련이 개입될 여지도 있지만 이번 작전이 새어 나갔을 리는 없기에 그들에 대한 의심은 접었다. 새어나갔다 하더라도 앤트 가의 그림자가 드리워진 일에 그들이 개입할 리 없기 때문이다.

그렇다면 결론은 하나였다. 타깃으로 삼은 대상자가 제일 유력한 용의자가 되는 것이다. 자신에 대한 작전이 진행 중이라는 것을 알았다면 미리 선수를 칠 수도 있기에 헨리의 마음은 불안감이 일었다. 자신의 생각이 사실이라면 다크 드래곤에서 타깃을 삼은 자의 정보망은 상상을 불허하는 것이기 때문이다.

'만약 내 생각이 정확하다면 한반도에 있는 모든 정보망을 다시 세워야 한다. 이미 노출된 정보망은 이용당하기 십상이니까.'

어둠이 짙게 깔린 고속도로를 달리는 차 안에서 헨리는 깊은 고심에 빠지지 않을 수 없었다. 이번에 자신이 주관하에 벌인 작전으로 인해 알 수 없는 소용돌이에 빠져들지도 모른다는 느낌이 강하게 들었던 것이다.

군산을 떠난 밴들은 3시간 동안 길을 달려 지리산과 얼마 떨어지지 않은 함양에 도착했다. 날이 어두워 산세가 보이지는 않았지만 도로변에 널려 있는 지리산임을 알려주는 각종 각판들이 목적지에 가까워졌음을 이야기해 주었다.

지금 시간에 지리산을 오르기에는 너무 늦었기에 헨리 일행은 군청 인근에 있는 모텔에 방을 잡았다. 웃돈을 주고 3층과 4층 전체를 며칠간 빌린 그들이 제일 처음 한 일은 위성 안테나를 세우는 일이었다.

위성안테나를 세운 헨리 일행은 CIA 상황실에서 보내오는 위성 영상 정보를 실시간으로 전송받았다.

"이상하군?"

화면에 잡힌 상황은 뭐라 말할 수 없을 정도로 이상했다. 구름이 낀 것도 아니고, 마치 뭔가 뿌연 막으로 둘러싸인 듯 표적이 있는 곳의 모습이 전혀 나타나지 않았던 것이다.

랭글리에서 분석할 때와는 또 달랐다. 그때는 뿌옇게 희미한 빛만이 감싸고 있었는데 이제는 불투명한 막이 지리산 전체를 감싸고 있었던 것이다.

화면을 보고 있던 바이런도 이상함을 느낀 것 같았다. 지상 30센티미터 안의 내용물까지 파악할 수 있는 첩보 위성 카메라가 뭔가에 가로막혀 지상의 물체를 잡아내지 못한다는 것이 이상한 듯 그는 송출된 화면에서 눈을 떼지 못하고 있었다.

"아무래도 날이 밝으면 직접 확인을 해봐야 할 것 같습니다."

"그래야겠군."

한반도 상공을 가로지르는 위성은 미국에서 보유하고 있는 첩보 위성 중 가장 최신형의 것이었다.

일본과 중국, 거기다 러시아까지 강대국이 밀집해 있는 지역일 뿐만 아니라, 합친다면 세계 4위의 군사력이라 볼 수 있는 남북한이 아직도 대치 중이었기에 성능이 가장 좋은 첩보 위성이 떠 있는 것이었다. 그런 첩보 위성이 아무런 정보를 잡아내지 못한다면 직접 눈으로 확인해 볼 수밖에 없는 일이었다.

첩보 위성이 아무것도 잡아내지 못하고 있는 것을 바라보던 헨리는 손가락으로 턱을 매만지다 바이런을 향해 입을 열었다.

"한 가지 확인을 해볼 것이 있으니 랭글리에 연락해 이 근방의 위성 사진을 있는 대로 보내라고 해보게. 10년 전부터 지금까지 모두 말이야."

"10년 전부터 지금까지 말입니까?"

"그래, 전부 다 보내도록 연락을 해봐."

"알겠습니다."

바이런이 연락을 보내고 1시간이 지나지 않을 무렵 위성 화면을 통해 사진들이 들어오기 시작했다. 10년 전부터 지난 시간 동안 지리산 인근을 찍은 사진들이 헨리의 손에 의해 하나하나 비교되기 시작했다.

"으음……!"

사진들을 비교해 가던 헨리의 입에서 자신도 모르게 신음이 흘러나왔다. 깨끗하던 화면이 어느 순간부터 뿌연 막으로 둘러싸이기 시작했던 것이다.

"저렇게 뿌연 막 같은 것이 가려졌는데… 이상합니다. 그동안 계속 관찰해 왔을 텐데 지금까지 아무런 언급도 없었다니, 믿어지지가 않습니다."

바이런도 자신이 보고 있는 화면이 이상한 듯 헨리를 돌아보았다.

"자네 말대로 이상하기는 하군."

바이런의 말대로 이상한 상황이었다. 이런 자료를 국방성이나 CIA에서 이상하게 생각하지 않을 리가 없었다. 그동안 수집된 자료가 화면에서 보는 것과 같은 형태였는데도 알려지지 않았다면 누군가 의도적으로 자료를 숨겼을 공산이 컸다.

'누군가 내부에 있다. 우리 부의 이목까지 피해가며 그동안 이토록 철저히 은폐를 해왔을 정도라면 고위직에 있는 자가 분명하다. 거기다 우리 부까지도 누군가의 손에 장악되었을 가능성이 크다.'

기술 분야에 관한 한 과학기술부의 눈을 피할 수는 없다. 각종 위성 사진의 판독이나 정보의 진위 여부를 기술적으로 가리는 일에는 과학기술부를 거쳐야 하는 것이다.

이런 형태의 의심스러운 자료가 인공위성을 통해 수집됐다면 반드시 과학기술부를 거쳐야 됐을 일이었기에 헨리의 의심은 자신이 속한 부서부터 시작되었다.

'돌아가자마자 내부 감시부터 시작해야겠군.'

과학기술부에 대한 일은 나중에 생각해 볼 일이었다. 지금 급한 것은 오메가와 관련이 있는 지리산의 일이 최우선이었다.

"다시 한 번 화면을 천천히 돌려보게."

"알겠습니다."

헨리의 지시로 바이런이 위성 사진을 화면에 천천히 다시 띄우기 시작했다. 헨리는 자신이 보았던 화면을 주의 깊게 확인하기 시작했다. 이번에 그가 확인하고 있는 것은 위성 사진이 찍힌 시간이었다.

'분명 그 사람이 당했던 전날부터 화면상에 뿌연 막이 나타나기 시작했다. 그 사람의 행적 중 비어 있는 하루 중에 이곳

에 이런 현상이 나타났다면······.'

지리산을 가린 막이 나타난 것은 한국이 보유했던 능력자 중 가장 강한 사람이라 일컬어지던 자가 죽기 전날부터였다. 헨리가 알고 있기로 그의 종적이 전혀 발견되지 않았던 것은 그가 죽기 하루 전날뿐이었다.

그의 피를 이은 자가 이곳에 있다는 사실로 추측해 볼 때 인공위성 사진에 나타난 현상들은 분명 그와 관련이 있다는 것이 헨리의 생각이었다.

'알아볼 필요가 있다. 만약 그가 죽기 전에 안배를 남겼다면 무척이나 중요할 테니까.'

지금은 김한석이 대행하고 있기는 하지만 얼굴 없는 사나이는 죽기 전까지 한국 내에서는 가문의 유일한 협력자였다. 협력자의 죽음으로 인해 앤트 가가 잃어버린 것이 무척이나 많았던 것을 기억해 낸 헨리는 이번 일이 매우 중요함을 인식했다.

'만약 그의 후계자가 존재한다면 반드시 끌어들여야 한다. 그 양반에게 전해진 아버님의 전언대로라면 최후의 전쟁이 머지않았을 테니까. 응?'

죽음에 이르기까지 철저한 비밀에 가려져 있던 특출난 한국의 능력자에 대해 그렇게 잠시 생각을 하고 있을 무렵, 화면상에 특이한 것이 스쳐 지나가는 것이 헨리의 눈에 띄었다. 아주 희미했지만 헨리는 그것을 놓치지 않았다.

"응? 잠깐 화면을 뒤로 돌려보게."

헨리는 바이런에게 돌아가는 화면을 멈추게 하고는 뒤로 다시 돌리게 했다.

"알겠습니다."

화면이 다시 뒤로 돌아가고 정지된 영상으로 사진이 한 장 한 장 나타났다. 조금 전 자신이 본 화면의 내용을 찾아 사진들을 한 장 한 장 세밀하게 확인하기 시작했다.

"거기!"

확인을 마치고 넘어가던 화면 중에 자신이 찾던 것을 발견한 헨리가 멈추게 했다.

"이상하군요. 붉고 푸른빛이 희미하게 나타나고 수십 개의 밝은 빛이 주변을 감싸고 있는 모습이라니 말입니다."

바이런의 말대로였다. 뿌연 막 속에는 희미하지만 그런 모습이 나타나 있었던 것이다.

"마치 대한민국의 국기 모습과 흡사하군."

"중심부는 그렇지만 주변에 있는 빛들은 전혀 다른 모습이군요."

"그래, 하지만 묘하게도 질서가 있는 듯한 모습이야."

"그렇기는 하군요. 언뜻 보면 무질서하게 보이지만 상당히 규칙적입니다. 어딘가로 보내는 신호 같은데, 분석을 의뢰해 볼까요?"

"아니, 그건 나중에 하도록 하고, 저 날 특이사항이 없었는지 확인해 보도록."

화면 하단에 첩보 위성에서 사진이 찍힌 시기와 좌표가 명확하게 나타나 있었다. 한철이 미지의 경험을 하게 된 바로 그날, 그 시간이었다.

임시로 비트를 꾸민 CIA 요원들이 바쁘게 움직이기 시작했다. 몇 개의 통신망을 가동시키고는 자신들의 정보 라인을 통해 모을 수 있는 정보를 최대한 모으기 시작했다.

'저 특이한 현상은 분명 안배가 완료됐다는 표시다. 그의 후계자가 존재한다면 일단 접촉을 해야 할 텐데……'

인공위성이 찍은 화면을 보고 헨리는 이제는 사라진 존재가 남긴 흔적이 분명하다는 것을 확신할 수 있었다. 안배된 인물이 누구인지는 모르지만 다크 드래곤에서 표적으로 삼은 자가 틀림없었다.

그렇다면 제일 먼저 접촉을 시도해야 했다. 잃어버린 오메가의 일보다 중요한 일이라는 생각에 헨리의 마음이 급해졌다. 만약 자신의 가정이 확신으로 다가온다면 새로운 전쟁이 시작되고 있는 것이었기 때문이다.

하지만 그렇게 부산한 가운데 헨리나 그의 수하들도 자신들이 위성 안테나를 사용하면서부터 전 세계에 감시의 눈길을 드리우고 있는 천상천의 촉각에 자신들이 행보가 적나라하게 걸려들었음을 인지하지 못하고 있었다.

* * *

민석 선배를 살펴본 후, 일단 사무실로 가서 진행되는 일을 살펴보고 이상이 없음을 확인했다. 사무실에 있는 사람들의 면면을 보면 내가 없더라도 충분히 계획대로 일을 진행시킬 수 있을 것 같았다.

이제부터 나도 이면의 일에 대해 본격적으로 나서야 하기에 사무실을 나섰다. 삐친 듯 유준이의 입이 잔뜩 나왔지만 생각지도 못한 자들의 출현 때문에 어쩔 수가 없는 일이었다.

사무실을 나선 후 곧바로 네르키즈로 향했다. 네르키즈에 도착한 후 수거해 온 로봇을 살폈다. 상대할 때도 느낀 것이지만 무척이나 놀라운 것이었다. 상상 속에서나 가능한 무기들이 장착되어 있었기 때문이다.

미네르바로서도 지구상에 그런 무기가 존재한다는 것이 놀랍다는 말뿐이었다. 젠트리온 연합에서도 생각해 보지 못한 것들이라 상당한 연구가 진행되어야 한다는 것이 미네르바의 생각이었다. 인간의 정신 동력을 이용한 무기라는 것이 젠트리온 연합이나 알카트라 제국에서조차 나타난 적이 없으니 흥미를 가질 만도 했다.

미네르바로서도 살펴보는 데 시일이 걸릴 것이라는 말에 일단 집으로 돌아가기로 했다. 앞으로 일의 진행 방향을 바꿔야 했기 때문이다.

유준이 등을 통해 진행하고 있는 일에 내가 연관이 되어 있다는 것이 알려지면 내가 끌어들인 사람들이 위험해질 수도 있기에 앞으로의 일을 다시 생각해야 했던 것이다.

집으로 돌아가기 전 앞으로의 일을 생각하는 와중에 미네르바로부터 경고성이 발해졌다. 누군가 집 근처로 왔다는 이야기였다. 위성을 통해 전해지는 정보를 도중에 가로챈 미네르바가 집이 있는 상공을 감시하는 자들이 있다는 이야기를 해준 것이다.

"누구지?"

─아무래도 이번에 함장님께서 탈취한 것들 때문에 몰려온 자들 같습니다. 랭글리와 직접 데이터를 주고받는 것으로 봐서는 CIA에서 직접 움직이는 것 같습니다.

"빠르군. 역시 CIA라는 것인가? 그나저나 재미있게 됐군. 흑룡회라는 존재가 CIA와 연관을 가지고 있으니 말이야."

아무도 모르게 음지에서 대한민국을 좌지우지하는 조직이 흑룡회다. 그렇게 음지에서 움직이는 조직과 CIA가 연관이 있다는 사실은 충격이다. CIA와 흑룡회의 연관 관계는 반드시 확인해 볼 필요성이 있었다.

─그렇습니다. 앞으로 주의 깊게 살펴봐야 할 것 같습니다.

"그래야겠지. 주의하지 않으면 자칫 낭패를 당할 수도 있으니까 말이야."

─알겠습니다. 앞으로 최대한 주의를 기울이겠습니다. 흑룡회와의 연관 관계도 확인을 해보겠습니다.

"그나저나 그자의 상태는 어때?"

미네르바도 주의를 기울이는 것을 보면 보통 문제가 아니라는 것을 인식한 것 같았다. 좀 더 자세한 것을 알아보려면 이번에 생포한 자에게서 정보를 얻는 것이 좋을 것 같았기에 상태를 물었다.

―충격의 여파 때문인지 아직 정신을 차리지 못하고 있습니다만 그다지 위험한 상태는 아닙니다. 다만 완벽히 자신의 정신을 차폐한 상태라 자세한 정보를 알아내는 것이 상당히 힘듭니다.

"일단은 깨어나야 한다는 말이로군?"

―그렇습니다. 무의식의 상태에서 자신의 정신을 닫아놓았는지라 깨어나야만 어떻게든지 정보를 얻을 수 있을 겁니다.

"그럼, 그자에게서 흑룡회에 관한 정보를 얻는 것은 조금 기다려야겠군. 흑룡회와 CIA가 어떤 관계인지는 나를 찾아온 자들에게 알아보도록 하고 말이야."

건드리려 하면 죽음 직전까지 가는 상황이라 별다른 방법이 없기에 조금 번거롭기는 하지만 CIA를 통해 흑룡회를 추적하는 것이 좋을 것 같았다.

―그러시는 편이 좋을 것 같습니다. CIA에서 함장님을 주목하는 것이 좋지 않을 수도 있지만 어떤 일이 있었는지 정확히 알아보는 것이 우선일 것 같습니다.

잡아온 자의 상태는 네르키즈에서 이미 살펴보았었다. 생포할 당시부터 완전하게 의식을 잃은 상태였다. 전과 같이 그자의 의식 속에 무엇이 있는지 살피려 하다가 잘못해서 죽일 뻔했었다. 그자의 정신을 보호하기 위한 것인지 정체불명의 막이 존재하고 있었기 때문이다.

투왕이나 전왕의 정신을 지배하고 있는 것과는 전혀 다른,

종류를 알 수 없는 것이었다. 별다른 생각 없이 그의 정신을 둘러싸고 있는 막을 깨버리려 하자 바이탈사인이 급격히 떨어졌다.

뭔가가 침입하려 하면 스스로의 생명을 소멸시키도록 하는 금제가 되어 있음이 분명했다. 몇 번을 시도해 봤지만 마찬가지였다. 계속하면 생명이 위험할 수도 있었기에 아무런 정보를 알아내지 못했다.

타인에 의해 심어진 것이 아니라 스스로 제약을 건 것이라 그의 정신을 둘러싸고 있는 막은 3단계 차폐를 깬 내 힘으로도 깰 수가 없었던 것이다.

잡아온 자의 수하들에게서도 정보를 얻을 수는 없었다. 그들의 의식 속에는 오직 자신들의 상관을 보호해야 한다는 한 가지 의지만이 남아 있었던 것이다. 의식을 잃기 전 뭔가가 그들의 의식 속에 남아 있는 정보를 의도적으로 지운 것으로 보였다.

아무런 정보가 없는 마당에 지금 나타난 자들은 나에게 좋은 기회였다. 그들을 통해 흑룡회의 정보를 역으로 취할 수도 있기 때문이다.

CIA라는 것이 마음에 걸리기는 하지만 나를 제거하기 위해 엄청난 놈을 보내왔으니 이제는 제대로 응대를 해줘야 할 것 같았다.

"좋아, 저들에게서 한번 알아보자고. 인공위성을 통해서는 백무요에 대해 알아내기가 불가능할 테니 날이 밝으면 직접 올라올 테지만 그보다는 우리가 먼저 마중을 나가는 것이 좋을 것 같다."

―바로 가실 겁니까?

"그렇게 하지. 이곳에 오는 것이 번거로울 수도 있으니 말이야."

―그럼 바로 워프를 하도록 하겠습니다.

미네르바의 말이 끝난 후 바로 워프를 해 CIA에서 온 자들이 묵고 있는 모텔의 옥상으로 갔다. 경계가 되어 있지 않아서인지 아무도 없는 옥상에 도착한 나는 조심스럽게 그들이 묵고 있는 방을 향해 내려갔다.

'전투에 실패한 자는 용서해도 경계에 실패한 자는 용서가 없다던데, 의외로군. 일단 차근차근 잠재우는 것이 좋겠다.'

맥아더 장군의 말이 아니더라도 3층과 4층 전체에 머물고 있는 인원이 얼마인데 너무 경계가 없었다. 나에게는 잘된 일이지만 명색이 정보를 다루는 자들이 이토록 경계를 허술한 것을 탓하며 3층으로 내려갔다. 4층에 통신실이 마련되어 있는 것을 보면 그곳에 수뇌부가 있을 것이기에 3층의 인물들부터 차례로 제압하기로 한 것이다.

인간의 뇌란 무척이나 신비한 존재다. 불가사의한 능력을 발휘할 정도로 강력한 반면에 약간의 충격에도 자신의 기능을 일시 정지할 만큼 약한 면모도 가지고 있다.

가해지는 충격을 해소하지 못하고 일시 기능을 정지하는 것이 기절이라는 것이다. 죽음이라는 전제가 아니었기에 나는 기운을 조절하여 방 안에서 쉬고 있는 자들을 하나하나 기절시키기로 한 것이다.

내 주변에서만 만들어내던 파티클퍼뷰렛을 공간을 격하여 만들어냈다. 워낙 작은 입자였기에 알아차릴 일도 없을 것이고, 연수 부분에 직접적인 충격을 주어 기절을 시킬 생각이었기에 효과도 뛰어날 터였다.

소리없이 만들어낸 파티클트뷰렛건에 맞은 탓에 방 안에 있던 자들은 저항없이 차례로 쓰러져 갔다. 경계도 하지 않을뿐더러 자신들의 뒤에 소리없이 나타난 입자들이 뒷목을 강타할 줄은 그들로서도 몰랐기 때문이다.

방 안에 있는 하나하나 기절을 시킨 후 수뇌부가 있는 4층으로 올라가다가 이상한 느낌이 들었다. 너무 쉽다는 생각이 들었던 것이다. 명색이 요원들이라는 자들이 이토록 쉽게 쓰러진다는 것이 경각심을 가지게 한 것이다.

'온 것을 알고 있는 자가 있었군.'

4층 첫 번째 방에 있는 자들의 기운을 쫓아 제압을 하려는 순간 한철은 뒷덜미가 서늘했다. 옥상으로부터 내려오는 계단에 누군가 나타난 것이다.

"대단한 솜씨요. 우리 요원들이 그리 무디지 않은 편인데 이토록 소리없이 제압하다니 말이오."

나타나는 순간 방어를 준비하고 있었기에 공격을 해보았자 소용이 없겠지만 이토록 지척까지 이목을 속일 수 있는 자가 누구인지 궁금했기에 한철은 천천히 고개를 돌렸다.

이지적으로 생긴 금발의 외국인이 서 있었다. 미네르바로부터 정보를 전해받았던 헨리 앤트임을 확인할 수 있었다. 살기가 깃들어 있지 않아 공격할 의사는 없는 것으로 보였다.

'실력자로군. 능력도 있는 것으로 보이는데… 마음을 놓으면 안 될 것 같군.'

3단계 차폐를 개방한 자신의 이목을 속이고 이토록 가까이 접근한 것을 보면 무시하지 못할 실력자 같았기에 한철은 경계를 풀지 않고 헨리를 바라보았다.

"CIA에서 나에게 무슨 볼일이 있는 거지?"

"대단하군. 이미 내가 어디에서 온 사람이라는 것을 알고 있다니 말이야."

"후후후, 모르면 죽는 세상이니까."

헨리로서는 정말 의외였다. 다크 드래곤이 제거하고자 하는 대상이 지리산에 있다는 정보만으로 단서를 찾아왔는데 그 대상으로 보이는 한철이 바로 나타났으니 말이다.

거기다가 자신들의 정체를 정확히 알고 있는 사실이 그의 마음을 어둡게 했다. 추측할 수 없는 능력을 가지고 있는데다가 자신이 파악하지 못하고 있는 미지의 정보망을 가지고 있다는 생각이 들었던 것이다.

또한 아무도 모르게 소리없이 타깃을 제압하는 솜씨는 CIA나 자신이 속한 앤트 가에서도 찾아보기 어려운 것이었기에 한철에게 일말의 위협을 느꼈다. 미리 준비하지 않았다면 자신도 한철의 움직임을 파악하지 못했을 것이기 때문이다.

사실 헨리가 3층에서 자신의 수하들을 제압하는 한철의 종적을 잡은 것은 미리 준비가 없었다면 불가능한 일이었다. 작전이 벌어지면 언제나 수하들에게 붙여주는 심맥박동기가 이상 신호를 보내오지 않았다면 헨리로서도 한철이 나타났음을 전혀 알아차리지 못했을 터였다.

"어디서 왔던 간에 난 불청객은 사절이다. 뒤에서 총을 겨누는 작자들도 그렇고, 잘못하면 다치니까 서툰 짓을 안 하는 것이 좋을 거야."

"미안하군, 이거. 갑작스러운 방문이라서······."

헨리는 바이런 등을 향해 손을 저었다. 한철의 말대로 뒤에서 총을 겨누고 있던 바이런 일행을 물리친 것이다. 바이런과 그의 수하들이 총을 겨누고는 있었지만 무표정한 얼굴로 자신을 바라보며 싸늘한 미소를 짓고 있는 한철을 보며 헨리는 그에게 총이 소용없음을 느꼈던 것이다.

또한 자신이 생각한 대로 한철이 얼굴 없는 사나이의 후계자가 맞다면 앞으로 협력해야 할 상대이지 적으로 상대해야 할 사람이 아니었기 때문이다.

하지만 적의가 가득한 한철에게 어떻게 이야기를 꺼내야 할지 조금은 난감한 구석이 있었다. 그런 그의 난감함을 풀어준 것은 한철이었다.

"할 말이 있는 것 같은데······."

자신의 마음을 아는지 물어오는 한철이 고마웠는지 헨리가 한철을 쳐다보았다.

"물론, 하고 싶은 이야기야 많지만 날 믿을 수 있나?"

"후후후, 믿지는 않는다. 하지만 할 말이 있는 것 같으니 들어는 봐야겠지. 이곳에서 나눌 이야기는 아닌 것 같으니 나를 따라와라."

한철의 말대로 다른 사람이 들어서는 곤란한 이야기였기에 헨리는 자신을 지나쳐 아래층으로 내려가는 한철의 뒤를 따랐다.

"괜찮겠습니까?"

헨리가 한철의 뒤를 따르자 바이런이 걱정스러운 듯 물었다.

"자네는 3층에 가서 수하들을 돌보게 기절만 시킨 것으로 봐서는 해칠 의도는 없는 것으로 보이니 별다른 일은 없을 걸세."

대기 중인 수하들의 맥동음이 완전히 꺼지지 않은 것으로 봐서는 자신을 해칠 의도는 없어 보였기에 헨리는 바이런을 대기시키고는 곧장 내려갔다.

Chapter 6
암천문(暗天門)

모텔을 나서자 앞서 걸어가는 한철의 뒷모습이 보였다. 조용한 곳을 찾는지 한참을 걸었지만 말없이 뒤를 따랐다.
 '이곳에 강이 있었지.'
 물 비린내가 강해지는 것을 봐서는 강가로 가는 것 같았다. 사람의 인적이 없어지자 헨리는 앞서 걸어가는 한철을 시험해보기로 했다. 자신이 생각하는 대로 능력자가 맞는지 확인을 해보기 위해서였다.
 '대단하군.'
 한철의 뒤를 따르면서 기운을 쏟아내던 헨리는 묘한 흥분감을 느꼈다. CIA라는 것을 알고 있으면서도 당당했던 모습과 함께 자신이 보내는 기운을 교묘히 피해 걷고 있는 한철의 움직임 때문이었다.

"그렇게 애쓸 것 없다."

"후후후, 습관이 돼놔서……."

꽤나 은밀히 보낸 기운이었는데 자신을 가늠하고 있다는 것을 알고 있는 듯한 한철의 말에 헨리가 머쓱한 표정을 지었다.

"이제 다 온 것 같은데, 하고 싶은 이야기가 뭔가?"

인적이 완전히 끊긴 강가에 도착하자 한철이 물었다. 한철의 물음에 제일 먼저 확인할 것은 오메가의 행방이었다.

"자네가 그 물건을 가져갔나?"

오메가의 행방을 묻는 것과 동시에 헨리의 눈동자는 한철의 얼굴을 빠르게 살폈다.

"그 물건?"

'아닌가 보군.'

의아한 표정을 짓는 한철을 보며 헨리는 오메가를 탈취한 자가 한철이라는 자신의 생각이 틀릴 수도 있다는 느낌이 들었다. 자신을 바라보고 있는 한철의 표정이 너무도 자연스러웠던 것이다. 의심을 거두지 않았지만 일단 상대의 말을 인정해 주기로 했다. 얼굴 없는 사나이의 능력을 모두 이어받았다고 해도 달리는 트레일러를 일순간에 사라지게 만들 수는 없기 때문이다.

"조금 귀한 물건이 없어져서 자네가 범인이라고 생각했는데, 아닌 것 같군."

"후후후, 무슨 말인지 모르겠군."

"그 일은 일단 접어두기로 하고, 몇 가지 묻고 싶은 것이 있다. 솔직히 대답을 해줬으면 하는데……."

"쓸데없는 시비는 싫으니 위협이 되거나 특별한 것이 아니라면 대답을 해주겠다."

"그렇다면 제일 먼저 우리가 이곳에 온 것을 어떻게 알았나?"

자신의 종적을 미리 알아차렸기에 알려주지 않을 것임을 알면서도 물었다. 조금이나마 단서를 얻을 수 있지 않을까 해서였다.

"그런 것을 묻다니, 한가한 양반이로군. 질문이 잘못됐지만 대답은 해주기로 하지. 너희들 못지않은 정보망을 가지고 있다. 난 먼저 건드리지 않으면 별로 상관할 생각은 없었다. 귀찮은 것은 딱 질색이거든. 모른 척할 수도 있었지만 CIA의 과학기술부장이 직접 나를 찾아오는 데야 안 올 수가 있어야지 말이야."

"으음……."

자신이 온 이유를 알고 있는 것이 분명했다. 거기다 정확한 신분까지 알고 있었다. 자신의 신분을 알고 있다는 사실에 헨리는 신음을 삼키지 않을 수 없었다. 한철의 말대로 누구 못지않은 정보망을 가지고 있는 것이 확실하기 때문이다.

"수하들을 제압한 이유는 뭔가?"

"뒤통수 맞기는 싫거든. 난 아버지와 같은 경우를 당하고 싶지 않으니까 말이야."

"으음, 미리 손을 쓰려 했다는 건가?"
"알아서 생각하도록."

헨리로서는 만만치 않은 상대였다. 모든 가능성을 차단하고 접근을 불허하는 상대와는 아무리 노련한 자신일지라도 상대의 속을 엿본다는 것은 불가능해 보였다.

자신과 연관이 있는 것은 죽은 얼굴 없는 사나이로 불린 한철의 아버지뿐이었다. 한철이 아버지 이야기를 꺼냈기에 헨리는 그 부분에서 이야기를 풀어나가기로 했다.

"그런데 아버지라는 분이 어떤 일을 당했다는 이야기인가?"
"얼굴 없는 사나이를 모르지는 않을 텐데?"
"물론, 연관이 있던 분이니까."

자신의 예상이 맞음을 확인하며 한철이 고개를 끄덕였다.

"알고 있을 것이라 생각했는데. 역시, 사실이로군."

헨리가 아버지를 알고 있다는 사실을 확인한 한철의 몸에서 싸늘한 살기가 뻗어 나왔다. 오해가 생긴 것 같아 헨리로서는 당혹스러웠다. 전해오는 살기가 그로서도 감당하기 힘들었기에 빨리 오해를 풀고 싶었다.

"잠깐, 자네 아버지를 알기는 하지만 그분의 죽음과 나는 상관이 없다."

"상관이 없다?"

다급해하는 표정을 보니 거짓을 말하는 것 같지는 않았기에 한철의 살기가 잦아들었다.

─저자의 체온과 성문을 분석해 볼 때, 두 가지로 압축할 수

있습니다. 진실이거나 완벽한 거짓말이거나.

헨리란 자의 말을 계속 분석하던 미네르바의 말에 아버지의 죽음에 관계가 있다는 생각에 끓어오르던 살기를 가라앉힐 수 있었다.

미네르바의 보고도 보고지만 헨리란 자의 얼굴에 떠오르는 간절함을 어느 정도 읽을 수 있었기 때문이기도 했다.

"어떻게 이야기해도 믿지 않겠지만 자네 아버님의 유일한 협력자라고 할 수 있는 곳이 바로 우리 가문이네. 그래서 자네의 아버지에 대해 알고 있는 것이고."

아멘도스라는 것 때문에 CIA와 관계가 있을지도 모른다고 생각했는데 자신의 가문과 관련이 있다는 이야기가 조금은 이상했다.

"미네르바, 저자가 말하는 가문에 대해 좀 알아봐라. 저자의 눈에 떠오른 자부심으로 봐서는 예사로운 가문은 아닌 것 같으니 말이야."

—알겠습니다, 함장님.

헨리란 자를 바라보며 미네르바에게 조사를 부탁했다. 어쩐지 눈앞에 보이는 헨리라는 자와의 만남이 아버지의 일에 한 걸음 더 가까이 갈 수 있겠다는 느낌이 들었다.

"가문?"

"난 CIA에 적을 두고 있기는 하지만, 그 이전에 한 가문에 소속된 사람이지. 우리 앤트 가는 오랫동안 자네 아버지와 관계를 유지해 왔네."

"믿을 수 없는 이야기로군. 당신의 가문과 아버지가 어떤 인연이 있었다는 이야긴가?"

"후후후, 믿지 못하는 것도 당연한 일이겠지만 내 말은 사실이네. 자네 아버님과 우리 가문은 오랫동안 협력 관계를 유지해 왔네. 이런 사실은 자네가 아무리 뛰어난 정보망을 가지고 있더라도 쉽게 알아낼 수 없는 사실이지만 말이야."

"사실인가 보군."

미네르바가 앤트 가에 대해 알려오기 시작했다. 기원을 알 수 없을 정도로 오래되었다는 것과 대부분 정보 계통에서 일해왔다는 이야기였다.

그러나 아버지와의 관계가 어떤 것인지는 알아내지 못했다.

"아직도 확신이 서지 않는 모양이네만, 한 사람이 나에 대해 확인을 해줄 것이네."

"누가 확인을 해준다는 것이지?"

헨리라는 자가 말하는 자가 누구인지는 안다. 미네르바로부터 얼마 전 헨리와 김한석 원장이 서울의 은좌라는 일식집에서 만남을 가졌다는 것을 확인했기 때문이다.

"국정원장을 알고 있나?"

"……"

굳이 모른 척할 필요는 없기에 고개를 끄덕였다.

"그분이 자네 아버지와 우리 가문과의 관계를 알려줄 거네. 자네 아버지의 죽음 이후, 한국 내에서 우리 가문과 유일한 끈을 이어가신 분이니까."

"그것은 내가 확인을 해보면 되겠군. 그건 그렇고, 이곳엔 어째서 온 것이지? 아까 물건 이야기를 했던 것 같은데……."

고비사막에서 싸웠던 로봇과 관계된 일로 왔을 것이지만 모르는 척 물었다. 아버지와 관계가 있다고는 하지만 흑룡회와 연줄을 대고 있는 것이 분명하기에 확인을 해야 했다.

"으음, 어떻게 이야기를 해야 할지 모르겠지만, 이건 우리 가문의 일과는 상관없는 일이니까 오해하지 말고 듣기를 바란다."

"알아서 들을 테니까 이야기해 봐."

"CIA에서 모종의 작전을 펼쳤는데 실패했었다. 실패한 원인을 찾아 반드시 제거해야 했지. 사실 널 만나기 전까지만 해도 제거해야 할 대상이 얼굴 없는 사나이와 연관이 있었을 줄은 몰랐다. 알았다면 실행도 하지 않았을 테니까. 한국에서의 활동에는 제약이 많기에 모종의 단체에 이번 일을 의뢰했다. CIA에서 개발한 신무기를 사용할 수 있도록 조치도 취했고, 그런데 무기는 물론이고, 한국의 협력 단체에서 이번 일에 나선 자들도 감쪽같이 사라져 버렸지."

"그래서 내게 물건의 행방을 물은 것이로군."

"그렇다. 결코 잃어버려서는 안 되는 물건이니까."

"그 협력하는 단체는 누구냐?"

"다크 드래곤이라 불리는 단체라고 하는데, 지시만 받아 일을 처리하는 입장이라 나도 자세한 사항은 모른다."

모른다고 하고 있지만 알고 있는 것이 분명했다. 어쩌면 내가 아버지의 아들이라는 것도 이미 알고 있었을지도 모른다. 어차피 믿고 있지 않으니 상관은 없다. 헨리라는 자에게서 알아내야 할 것은 다크 드래곤이라 불리는 흑룡회의 정보뿐이니까.

"다크 드래곤?"

"내 상관인 버논 국장의 비선 중 하나다. 그 이상은 나로서도 알 수 없는 상태다."

"CIA의 수장과 관계가 있는 단체라… 재미있군. 그럼 지금부터 어떻게 할 생각이냐?"

"작전이 실패했다고 보고할 수밖에. 유일한 협력자의 아들을 궁지로 몰아넣을 수는 없으니까. 하지만 그리 오래가지는 않을 거다. 내가 실패했다고 보고하면 다른 방면의 자들이 이곳으로 올 테니까 말이다."

"후후후, 그건 고마운 이야기로군. 하지만 다른 자들이 온다면 그들의 안전은 절대 장담하지 못한다."

"조금 전의 실력을 봐서는 그럴 것 같더군. 하지만 다크 드래곤은 조심해라. 이번에 사라진 자는 다크 드래곤 내에서도 중요한 위치에 있는 자 같으니 말이다. 다크 드래곤에서는 그를 찾기 위해 실력자를 보낼 텐데… 내가 알고 있는 정보로는 그들의 실력은 정말이지 무섭다."

일부러 정보를 알려주는 것 같다. 민사준이나 투왕의 금제와는 전혀 다른 금제가 걸려 있었던 것을 보면서 내가 사로잡은 자가 중요한 위치에 있을 것이라는 것은 이미 짐작은 한 바였다.
"이제는 철수할 생각인 건가?"
"가야겠지. 어떻게 보고해야 할지 조금 걱정이 되기는 하지만 말이야. 김한석 원장을 만나보면 내가 어떤 사람인지 알 거다. 자네 아버지와의 관계도. 연락은 그분을 통해서 하면 되니까 만나보는 것이 좋을 것이다."
"알았다. 한번 보기로 하지."

헨리는 모텔로 돌아가기 위해 주저없이 발걸음을 돌렸다. 오메가를 잃기는 했지만 예상외의 성과에 만족했다.
이번에 실험 대상이 된 프로토 타입은 임무 제한에 따른 폭파 장치가 되어 있기에 그다지 염려할 바가 아니었다. 얼마 있지 않아 폭파될 것이기에 오메가를 다크 드래곤이 빼돌렸거나, 한철이 가지고 있던 그로서는 그다지 중요한 일이 아니었던 것이다.
보다 중요한 것은 얼굴 없는 사나이의 후계자인 한철을 발견했다는 것이다. 한국 내 유일한 협력자의 죽음으로 이제는 어둠에 묻혀 있던 작전을 새로 시행할 수 있다는 것이 그로서는 제일 중요했던 것이다.
'은아가 좋아하겠는걸. 아무래도 한국에 오래 머물러야 할 것 같으니……'
비록 한국 내 자신의 조직을 이끌고는 있지만 헨리는 강은아를 소모품으로 생각하지 않고 있었다. 가문에서 알면 노발대발하겠지만 강은아를 마음속의 연인으로 생각하고 있던 그였다. 이번 기회에 한국에 머물면서 그동안 못해준 것을 해줄 요량에 조금은 기분이 나아지고 있었다.

"그나저나 어린 나이지만 상당한 실력이던 것 같은데, 다크 드래곤을 어떤 식으로 상대할지 모르겠군. 그들과의 싸움에서 살아남아야 가문에서도 협력자로 받아들일 텐데… 나 또한 전철을 밟고 싶지는 않으니 얼마 동안은 지켜봐야 할 것이다. 그들의 비밀을 그리 쉽게 알 수 있는 것은 아닐 테니까."

한국 내에서 유일한 협력자라고는 하지만 한철의 아버지는 중도에 꺾인 사람이었다. 그로 인해 앤트 가에서도 많은 어려움을 겪었다.

헨리 또한 그로 인해 회복할 수 없는 피해를 입은 당사자 중 하나다. 지금은 어느 정도 기반을 회복했지만 얼굴 없는 사나이의 죽음은 그가 관할하고 있는 한국 내 모든 기반이 송두리째 날아가는 사태까지 번졌던 것이다.

헨리는 자신이 추진하고 있는 계획에 한철을 끌어들이기에 앞서 한철의 능력이 어느 정도인지 시험을 해볼 필요가 있었다. 전과 같이 그토록 어이없이 당할 바에는 없느니만 못한 까닭이다.

가문에도 자신이 얼굴 없는 사나이의 후계자를 발견했다는 사실을 알리지 않을 생각이었다. 얼굴 없는 사나이에 대한 정보가 가문 내에서 새어나갔을 수도 있었기 때문이다.

"가문에서는 거의 손을 뗀 상태이니 그다지 염려가 없겠지만 다크 드래곤에서 이 사실을 알면 곤란할 테니 그분에게 도움을 청해야 하겠군. 보아하니 연관이 있어 보이던데 거절하지는 않겠지."

헨리는 김한석 원장을 다시 한 번 만나야겠다는 생각이 들었다. 지금은 대리인 노릇을 하고 있지만 김한석이 가지고 있는 힘 또한 무시할 수 없었기에 김한석을 만나 한철의 행적을 지울 생각이었던 것이다.

"그나저나 다크 드래곤이 가지고 있는 비밀이 평범한 것이 아니라는 것은 알지만 이번 기회에 알 수 있었으면 좋겠군. 그것이 아니라면 암천문과의 연계라도 알아내야 움직이기가 수월할 텐데……."

헨리가 한철을 두고 이토록 고심하는 것에는 이유가 있었다. 반드시 밝혀내야 하는 비밀이 다크 드래곤 내에 있었던 까닭이다.

다크 드래곤이 가지고 있는 비밀은 그에게 있어 무척이나 중요한 일이었다. 가문의 후계자인 그가 가문의 일을 떠나 CIA를 전면에 내세우면서까지 다크 드래곤과 협력하는 이유 또한 그 비밀을 캐내기 위해서였던 것이다.

김한석이 국정원장이라는 직위에 있기는 하지만 그가 가진 역량으로서는 다크 드래곤의 비밀을 파헤치는 것은 불가능하다고 판단하고 있었기에 한철이 나타난 것을 계기로 새로운 전기를 모색하고자 했던 것이다.

"이런 벌써 다 왔군."

모텔 앞에서 자신을 기다리고 있는 바이런을 보며 자신이 생각에 빠져 있음을 인식한 헨리는 고개를 흔들고는 바이런에게 다가갔다.

"별일없으셨습니까?"

"별일없었다. 그만 이곳을 떠나야 할 것 같으니 수하들에게 일러 준비를 하라고 해라."

"알겠습니다."

이곳에 더 이상 볼일이 없음을 인식했는지 앞장서서 모텔로 들어갔다. 헨리도 뒤를 따랐다. 그렇게 두 사람이 들어 선 얼마 후, 일단의 외국인들이 함양 땅을 떠났다.

헨리 일행이 함양을 떠나 군산에 도착한 것은 날이 밝아오기 전이었다. 어둠을 뚫고 군산으로 들어온 헨리 일행은 곧장 제8전투비행단으로 향했다.

"오셨군요. 일을 잘 끝난 것입니까?"

"아직은… 곧장 연락을 취해야겠으니 통신실로 갔으면 하는데, 괜찮겠나?"

이른 새벽 자신의 방문에 잠을 깨고 나온 케밀 소령이 미안했는지 헨리가 양해를 구했다.

"언제든지 연락이 가능합니다. 그렇지 않아도 국장님께서 부장님의 연락을 기다린다고 전해달라고 했습니다."

"알았네. 그럼 가보도록 하지."

케밀 소령의 안내로 보안 회선을 이용하기 위해 통신실로 들어선 헨리는 랭글리와 연결을 시도했다.

잠시 후, 헨리의 상관인 버논 국장의 목소리가 들려왔다.

"무슨 일이 있는 것인가?"

새벽부터 여러 가지 자료를 요구하더니 이제는 제8전투비행단에서 통신을 시도하는 헨리의 행동이 이상했던지 버논이 물었다.

"완벽히 사라진 것 같습니다."

"오메가가 사라졌다는 말인가?"

버논 국장의 음성에는 침통함이 가득했다.

"표적을 확인한 결과로는 그렇습니다."

"으… 음. 큰일이로군. 다크 드래곤은 어떤가?"

"연락을 취하고는 있지만 접선이 되지 않는 것을 보면 이번 사태에 대해 우리에게 의문을 가지고 있는 것 같습니다. 쉽지는 않겠지만 곧장 서울로 올라가 접촉을 해볼 생각입니다."

"그들도 안달이 나 있을 테니 조심하게. 그리고 일본에서 보내온 정보로는 다크 스카이가 움직인 모양이더군."

"다크 스카이가요? 그들이 한국에서 움직일 이유가 없을 텐데 이상하군요. 혹시 그들이……."

"그건 아닌 것 같더군. 그들이 움직인 이유는 오랫동안 그자들이 쫓아온 것에 대한 단서가 발견됐기 때문이네."

"사실입니까?"

헨리가 확인하듯 되물었다.

"마침 단서를 발견한 자가 우리 쪽에서 심어둔 인물이었네."

"으음, 그토록 오랫동안 찾아오던 것이었으니 물불을 가리지 않겠군요. 어쩌면 피바람이 일지도 모르겠습니다."

"그렇겠지. 스스로의 목숨도 아랑곳하지 않는 자들이니까. 다크 스카이도 다크 드래곤과 연계를 가질 것이라는 보고네. 원래부터 연계를 가지고 있기는 하지만 이번에 일본에서 한국으로 들어온 인물이 워낙 고위급이라 다크 드래곤에서도 본격적인 움직임을 보일지도 모른다고 하더군."

두 단체 간에는 묘한 알력이 존재해 추구하는 바가 조금은 달랐다. 한국이 독립을 한 이후 본격적인 협력 없이 우호적인 관계만 유지했는데 이번에 같이 합작을 했다면 심상치 않은 일이었다.

다크 스카이와 다크 드래곤이 본격적으로 연계를 가진다면 CIA로서도 두고만 볼 수 없는 일이었다. 헨리는 그들이 쫓고 있다는 것이 아무래도 마음에 걸렸다. 자신이 알고 있는 것이 분명할 것이기 때문이다.

"정문호의 일도 있으니 움직이긴 움직이겠군요."

"아직까지 확실하지는 않지만 오메가의 일도 있고 하니 한 번 접촉을 해보게. 그들이 쫓는 것이 우리에게도 중요하니까."

"알겠습니다. 그렇게 하도록 하지요."

통신을 마친 헨리는 전원을 끄고 통신실을 나섰다.

'도대체 무슨 일이 벌어지고 있는 것이냐? 무슨 일이……'

예상외의 상황이 자꾸 벌어지는 탓에 그의 마음은 곤혹스럽기 그지없었다. 오메가의 실종과 한철이라는 존재의 등장, 이제는 암천문이 쫓고 있는 것이 세상에 나타났다는 사실이 그를 혼란스럽게 한 것이다.

"언짢은 일이 있으십니까?"

통신실을 나서는 헨리의 인상이 일그러져 있자 케밀 소령이 불안한 듯 물었다.

"아니다, 케밀."

자신을 평상시와는 달리 부르는 헨리의 말에 케밀 소령이 몸을 흠칫 떨었다. 헨리가 자신을 그렇게 부른다는 것은 CIA의 비밀 요원이 아니라 가문의 일원으로서 부른 것이기 때문이다.

"무슨 일이 있으셨군요?"

"가문에 연락을 해야겠다."

"가주님께 연락을 하실 겁니까?"

"그래, 아무래도 한국에서 벌어지는 상황이 심상치가 않다. 잘못하면 100년 전의 상황이 다시 발생할 수도 있을 것 같다."

"그렇다면……."

"그렇다. 암천문에서 쫓고 있는 물건이 세상에 나온 모양이다."

"가주님께 연락을 해야겠군요. 그렇다면 제 숙소로 가시죠."

상황이 급작스럽게 돌아가는 것을 인식한 케밀은 자신의 숙소로 헨리를 안내했다.

자신의 숙소로 간 케밀은 한쪽 구석에 있는 벽장문을 열었다. 자신밖에는 알지 못하는 비밀스러운 공간이 벽장 속에 존재했던 것이다.

"공간 왜곡장이 펼쳐져 있습니다. 안으로 들어가시면 가주님께 연락을 하실 수 있을 겁니다."

"알았다."

헨리가 대답하자 케밀은 손으로 기이한 수식을 그렸다. 수식이 끝나자 그의 손에서 푸른빛이 흘러나왔다. 마법사들이 마나라 부르는 힘이 불러온 빛이었다. 케밀은 앤트 가에 소속된 마법사 중 하나였던 것이다.

푸른빛이 그의 손을 떠나 벽장 속으로 사라지고 나자 희미한 빛이 벽장 속에서 흘러나오기 시작했다. 공간 왜곡장으로 가려놓은 비밀스러운 공간으로 통하는 문이 열린 것이다.

헨리는 문이 열리자 서슴없이 안으로 들어갔다. 벽장 속으로 들어간 헨리의 신형이 연기가 사라지듯 사라져 갔다. 헨리가 사라지자 케밀은 곧장 벽장문을 잠그고 앞을 지키기 시작했다.

헨리가 공간 왜곡장을 통해 들어온 곳은 희미한 빛이 일렁이고 있는 미지의 공간이었다. 미지의 공간 안에는 검은색의 탁자가 덩그러니 놓여 있었다.

헨리는 탁자로 다가가 손바닥을 얹었다. 그의 손이 탁자에 닿자 마나가 만들어내는 푸른빛이 그의 손에서 생겨났다. 그의 손에서 흘러나온 마나는 탁자 위를 타고 흘러가며 안으로 스며들어 갔다.

마나의 힘을 부여받은 탁자 위에는 이내 기이한 도형을 만들어지기 시작했다. 완벽하게 보안이 되는 통신을 위한 마법진이 생겨난 것이다. 마법진이 활성화되자 탁자에서 손을 뗀 헨리는 뒤로 물러나 마법진을 바라보았다.

희미한 빛이 일렁이며 마법진이 그려진 탁자 위에 사람의 영상이 맺혀졌다. 3차원 그래픽처럼 만들어진 영상은 무척이나 정교했다. 크기는 작았지만 완벽한 사람의 영상이 탁자 위에 서 있었던 것이다.

탁자 위에 나타난 사람은 헨리와 무척이나 닮아 있었다. 금발은 물론 푸른색의 눈동자와 고집스러운 눈매, 그리고 얼굴 전체를 타고 흐르는 윤곽이 헨리와 닮아 있었다.

"무슨 일이기에 가문의 통신 방법까지 사용한 것이냐?"

위엄이 가득한 목소리가 작은 영상으로부터 흘러나왔다. 오랫동안 조직을 지휘해 온 자의 연륜이 묻어나는 목소리였다.

"차원의 열쇠가 나타난 것 같습니다."

자신을 낳아준 아버지지만 아버지를 대하는 모습이 아니었다. 헨리는 자신의 아버지를 조직의 수장으로 대하고 있었다.

"차원의 열쇠가?"

"그렇습니다. 암천문이 움직이기 시작했다는 정보입니다."

"으음, 태양이 다시 뜨기 시작했는데 차원의 열쇠까지 나타나다니… 골치 아프게 됐군."

아버지의 인상이 찌푸려지는 것을 본 헨리는 태양이 다시 뜨는 것과 차원의 열쇠가 관계가 있음을 직감했다. 어찌 된 영문인지 무척이나 궁금했지만 애써 참았다. 필요하지 않는 이야기는 설사 자식이라도 이야기해 주지 않을 것임을 잘 알기 때문이다.

"사람들을 보낼 테니 암천문을 감시해라. 그들이 차원 열쇠를 얻게 된다면 가문에 위해가 될 수도 있는 심각한 일이 벌어질 테니 말이다."

"알겠습니다. 그런데 한국으로 올 사람들은 누굽니까?"

"쉐도우들이 갈 것이다."

"쉐도우가 온다는 말입니까?"

헨리가 놀란 듯 반문했다. 자신의 아버지가 말한 자들은 그리 쉽게 움직일 존재들이 아니었던 것이다.

쉐도우라면 아버지의 직속으로 있는 자들이었다. 가문이 가진 무력 중 세 번째이기는 하지만 그들이 가진 능력으로 볼 때 이번 일에 투입한다는 것은 지나친 처사였다. 차원을 여는 열쇠가 중요하다고는 하나 한 명 한 명이 자신을 능가하는 자들이었던 것이다.

"그렇다. 그리고 네게 내려진 금제도 이 시간부로 해제할 것이다. 이제는 정식으로 가문의 일원으로 활동하게 되는 것이다. 헨리, 자신은 있느냐?"

"저, 정말이십니까?"

헨리의 몸이 흥분으로 떨었다. 생각지도 못한 시기에 가문의 일원으로 받아들여진 때문이다.

"그렇다."

"쉐도우에다가 금제까지 풀어주신다면 아무리 암천문이라도 충분히 해볼 만합니다."

"좋다. 앤트 가의 가주로서 너에게 내려진 금제를 이 시간부로 정식으로 해제하고자 한다. 가까이 다가오라."

영상이 뱉어내는 말에 헨리는 입술을 굳게 다물고 탁자로 다가가 양손을 얹었다. 헨리가 탁자에 손을 올려놓자 영상으로부터 웅혼한 목소리가 흘러나왔다.

"오랜 시간부터 내려오는 침묵의 율법을 지키겠는가?"

"지키겠습니다."

"앤트 가의 165대 가주인 나 해밀턴 앤트는 가문이 정하는 침묵의 율법에 따라 나의 장자이자 가문의 후계자인 헨리의 금제를 풀 것이다. 이는 정식으로 가문의 일원으로 받아들여짐을 뜻하는 것이며, 가문의 문장인 골드 드래곤의 이름 뒤에 영원히 기록되어질 것이다."

웅웅거리는 목소리와 함께 영상으로부터 금색의 찬란한 빛이 뿜어져 나왔다. 눈이 부실 정도로 강렬한 빛은 영상을 떠나 헨리의 이마도 스며들었다.

금색의 빛이 이마로 스며들기 시작하자 헨리의 머리 위로 희미한 영상이 맺히기 시작했다. 그것은 신화에서나 나오는 드래곤의 모습이었다.

희미했던 드래곤의 모습이 점차 확연히 보이기 시작했다. 그럴수록 탁자를 짚고 있는 헨리의 몸이 떨리기 시작했다. 금제를 푸는 과정에서 생기는 고통 때문이었다.

어느 정도 시간이 흐르자 금빛의 드래곤은 자신의 모습을 완성했다. 마치 살아 있는 듯 꿈틀거리는 모습은 위압감이 절로 들게 만들었다.

고통으로 몸을 떨던 헨리도 안정을 되찾았다. 자신에게 가해진 금제가 완전히 풀어진 것을 확인한 헨리는 탁자에서 손을 뗐다. 손을 뗀 것과 동시에 그의 이마 위에 머물던 드래곤의 형상이 빨려들 듯 그의 머리 속으로 스며들었다.

"본 가가 해야 할 일과 숙명을 너의 의식에 각인시켜 놓았다. 이는 침묵의 율법이며 가문이 전해져 내려오는 숙명이다. 앞으로 네 역할에 따라 세계의 안녕이 지켜짐을 명심하고 이번 일에 임해야 할 것이다."

"알겠습니다, 아버님!"

자신이 가문의 일원으로 받아들어졌기에 태어나 처음으로 아버지라 부른 헨리였다. 치밀어 오르는 벅찬 감정이 가슴에 가득했지만 마음속과는 달리 그동안과 마찬가지로 상관을 대하는 듯한 목소리로 대답을 했다.

"그럼 부탁한다, 아들아."

탁자 위에 맺힌 작은 영상이 사라져 가며 안타까운 눈빛을 보냈다. 큰일을 앞두게 된 자식에 대한 걱정이 담긴 눈빛이었다. 헨리는 아버지의 눈빛을 바라보면 앞으로 다가올 위험이 그다지 두렵게 느껴지지 않았다. 처음으로 아들이라 부르는 아버지의 마음을 절실히 깨달았던 것이다.

용무를 마친 헨리는 곧바로 공간 왜곡장을 나섰다. 벽장문이 닫혀 있는 터라 문을 열고 밖으로 나섰다. 문 앞을 지키고 있는 케밀이 헨리의 모습을 보자 그대로 무릎을 꿇었다. 아직까지 이마에 감도는 희미한 금빛을 보며 케밀 또한 헨리가 가문의 정식 일원이 되었음을 알아차린 것이다.

"마스터께서 가문의 일원으로 인정받으신 것을 진심으로 경하드립니다."

"일어나라."

"알겠습니다."

헨리의 말에 케밀이 조심스럽게 일어나며 시립하듯 자리에 섰다.

"곧 한국으로 쉐도우가 올 것이다. 한국 내에 있는 자들 중 가문에 소속된 자들은 모두 불러들이고 준비를 철저히 하도록."

"전부 말입니까?"

"그렇다. 모이는 즉시 암천문을 감시하는 데 전력을 기울인다. 그자들이 원하는 것을 얻게 해줄 수는 없는 노릇이니까."

"알겠습니다. 모일 장소는 어디로 하는 것이 좋겠습니까?"

"잘 알지 않나?"

"그럼, 곧장 그리로 가실 겁니까?"

"그래야겠지. 문도들도 모두 그곳으로 모이도록 해라."

모이는 장소가 은좌라는 것을 알기에 케밀의 인상이 약간 찌푸려졌지만 이내 수긍을 했다. 이제 정식으로 가문의 일원으로 들어온 이상 어떤 배우자를 선택하느냐 하는 것은 오직 헨리의 권한이었기 때문이다.

잠시 후, 헨리를 비롯한 사람들이 탄 차량이 제8전투비행단을 빠져나왔다. 전투비행단을 책임지고 있는 케밀의 책상에는 사직서 한 장이 놓여져 있었다.

*　　　*　　　*

―함장님!

헨리와의 만남 이후 네르키즈에 워프해 와 함교에서 생각을 정리하던 중 다급하게 부르는 미네르바의 목소리가 들려왔다.

"뭐지?"

―헨리라는 자를 감시하게 위해 보냈던 나노 로봇의 신호가 완전히 끊겼습니다.

"나노 로봇이?"

헤어질 무렵에 감시를 위해 헨리에게 미네르바가 스파이 로봇을 붙여놓았었다. 어떠한 경우에도 신호를 보내낼 수 있었는데 신호가 끊겼다니 이상한 일이었다.

"발견된 건가?"

―그런 것 같지는 않습니다. CIA의 버논 국장과 통화하는 것까지는 감청이 끝난 후에 얼마 있지 않아 갑자기 신호가 사라졌습니다.

"그자가 있는 곳을 비춰보도록!"

―알겠습니다. 마지막으로 신호가 끊어진 곳입니다.

전면에 나타난 스크린을 바라보았다. 활주로가 보이고 헨리가 마지막으로 있었던 장소가 나타났다.

"이상하군."

화면이 겹쳐 보였다. 미네르바가 가진 능력으로 볼 때 있을 수 없는 현상이었다.

―공간이 왜곡된 것 같습니다. 나노 로봇의 신호가 끊긴 것도 그 때문인 것 같습니다.

"에너지 형태를 잡아보도록."

공간이 왜곡되었다고 해도 에너지의 형태는 잡을 수 있기에 지시를 했다. 화면이 전환되자 놀라운 현상이 나타났다. 화면이 점차 금빛으로 물들기 시작한 것이다.

"에너지의 형태는?"

―하이드마나포스 계열입니다. 지구상에 나타난 것 중에 비교 대상이 없을 만큼 제일 순도가 높습니다. 지금도 점점 강해지고 있습니다.

희미하던 금빛이 점점 강해지고 있었다. 얼마 지나지 않아 스크린에는 온통 금빛으로 가득했다.

'응?'

잘못 보지 않았다면 금빛 속에서 드래곤을 본 것 같았다. 금빛 찬란한 드래곤이 빛 속에 머물고 있었던 것이다.

―에너지 총량이 함장님이 사용하실 수 있는 에너지와 같은 수준입니다. 저 정도의 하이드마나포스가 지구상에 존재한다

니, 믿을 수가 없습니다.

미네르바도 무척이나 놀라는 것 같았다.

"지금부터 헨리라는 자를 감시하는 데 전력을 기울이는 것이 좋겠군. 버논 국장과의 통화로 인해 벌어진 일인 것 같으니 그에 대해서도 조사를 해야 할 것 같다."

―이미 진행 중입니다. 다크 스카이라는 단체와 그들이 찾는 물건이 뭔지 알아보고 조만간 단서가 나올 겁니다.

"다크 스카이는 일본 쪽 아이들과 관계가 있는 것 같고, 헨리라는 자의 의도도 지켜보며 살펴봐야 할 것 같으니 아무래도 지구로 가봐야겠다."

심상치 않은 일이기에 일단 지구로 돌아가기로 했다. 헨리라는 자의 생각을 읽을 수 없는 이상 곁에서 지켜보아야 할 것 같았다.

―움직이는 동선으로 볼 때 김한석 국장과 만났던 곳으로 가는 것 같습니다. 그곳이 아니더라도 언제든지 워프할 수 있으니, 잠시 백무요에 들렀다 가시기를 바랍니다.

"백무요에?"

급박하게 일이 돌아가는 것을 알 텐데 미네르바가 백무요에 들르라는 것을 보면 이유가 있을 것 같았다.

―아무래도 각성의 시기가 다가온 것 같습니다.

"으음, 그렇다면 가봐야겠군. 헨리라는 자의 일도 중요하지만 아이들도 중요하니까."

아직 시기가 되지 않았는데 스스로의 힘으로 각성하려 한다면 빨리 가봐야 했다. 어쩐지 지금 보았던 현상과 관련이 있을 것 같다는 생각이 들었다.

 봉인된 상태에서의 각성은 무척이나 위험하기에 워프를 통해 백무요 근처로 이동했다. 빠르게 집으로 들어가려고 하니 조금은 소란스러움이 느껴졌다. 아이들로 인해 그런 것 같았다.
 집 안으로 들어서자 천유동이 다급하게 다가왔다.
 "무슨 일입니까?"
 "어서 오십시오, 문주님. 그렇지 않아도 문주님을 기다리고 있었습니다. 아이들의 상태가 심상치 않습니다. 새벽같이 일어나 명상을 하며 수련 중이었는데 갑자기 정신을 놓고는 쓰러져 버렸습니다."
 "가보죠."
 방 안에는 아이들이 가지런히 누워 있었다. 신체에서 나오는 바이탈은 안정되어 있었지만 뇌파는 무척이나 불안정했다. 미네르바의 말대로 각성을 하려고 하는 것 같았다.
 아직 각성할 시기가 되지 않았음에도 이런 것을 보면 예상한 대로 뭔가 영향을 미친 것이 틀림없었다.
 "모두들 밖으로 나가 주변을 지키도록 하십시오."
 "알겠습니다."
 내 표정에서 심각함을 느낀 듯 천유동이 급히 밖으로 나갔다. 사람들을 불러 모아 주변을 지키는 것을 느끼며 아이들의 몸을 살폈다.

아이들의 뇌파가 생각했던 것보다 더 불안했다. 선무화까지 익히고 있는 아이들이 이 정도까지 뇌파가 불안할 리가 없었다. 마치 폭발하기 직전의 화산처럼 아이들의 뇌파가 분출하고 있었던 것이다.

"미네르바, 아이들에 영향을 끼칠 만한 것은 없었나?"

—방금 전에 벌어진 일 말고는 주변에 영향을 끼칠 만한 것은 없었습니다.

"백무요는?"

—이곳의 상황은 저도 함장님이 계셔야 파악할 수 있으니 잠시만 기다리십시오.

백무요에 펼쳐진 결계는 미네르바가 방어를 강화하기는 했지만 직접 살피는 것은 불가능할 정도로 강력한 것이다. 내 손목에 있는 미네르바의 분신이 아닌 이상 네르키즈에서는 살피기는 곤란했을 것이기에 잠시 기다리기로 했다.

—함장님, 백무요의 상태가 전과는 다릅니다. 기운이 전보다 더 충만해진 상태입니다.

"무슨 일이 일어났는지는 모르고?"

—확인이 안 됩니다. 저보다는 밖에 있는 사람들에게 묻는 것이 나을 것 같습니다.

"그러지."

미네르바의 권고에 방을 나서 천유동에게로 갔다. 아이들이 있는 방을 중심으로 구궁의 방위를 지키며 각자의 자리에 지키고 있는 사람들에게서 긴장감이 느껴졌다.

"아이들은 어떻습니까?"

"아직은 정신을 차리지 못하고 있습니다. 그런데 한 가지 물어보고 싶은 것이 있습니다. 아이들이 쓰러지기 전 백무요에 뭔가 이상한 일이 일어난 것이 없습니까?"

"이상한 일이라면?"

"잘 생각해 보십시오. 아주 사소한 것이라도 이상한 것이 있다면 말씀해 주십시오."

"이상한 일이라면 한 가지 있기는 있습니다."

"뭔가요?"

"한기가 돌기에 구들에 불을 넣으려고 했는데 갑자기 따뜻한 기운이 구들에서 흘러나왔습니다. 그래서 어젯밤에 불을 넣어서 그런가 보다 하고 그냥 지나쳤는데 생각해 보니 불을 넣은 적이 없었던 것 같습니다."

"알았습니다."

천유동의 말을 듣고 곧바로 방 안으로 돌아갔다. 방구들을 살피기 위해서다. 아무래도 미네르바와의 인연을 만든 현상이 아이들에게도 일어난 것 같았기 때문이다.

3단계 차폐를 깬 이후 처음으로 최대한 정신을 집중했다. 방 안에 담긴 비밀을 알아내기 위해서였다.

아이들이 누워 있는 방 안에는 비밀이 있었다. 3단계 차폐를 깨지 않았다면, 그리고 최대한 정신을 집중하지 않았다면 발견할 수 없을 정도로 무척이나 희미한 기운을 흘리는 것들이 무수히 구들 속에 박혀 있었던 것이다.

"미네르바, 너도 느꼈지?"

―감지했습니다. 총 81개가 방 안에 박혀 있습니다. 통짜로 된 바위로 만든 구들 속에 저조차 성분을 파악할 수 없는 것들이 들어 있다니, 지구에는 정말 알 수 없는 것들이 많은 것 같습니다.

미네르바의 말대로였다. 방안은 편석으로 된 바위가 통째로 구들이 놓여져 있었다.

"바위의 성분은 어떻지?"

―잠시만 기다려 보십시오.

미네르바의 말이 끝남과 동시에 손목에서 뭔가가 빠져나가는 것이 느껴졌다. 나노 로봇들이 성분을 분석하기 위해 빠져나가고 있는 것이다. 조사가 끝났는지 잠시 후 미네르바의 목소리가 다시 들여왔다.

―천청석(天青石) 계열로 보입니다. 함장님이 계신 부분은 붉은색을 띠고 있고, 구들의 안쪽 부분은 푸른색을 띠고 있습니다. 하나이면서 이렇게 완벽한 대칭 구조를 가진 암석이 존재한다는 사실이 저로서도 믿어지지 않는군요.

"무슨 소리야?"

―마치 짝을 이룬 것처럼 전혀 성분이 다른 두 개의 바위가 겹쳐져 있습니다. 그리고 성분을 알 수 없는 물체들은 그 사이에 기이한 문양을 이루며 들어 있습니다. 그런데 아무리 살펴

봐도 접착한 흔적 같은 것이 없다는 겁니다. 제가 조사할 수 있는 범위 내에서 결론을 내리자면, 구들 자체가 원래 하나의 바위라는 사실입니다.

"으음……"

미네르바로서도 알아낼 수 없다는 말에 무척이나 궁금했지만 일단 궁금증을 접기로 했다. 그보다는 아이들이 이렇게 된 원인을 찾아야 했다.

"미네르바, 기이한 문양들을 영상으로 한번 만들어봐."

—알았습니다.

망막 사이로 영상이 맺히기 시작했다.

"이건!!"

—아시는 것입니까?

"물론, 알고말고!!"

망막 속에 비치는 영상은 오래전에 한 번 본 것이다.

중국에서 전해지는 64괘와는 달리 우리 민족이 하늘의 이치를 헤아리기 위해 만들었다는 81괘의 천맥도(天脈圖)라는 것을 아버지가 보여주었던 적이 있다. 내가 보고 있는 것은 아버지가 보여주었던 천맥도와 한 치의 틀림도 없었던 것이다.

"미네르바, 내 잠재의식 속에 있는 기억도 끄집어낼 수 있나?"

—함장님께서 허락하시는 한 위험하지 않은 범위 내에서 가능은 합니다.

"그럼 내 잠재의식 속에서 지금 내가 보고 있는 것에 대한 기억을 한번 살펴봐 주겠어? 그리고 내 의식 속으로 그 기억을 끌어올려 줘봐."

ㅡ알겠습니다.

낡은 한지에 그려진 천맥도를 보며 너무 신기했던 탓에 아버지가 뭔가 말씀하셨던 것을 그냥 흘려 버린 것을 생각해 낼 수 있었다. 그 기억을 미네르바로 하여금 잠재된 의식 속에서 되살리도록 한 것이다.

잠시 후, 그 당시의 일이 천천히 기억이 나기 시작했다. 그것은 지난날 내가 놓쳐 버린 것 중에서 제일 중요한 것이었다.

아버지가 남긴 말은 천맥은 사람에게도 흐른다는 것이었다. 인간으로서 하늘의 기운을 받는 법이 천맥도에 담겨 있다는 말씀이었다.

3단계 차폐를 푼 이후 선무화에 담긴 이치를 깨달아갈 때 뭔가 미진한 것이 있었는데, 아버지의 말씀을 되새기며 다시 보니 미진했던 부분이 지금 보고 있는 천맥도에 다 담겨 있었다.

구들 속에 숨어 있는 천맥도에는 인간이 하늘의 힘을 사용할 수 있는 방법이 담겨 있었던 것이다. 천맥도가 제법문이 아닌가 하는 생각이 들었지만 그것은 아닌 것 같았다. 선무화와 비슷한 종류로 하늘의 이치를 좀 더 자세히 설명한 것이 분명했기 때문이다.

천맥도가 어느 정도 이해가 되자 아이들의 상태를 알 수 있었다. 하늘의 기운을 이어나가야 함에도 봉인되었던 탓에 제대로 기운이 흐르지 않아 발생한 일이다.

일단 아이들의 봉인을 해제하는 것이 우선이었다. 하늘의 기운을 제대로 흐르게만 해준다면 아이들이 어느 정도 정상으로 돌아올 터였다.

"미네르바, 보호를 부탁해."

―염려하지 마시고 시행하십시오.

미네르바에게 부탁을 하고 천맥도가 가리키는 방향을 따라가며 아이들의 기운이 막힌 부분을 풀어냈다. 봉인을 해제한 것이다.

그러나 이어지던 하늘의 기운이 그 상태로 멈춰 있었다. 천맥도 안에 담겨 있던 기운이 힘을 다한 탓이었다. 아이들에게 전해지던 하늘의 힘을 다시 이어가야 했기에 할 수 없이 내가 가진 기운을 써야 했다.

내 안에 잠재된 힘을 이용해 아이들에게 전해지던 기운을 다시금 이어갔다. 뭉텅뭉텅 빠져나가는 것이 장난이 아니었다. 그렇지만 기운이 빠져나갈수록 아이들의 뇌파가 안정을 되찾기 시작했다.

하늘의 힘이 완전히 이어지자 아이들의 몸에서 점차 희미한 빛이 흘러나오기 시작했다. 흑백적청황의 오색의 빛이 각자의 몸에서 흐르듯 비쳐 나왔던 것이다.

잠시 후, 아이들에게서 환하게 흘러나오던 빛이 모두 수그러들고 보통의 모습으로 돌아왔다. 하늘의 힘이 흐르는 대로 기운이 돌자 안정을 되찾은 것이다.

"이 아이들이 어떻게 변했을지……."

아이들에게 심어진 힘은 나도 자세하게 모른다. 나에게 이어진 것과 같은 힘이 생긴 것인지, 아니면 다른 힘인지 분간하기가 무척이나 힘들었다.

알 수 있는 것은 모든 것이 뒤섞인 것 같은 힘이라는 것이다. 좀 더 지켜보며 아이들이 가지게 된 힘이 어떤 종류의 것인지 살펴봐야 할 것 같았다.

일단 밖으로 나갔다. 걱정으로 속을 끓이고 있는 사람들이 있기 때문이다. 밖으로 나가자 날이 밝아오는지 동쪽에서 여명이 비치고 있었다.

"문주님, 괜찮은 겁니까?"

천유동은 마음이 급한 듯 한달음에 달려와 아이들의 상태를 물었다.

"이제 안정을 되찾았습니다. 아이들에게 베풀어져 있던 봉인도 해제를 했습니다. 예상보다 빠르기는 했지만 그리 염려할 바는 없으니 모두들 쉬시기 바랍니다."

"다행입니다. 정말 다행입니다."

안도하는 빛이 역력했다. 다른 이들의 표정도 청유동과 그리 다르지 않은 것을 보니 주천문의 사람들은 아이들을 제 목숨보다 더 소중히 여기는 모양이었다.

"아이들이 깨어난 후에 먹을 것을 준비해야겠군요. 뭐 사다 놓은 것 없습니까?"

그동안 수련을 하느라 제대로 먹지 못하고 선식만 해온 아이들이었다. 아이들의 기를 보호하는 것은 물론 영양 상태도 회복해야 했기에 먹일 것이 없는지 물었다.

"수련에 매진하기 위해 선식을 해온 탓에 특별히 사 올 만한 것이 없었습니다."

"그렇다면 어쩔 수 없군요."

천유동의 말을 듣고 밖으로 나갔다. 근처에 먹을 만한 것이 있나 살펴보기 위해서다. 집을 나서 산야를 살피자 바람개비 모양의 열매를 맺고 있는 참마 줄기가 보였다.

"저거면 됐다."

집 근처에 산마늘과 미나리도 있고, 집에 사다 놓은 고사리도 있으니 참마를 이용해 마전을 해주는 것이 좋을 것 같았다. 물론 마전을 먹기 전에 갈아놓은 마를 먹는 것이 고역이겠지만 수련을 하느라 얼마 전부터 선식을 해온 아이들의 위장을 생각해서는 어쩔 수 없는 일이었다.

마를 캐고 나서 집으로 돌아와 고사리를 불리고 마를 갈아서 전을 부칠 준비를 했다. 기름은 들기름을 쓰기로 했다. 피를 만드는 데 들기름만 한 역할을 하는 것이 없으니 아이들에게 좋을 터였다.

강판에 간 마에다가 고사리와 다듬은 야채를 섞은 후 들기름을 두른 프라이팬에 부쳐 냈다. 내가 음식을 만드는 것을 보며 침을 꼴깍거리는 주천문의 사람들이 안되어 보였지만 아이들의 음식에 손을 대게 할 수는 없었다.

주천문 사람들도 아이들에게 먹일 것이라서 그런지 곁눈질만 하고 있다. 침이 고이는 것은 어쩔 수 없는 모양이기에 전을 다 부치고 나서 다른 것을 해주기로 했다.

아이들에게 줄 것을 빼놓고 아직 갈아놓지 않은 마의 껍질을 벗겨 얇게 자른 후 숯불에 구웠다. 마란 놈이 숯불에 구워 먹어도 제맛인지라 구이를 하기로 했다.

아직 불기가 남아 있는 숯불에 노릇해지도록 구운 후 들기름을 넣은 소금장을 만들었다. 소금장에 찍어먹으면 좋은 풍미를 느낄 수 있을 터였다. 주천문 사람들에게 그렇게 구운 마를 건네자 먹고 나서 모두들 만족한 표정이었다.

"저는 얼마 동안 집을 떠나 있어야 할 것 같습니다."

시장기가 돌아 몇 덩어리를 같이 먹고 나서 천유동에게 집을 잠시 비워야 함을 말했다.

"무슨 일이 있으십니까?"

"별다른 일은 아닙니다만 꼭 알아봐야 할 일이 생겼습니다."

"문주님께서 하시는 일을 제가 말릴 수는 없지만 옥체를 조심하시기 바랍니다."

"알겠습니다."

천유동의 걱정이 진심이라는 것을 알기에 미소로 답해주었다.

"아이들이 깨어나면 만들어놓은 것을 먹이고 당분간은 이렇게 하십시오. 그러니까……"

헨리라는 자의 일로 당분간 백무요를 떠나 있어야 할 것 같기에 아이들에 대한 당부를 했다. 깨어나는 대로 요기를 하도록 하고 봉인을 해제한 지 얼마 되지 않은 상태였기에 당분간은 명상만 하며 자신의 내부를 관조하라 일렀다. 지금은 주천문의 비술을 익히는 것보다는 자신의 변화된 몸을 먼저 알아야 한다는 이유에서였다.

 그리고 이장 아저씨와 미연이가 올라오면 선무화의 수련에 박차를 가하도록 했다. 천맥도의 길은 아이들의 몸에 그려지듯 각인된 상태이니 선무화를 수련하면 성취를 이룰 수 있을 터였다. 천유동도 공감을 하는 듯 내가 말한 대로 하겠다고 했다.

 그렇게 아이들에 대한 당부를 끝내고 집을 나와 곧바로 서울로 향했다. 워프를 통해 헨리라는 자가 아지트로 삼고 있는 곳으로 직행한 것이다.

 은좌라는 일식집이 있는 곳 근처의 빌딩 옥상으로 워프해 간 나는 어떻게 하면 효율적으로 헨리라는 자를 감시할 수 있을까 고민에 빠지지 않을 수 없었다.

 군산에서 일어났던 일이 비추어보자면 그가 가진 힘도 만만치 않아 보였기에 감시하기가 마땅치 않았던 것이다.

 "고민하기보다는 일단 연락을 해봐야겠군. 헨리라는 자의 가문과 아버지와의 관계가 어떤 것인지 알아봐야 하니까."

 ─김한석 원장과 연락을 하실 겁니까?

 "그래야 할 것 같아, 미네르바. 전에 그 양반이 준 명함 전화

번호 기억하고 있지?"

―기억하고 있습니다.

"그럼 전화를 한번 넣어봐."

―알겠습니다.

귓가로 신호음이 들리고 잠시 후 김한석 원장의 목소리가 들려왔다.

"오랜만이군. 잘 지내나?"

"덕분에 잘 지내고 있습니다."

"요즈음 바쁘다고 들었는데, 어쩐 일인가?"

역시, 내 움직임에 대해서 촉각을 곤두세우고 있었던 것이 틀림없었다. 하지만 모르는 척 무시하고 알고 싶은 것을 묻기로 했다.

"대충 잘 지내고 있습니다. 그보다 여쭈어볼 말씀이 있습니다."

"후후후, 연락을 하지 않을 것 같더니 물어볼 말이 있다는 말인가?"

"헨리 앤트라는 사람을 아십니까?"

"이미 한국을 떠난 줄 알고 있었는데 그를 만났다는 말인가?"

전화기에서 들려오는 목소리에는 침착함을 유지하려 했지만 놀라움이 묻어 있었다.

"그렇습니다. 그자가 아버지와 유대 관계를 가지고 있었다고 하더군요. 자세한 내용은 원장님께 여쭈어보라고 하던데, 사실입니까?"

"으음, 사실이네. 자네 아버지가 미주에서 활동할 때 그의 도움이 컸었지. 지금은 CIA에 몸을 담고 있지만 이전까지는 자네 아버지를 도왔다고 알고 있네."

"그렇군요. 원장님, 그 사람 믿을 수 있는 사람입니까?"

"글쎄, 우리 세계에서 믿을 수 있는 자가 존재할까?"

김한석 원장은 믿을 수도, 믿지 않을 수도 없다는 투로 말했다. 말의 뉘앙스상 자신도 믿지 않고 있는 것이 분명했다. 헨리라는 자의 말에서 느낀 것처럼 자신들의 이익을 위해서만 협력하는 관계가 분명했다.

"서로 간의 이익에 의해 만난 사이라는 말씀이군요."

"그렇다고 봐야겠지."

"알겠습니다. 그 정도 선에서 그자를 대하면 되겠군요."

"그러는 것이 좋을 걸세. 그가 속해 있는 CIA도 그렇지만 그의 가문도 꽤나 비밀을 좋아하는 것 같으니 말이네."

"그의 가문이요?"

앤트 가에 대한 이야기가 나왔기에 짐짓 모르는 척 되물었다.

"앤트 가는 오랜 세월 동안 정보 계통에 몸을 담고 있는 가문이네. 유럽은 물론 미국까지 모든 정보국의 창설에 직간접적으로 관여된 가문이라고 볼 수 있지. 자네 아버지도 헨리 앤트보다는 그의 가문과 거래를 한 것 같았네."

"재미있는 가문이군요."

대략의 정보를 얻기는 했지만 앤트 가가 정보 계통에 그토록 깊은 뿌리를 내리고 있다는 것을 확인하자 아버지와 어떤 관계인지 호기심이 일었다.

하지만 김한석 원장도 단편적인 것밖에 아는 것이 없는지, 아니면 일부러 감추는 것인지 더 이상 앤트 가에 대해서는 들을 수가 없었다.

"그나저나 내가 도울 만한 일은 없는가?"

"한 가지 있긴 있습니다."

"후후후, 자네가 이번에 진행하고 있는 일이겠군."

"그렇습니다. 미우해양조선을 인수하고 싶은데 호성중공업에 힘을 실어주셨으면 합니다."

"호성중공업에 말인가?"

"그렇습니다."

"한주성 회장과는 언제 인연을 만든 것인지 모르겠지만 자네 대단한 사람이로군."

"별말씀을."

"알았네. 그렇게 하도록 하지. 그리고 조 사무관이 자네를 한번 보고 싶다고 하네."

"조 사무관이요?"

"자네에게 이야기할 것이 있다고 하더군. 조 사무관에게 한번 연락을 해주도록 하게."

"알겠습니다. 한번 연락을 하도록 하지요. 그럼 이만 끊겠습니다."

"알았네. 매사 조심해서 움직이도록 하게."

조심하기를 당부하는 목소리를 끝으로 김한석 원장과의 통화를 끊었다.

"미네르바, 김한석 원장에 대한 감청은 아직도 힘든 건가?"

국가기록원에서 처음 봤을 때를 제외하고는 김한석 원장에 대한 감시가 어려운 편이었다. 아무도 알아차리지 못한 나노 로봇도 그에게는 소용이 없었다. 그의 몸 주변에 펼쳐진 기운이 모든 것을 거부하고 있었기 때문이다.

―처음 만나봤을 때를 제외하고는 그의 몸 주변에 펼쳐진 힘이 모든 것을 부숴 버리는 통에 나노 로봇의 접근이 힘듭니다. 나노 로봇을 붙여둔 다른 이가 그와 접촉하면 감청이 가능하기는 하지만 그와 접촉할 수 있는 조동원과 최경아도 그날 이후 현재까지 별다른 만남이 없었는지라 정보가 없습니다.

"능력자라는 것을 확인한 것은 좋은 일이지만 아버지에 대해 뭔가 단서를 가지고 있을 텐데, 큰일이로군."

아버지에 대해 뭔가 감추고 있는 것이 틀림없었기에 아쉬운 마음이 들었다.

―다른 방법이 있는지 계속 찾고 있는 중이니 조만간 대책을 세울 수 있을 겁니다.

"일단은 헨리라는 자를 감시해 보자고, 여유가 있다면 조 사무관도 한번 만나보도록 하고."

―알겠습니다.

Chapter 7
차원을 지배하는 자의 파편

헨리의 아지트로 보이는 은좌에는 낯선 인물들이 속속 모여들고 있었다. 외국인도 많았지만 한국 사람으로 보이는 자들도 꽤나 되었다.

손님으로 보이기는 했지만 내 눈을 속일 수는 없었다. 모두들 보통 사람들과는 다르게 강한 기운을 가지고 있는 것은 물론 언제나 사각으로만 몸이 움직이고 있었다. 대단히 강도 높은 특수한 훈련을 받은 이들이라는 것을 한눈에 알 수 있었다.

그런 자들이 하루 종일 40여 명이 안으로 들어간 후 나오지를 않았다. 그리고 은좌는 여느 때와는 달리 2시간이나 일찍 문을 닫았다.

"다 모인 모양이로군. 감청 준비는 다 끝난 건가?"

―저들이 모이는 장소를 비롯해 안쪽 곳곳에 나노 로봇을 배치했습니다. 영상 자료를 수집하기 위해 안쪽에 배치되어 있는 CCTV 또한 회선을 따놓았습니다.

"그럼 이제부터 시청을 해볼까?"

망막 사이로 미네르바가 송출하는 영상이 잡히기 시작했다. 흑백으로 조이기는 했지만 사람을 식별하기에는 불편함이 없었다.

음식점으로 쓰이는 방의 문을 모두 열어놓아 하나로 만든 듯 커다란 방 안에는 헨리를 비롯한 사람들이 정좌를 하고 있었다. 아름답게 생긴 여인이 그들 사이를 지나치며 파일들을 나누어 주었다.

"저 여자 헨리와 깊은 관계인 것 같군."

―그런 것 같습니다. 헨리 앤트와 시선이 마주칠 때마다 심장박동이 약간씩 빨라지는 것을 보니 말입니다. 그것은 헨리도 마찬가지입니다.

"그나저나 헨리의 상태는 어때?"

―정확하게는 파악이 불가능합니다. 아무래도 자신의 기운을 안으로 감추고 있는 것으로 보입니다. 하지만 전보다 훨씬 강한 기운을 품고 있는 것만은 분명합니다.

"이제 시작할 모양이로군."

미네르바와의 대화를 중단하고 안에서 벌어지는 일에 정신을 집중했다.

얼굴 없는 사나이가 죽었을 때를 제외하고 한국 내에 있는 가문의 인물들이 모두 모인 것은 처음인지라 헨리는 조금 흥분한 상태였다. 그때와는 달리 이제는 어엿한 가문의 일원으로 인정받은 탓이었다.

이제 자신의 의지에 따라 생사를 마음대로 할 수 있는 가문의 식속들이었다. 언제나 마음을 든든하게 하는 사람들이었기에 미소로 좌중을 둘러본 헨리는 조심스럽게 입을 열었다.

"파일을 보았으니 알겠지만 상황이 긴박하게 돌아가고 있다. 다크 드래곤도 정문호의 행방을 찾기 위해 본격적으로 나선 상황이고, 암천문에서도 본격적으로 움직이기 시작했으니 본가도 최대한 빠르게 대응해야 할 것이다."

"다크 드래곤이 먼저입니까? 아니면 암천문이 먼저입니까?"

헨리의 말에 케밀이 나섰다. 40여 명의 인원으로 두 단체를 한꺼번에 상대하는 것이 힘들다는 것을 알기에 어느 한쪽에 주력하자는 이야기였다.

"이번 작전은 그들과 대적하려는 것이 아니다. 일단은 암천문을 위주로 감시 활동을 시작한다. 곧 본 가에서 사람들이 들어올 예정이니 그때는 여력이 생길 것이다. 그리고 내가 직접 다크 드래곤과 회동을 할 테니 그들에 대한 감시는 아직 하지 않아도 될 것이다."

"암천문의 인물들이라고는 하지만 그들이 쫓고 있는 것이 무엇인지 아직 파악이 되지 않았습니다."

"그들이 쫓고 있는 것은 파일에 담긴 인물이다."
"이자는?"

헨리에 말에 파일 안에 담긴 사진을 본 케밀이 놀란 듯 반문했다. 그로서는 예상외의 인물이 파일 속의 사진에 들어 있었던 것이다.

"저거 조 사무관이잖아?"

한철로서도 의외였다, 암천문이라는 자들이 조 사무관을 쫓고 있다니 말이다. 하지만 이어지는 헨리의 말에 의문은 금방 풀렸다. 암천문이 쫓고 있는 자들은 바로 자신이었던 것이다.

"이 사람은 국정원 요원 아닙니까? 어째서 암천문의 인물들이 이자를……."

"국립중앙박물관에 있던 암천문의 인물이 확인한 자가 바로 그 사람이다. 블랙 타이거라는 암호명으로 불리는 자이니만큼 암천문으로서도 신중을 기할 수밖에 없었을 테지."

"그들이 쫓는 자가 블랙 타이거라면 함부로 움직일 수 없었겠군요."

헨리의 말에 케밀 또한 고개를 끄덕이며 수긍을 했다. 블랙 타이거의 명성은 그도 잘 알고 있었다. 능력을 가지지 않았음에도 능력자를 제거할 수 있는 초인 중에 하나가 바로 조동원이라는 것을 그 또한 알고 있었던 것이다.

"국정원의 인물이라는 사실 때문에 그동안 신중을 기하던 암천문에서도 다급했는지 본격적으로 움직일 생각을 한 것 같다. 일본에서 상당수의 인물들이 어제 한국으로 건너온 것을 보면 말이다."

"그러면 블랙 타이거를 보호해야 하는 것 아닙니까?"

"아직은 아니다. 내가 보기에 블랙 타이거가 물건의 행방을 아는 것 같지는 않으니까. 그와 함께 다른 자가 같이 있었다고 하니 아마도 그자가 물건의 행방을 알고 있을 것이다."

"그러면……."

"그자에 대해서는 정보가 없다. 암천문도 그런 것 같더군. 하지만 블랙 타이거가 국정원장의 사람인 이상 이면에 무엇인가 있을 수도 있으니 행방이 드러날 때까지 감시만 하는 것으로 한다. 전모가 드러나면 그때 움직여도 늦지는 않을 것이다."

"무슨 말씀인지 알 것 같습니다."

가문의 일원으로 받아들여진 후 처음 일을 시작하는 헨리가 냉정하게 상황을 판단하고 있다는 사실을 확인한 케밀은 만족스러운 미소를 지으며 헨리의 다음 말을 기다렸다.

"일단 3개 조로 나눈다. 케밀을 중심으로 삼분의 이가 블랙 타이거와 암천문의 감시 활동에 나서고, 나머지는 나와 화이트 로즈를 따라 다크 드래곤과 국정원의 움직임을 살핀다. 이상."

"명령대로 이행될 것입니다."

헨리의 명령에 케밀을 비롯한 모든 이가 고개를 숙여 복명했다. 지시가 끝나자 사람들이 하나둘 은좌를 빠져나가기 시작했다. 각자의 임무에 따라 암천문을 감시하기 위해서였다.

"미네르바, 전부 감시를 붙여놨지?"

―전원 감시를 붙여놨습니다.

"좋아. 저리로 전화 한번 넣어봐."

―통화를 하시겠다는 겁니까?

이상했는지 미네르바가 확인하듯 되물었다.

"후후후, 한번 찔러봐야지. 저들이나 암천문에서 찾고 있는 것이 무엇인지 말이야."

일본에서 온 자들이나 저들이 노리는 것은 동경 속에서 내가 얻은 것이 분명했다. 천부인이란 칭해지는 것이 그들에게 어째서 중요한 것인지 알아볼 필요가 있었다. 천부인에 담긴 의미가 알고 있는 것 이외에도 다른 의미가 있을 수 있기 때문이다.

귓가로 전화벨 소리가 울리고 나서 하이톤의 아름다운 목소리가 들려왔다.

"은좌입니다. 죄송합니다만 오늘은 영업이 끝났습니다."

"헨리 앤트를 좀 바꿔줬으면 좋겠는데. 지금 있나?"

"……."

갑작스러운 물음에 대답을 하지 못하는 것 같았다.

"누구시죠?"

싸늘함이 감돌았지만 무시하기로 했다.

"그곳에 있는 것으로 알고 있는데, 좀 바꿔주지? 나 유한철이라는 사람이오."
 소리가 일순 들리지 않았다. 전화기를 손으로 막은 모양이었다.
 "어떻게 번호를 안 건가?"
 침착하려 애쓰지만 당혹스러운 헨리의 목소리가 들려왔다.
 "그것은 알 것 없고, 원장님에게서 당신 가문과 아버지가 관계가 있었다는 사실은 확인을 했다. 어떤 관계였는지는 의문이기는 하지만 한 가지 알려주려고 전화를 했다."
 "무엇을 알려준다는 건가?"
 "아버지에 이어 나와 관계를 지속하려면 암천문에게서 블랙 타이거를 최대한 보호하는 것이 좋겠다는 말이지."
 "으음……."
 "당신이 어떻게 하는지 지켜보고 당신과의 관계를 설정하려고 하는데, 어떤가?"
 "좋다. 하지만 상대가 상대인지라 우리로서도 감시만 해야 하는 입장이다."
 "도움이 필요하다는 이야기로군. 좋아. 그 정도는 들어주도록 하지. 그렇게 알고 이만 끊어야겠군."
 "잠깐! 암천문에 대한 자료가 필요하지 않나?"
 "후후후, 알아서 하겠다. 그 정도도 못하면 당신 가문과 연계를 가질 수 없을 테니까. 그럼 이만."
 용건만 간단히 하고 전화를 끊었다. 전화를 추적하고 있었기에 통화가 끊어지자 아쉬운 듯한 표정을 짓는 헨리의 모습이 망막에 스쳤다.

"찾아내지도 못할 텐데 무척이나 아쉬워하는군."

―그런 것 같습니다. 그런데 어째서 저들의 활동을 알고 있다는 것을 말씀하신 겁니까?

"조금 흔들어놓을 필요가 있어서. 저자와 암천문이라는 단체가 쫓고 있는 것이 무척 중요한 것 같으니 상황을 판단하기 어렵게 만들어놓는 것이 좋을 것 같아서 말이야. 그나저나 일본에서 사람들에 대해서 한번 체크를 해봐. 조 사무관의 행방도 수배해 놓고."

―일본에서 들어온 자들에 대해서는 이미 검색을 진행 중에 있고, 조 사무관은 지금 약혼녀의 집에 있습니다.

"정수희라는 그분 집에? 후후후, 한번 가보자고. 자신에게 어떤 위험이 다가오는 줄도 모르고 있을 테니까 말이야."

한번 연락을 해보라는 김한석 원장의 말도 있으니 일단 만나보기로 했다. 그리고 엄한 사람이 주목을 받고 있기에 나에게는 유리한 국면이지만 꽤나 마음에 드는 사람을 그냥 방치해 둘 수는 없었다. 조 사무관이 특출한 능력을 가지고 있다고는 하지만 그를 노리는 자들의 힘도 무시할 수 없을 것 같았기에 보호하려는 것이다.

그리고 직간접적이든 동경 속에 있던 천부인의 힘도 아버지의 죽음과 관련이 있을 것 같기에 당분간 함께 행동하며 나를 노출시키는 것도 좋은 방법이 될 수 있었다.

나를 노출시키려는 이유는 직접 그들과 부딪친다면 빠르게 아버지의 죽음에 대한 단서를 찾을지도 모른다는 생각 때문이다. 그리고 확실한 단서를 찾지 못하고 이렇게 언저리만 뱅뱅 도는 것도 조금은 지쳐워진 탓이기도 했다.

"누구죠?"
헨리와 달콤한 시간을 보내려다 이상한 전화를 받고 짜증이 났었던 강은아는 통화를 끝내고 심각한 표정으로 생각에 빠져 있는 헨리를 보며 물었다.
"표적!"
"표적이요?"
"이번에 내가 한국에 들어온 것이 무엇 때문인지 은아도 잘 알지?"
"어느 정도는요."
"그 실험의 최종 표적이었던 자가 바로 방금 이곳으로 전화를 한 자야."
"설마, 목소리를 들어보니 나이가 어린 듯하던데……."
"후후후, 이제 스물한 살인가? 그렇지만 머릿속은 몇십 년 정보 계통에서 굴러먹은 자들을 능가하는 것 같더군."
"만나보셨다는 말인가요?"
"만나봤지. 은아도 아는 사람의 후계자다."
"내가 아는 사람이라면… 서, 설마!!"
"맞아. 바로 그 사람의 아들이지. 거기다가 상당한 능력을 보유한 자인 것 같아 보였어."

"그 사람의 후계자라면 상당한 능력을 보유했을 텐데, 큰일이로군요."

"능력만 가지고 따졌을 때는 그다지 문제가 되지는 않아. 보다 강한 자를 보내면 충분히 제거가 가능하니까. 하지만 문제는 그가 상당한 정보망을 보유하고 있다는 거지."

"국정원장의 라인일까요?"

"아니, 단언하건대 그와 김한석 원장은 같은 선상에 있지 않는 것 같더군. 우리도 파악하지 못하는 별도의 정보망을 가지고 있는 것이 분명해. 그쪽 라인을 가동했다면 이미 우리에게 포착이 되었을 테니까."

"으… 음. 본가에서 사람들이 도착한 후에 자세하게 알아봐야겠군요."

"지금으로서는 여력이 없으니 그럴 수밖에. 은아는 케밀에게 연락해 작전이 바뀌었음을 알려줘. 감시에서 보호 쪽으로 작전이 바뀌었다고 말이야."

"알았어요. 그럼, 케밀에게는 얼굴 없는 사나이에 대해서도 이야기해 주는 건가요?"

"아니, 아직은 비밀로 해줘. 아버지의 귀에 들어가 봐야 좋을 일은 없을 테니까."

"알았어요. 당신 뜻대로 하지요."

"그것뿐만이 아니야. 이곳도 감시를 하고 있는 것 같으니 다른 곳으로 비트를 옮겨야 할 것 같아. 마치 이쪽을 보고 이야기하는 것 같았으니까 말이야."

헨리는 강은아에게 이야기하며 천장에 달려 있는 CCTV를 바라보았다. 전화 통화에서 한철이 자신을 보고 이야기하는 듯한 느낌을 받았기 때문이다.

"그래야겠군요. 만약을 대비해 준비해 둔 곳이 있어요. 이곳에 정이 들었는데, 아쉽군요."

"할 수 없는 일이야. 이미 노출된 비트는 효용 가치가 다한 것이니까."

"알았어요."

강은아는 아쉬움을 접었다. 헨리의 말대로 노출된 비트는 위험만 초래할 뿐이었기 때문이다.

그리고 다음날 은좌의 정문에는 폐업을 알리는 간판이 걸렸다.

은좌를 감시하다가 조 사무관이 머물고 있는 약혼녀의 집 근처에 워프해 온 나는 초인종을 누르려다 멈추고는 근처 공원에서 시간을 보내야 했다. 집 안에서 상당히 곤란한 일이 벌어지고 있었기 때문이다. 날이 많이 어두웠기에 공원에는 사람이 그다지 많지 않았다.

공원 안쪽 놀이터에 등불 아래 있는 그네를 타며 집 안에서의 일이 끝날 때까지 은좌에서 벌어지고 있는 일을 주목하고 있었다. 아직까지 감시의 눈길을 거두지 않았던 것이다.

"미네르바, 헨리란 자가 아지트를 은좌라는 일식집에서 다른 곳으로 옮길 모양인 것 같은데 저쪽 땅값이 얼마나 되지?"

―상당한 수준인 걸로 알고 있습니다만.

"급하게 내놓을 것 같은데 내가 매입을 하면 안 될까?"

―함장님께서 매입을 하신다고요?

"그래, 백무요가 노출된 상태이니 아이들이 이제는 산에서 내려와야 할 것 같아서 말이야. 은좌 뒤쪽에 있는 별채는 가정집 같은데 우리가 매입해서 사용하면 좋을 것 같아서 그래."

―하지만 음식점을 하던 곳이라……

"걱정하지 마. 내가 운영을 할 생각이니까."

―예?

"내가 조리사 자격증을 가지고 있는 거 알지?"

어려서부터 요리에 관심이 많았기에 막노동을 하면서도 조리사 자격증들을 따놓았다. 일식과 중식, 한식까지 세 개의 자격증을 가지고 있는 나다.

―물론 알고 있습니다만.

"유준이나 선배들이 추진하고 있는 계획에 직접 참여하지는 못하지만 그곳을 아지트로 삼으면 좋을 것 같아서 그래."

―거리도 가깝고, 안전장치를 한다면 꽤나 괜찮은 장소이기는 합니다만.

은좌가 있는 곳은 동양창투와 매우 가까운 거리였다. 걸어서 3분도 안 되는 거리이니 유준이나 선배들이 자연스럽게 모이기에는 적당한 장소였던 것이다.

"그럼 매입해도 되겠지?"

―하지만 앞으로 바빠지실 텐데, 운영이 되겠습니까?

"후후후, 막노동을 하면 틈틈이 조리사 자격증을 준비할 때 알게 된 형이 있지. 실력은 되는데 투자를 할 사람이 없어서 남의 가게에서 주방장을 하고 있는 형인데 그 형에게 맡기면 될 거야. 나야 간혹 가다 가게 일을 볼 테니까. 그 형이 대표를 맡으면 내 정체를 숨기기에도 좋고."

―알겠습니다. 그렇게 준비하도록 하지요.

미네르바도 찬성을 표시했다. 내가 미네르바에게 동의를 구한 이유는 안전상의 문제였다. 3단계 차폐를 풀었음에도 아직은 내가 완전하지 않다는 이유로 미네르바가 내 신변 안전에 너무 신경을 썼기 때문에 허락을 구한 것이다.

미네르바도 감탄한 바 있듯 결계가 쳐져 있는 백무요는 방어하기에 최적의 장소였기에 별다른 방어 수단이 없는 이곳을 아지트로 삼는 것을 반대할 것 같았기에 미리 동의를 구한 것이다.

"좋았어. 이제는 끝난 것 같군. 그런데 조 사무관 힘이 좋은 것 같지 않아?"

―그런 것 같군요. 30분을 쉬지 않고 연속해서 하다니 말입니다.

"후후후, 그러게 말이야. 그런데 조 사무관 같은 사람이 완전히 잡혀 살다니, 아주 재미있어."

―그러게요. 유럽에서는 거의 전설적인 인물인데 말입니다.

"그만 들어가 보자고. 샤워도 끝낸 것 같으니 말이야."

사실 내가 집에 도착했을 때 조 사무관은 약혼녀인 정수희의 강권으로 팔굽혀펴기를 하고 있었다. 국정원에 근무하는 요원은 첫째도 체력, 둘째도 체력이라며 팬티만 입은 채 자신의 등에 올라탄 정수희의 구령에 맞추어 훈련 아닌 훈련을 하고 있었던 것이다.

─그나저나 감시하는 자들은 어떻게 할까요?

"지금은 놔둬. 조 사무관이 어떻게 나오느냐에 따라 결정이 날 테니까. 그때 어떻게 처리할지 생각해 보자고."

─알겠습니다, 함장님.

암천문에서 조 사무관을 감시하기 위해 보낸 자들이 틀림없었다. 집으로 들어가려 했던 나 또한 감시 선상에 있는 것이 분명했다.

일단 무시를 하고 정수희의 집으로 발걸음을 돌렸다. 뒤를 따르는 자들이 거슬리기는 했지만 그대로 두었다. 일단 조 사무관이 어떤 사람인지 파악하는 것이 우선이었기 때문이다.

딩동!

"누구세요?"

초인종을 누르자 나긋한 목소리가 들렸다.

"유한철입니다."

"어머! 잠시만요."

갑작스러운 방문에 놀랐는지 안쪽이 부산스러워졌다. 아마도 옷을 입느라 그런 모양이었다. 집 안이 정리되고 잠시 후 문이 열렸다. 얼굴이 붉어진 조 사무관이 문을 열었다.

"아니, 여기는 어떻게 알고."

"후후후, 원장님께 전화를 했었습니다."

"그랬군요. 어서 들어오십시오. 마침 말씀드릴 것도 있으니 말입니다."

안으로 들어가자. 안방에서 옷매무시를 가다듬으며 정수희가 나왔다.

"어서 와요. 오랜만이네요."

"죄송합니다. 급한 일이 있어서 이렇게 불쑥 찾아왔습니다."

"급한 일이요?"

급한 일이 있다는 말에 옆에 있던 조 사무관이 정색을 한다.

"일단 자리에 앉아요. 차를 내올게요."

긴한 논의를 하려는 것을 알아차린 것인지 자리를 피해주었다.

"무슨 일입니까?"

"암천문이라는 단체에 대해서 아시는 것이 있습니까?"

"암천문이라면……."

눈치를 보아하니 조 사무관도 그들에 대해 아는 것 같았다.

"그들이 조 사무관님을 노리는 것 같습니다."

"나를 왜?"

자신을 노리고 있다는 것이 이상한지 조 사무관이 의아한 표정을 지었다.

"저번에 국립중앙박물관에 갔던 일이 있지 않습니까?"

"그야, 고조선시대의 동경을 보려는 것이 아니었습니까?"

"그랬지요. 그런데 그것이 암천문에서 찾는 뭔가와 관계가 있는 것 같습니다. 당시 조 사무관님이 공문을 보냈기 때문에 표적이 된 것 같습니다."

"이상하군요. 그까짓 동경 때문에… 그런데 이런 정보는 어디에서 얻으신 겁니까?"

암천문의 움직임에 대해 내가 알고 있다는 사실이 의심스러운 듯 묻는 표정이 제법 심각했다.

"우연히 알게 됐습니다. 지리산에서 헨리 앤트라는 자를 만났는데 그자가 그러더군요. 암천문이 움직이고 있고, 그 대상이 조 사무관님이라고 말입니다."

"그자가 거기까지 갔습니까?"

역시, 조 사무관도 헨리 앤트에 대해 알고 있었다. 헨리의 말처럼 조 사무관이 김한석 원장의 라인이 분명해 보였다. 어느 정도 사실을 말해주고 그가 무엇을 노리고 있는지 알아보는 것이 좋을 것 같았다.

"아버지와 관계가 있었다고 하더군요. 협력했던 사이라고는 했지만 저는 믿을 수가 없더군요. 하지만 조 사무관님에 대해 이야기하는 것은 사실인 것 같아 이렇게 부랴부랴 온 것입니다."

"으음… 잠시만 기다리십시오."

조 사무관이 자리에서 일어났다. 연락을 하려는 모양이었다. 그가 방 안으로 들어가자 정수희가 차를 가지고 응접실로 나왔다.

"급한 일인가 보군요. 저 사람이 저렇게 경직된 표정을 짓는 것을 보면 말이죠."

"조금 그렇습니다."

"후후후, 한번 뵙기는 했지만 그이에게 이야기를 많이 들었어요. 그이가 그렇게 누군가를 이야기하는 것은 처음이라 무척 관심이 갔죠. 유한철 씨가 무척 마음에 들었나 봐요."

"그렇습니까?"

"호호호, 평생 무예를 수련해 온 사람이라 좋고 싫은 것이 분명합니다. 사실 이런 계통에는 있을 사람이 아니죠."

정수희의 눈에 안타까운 빛이 스치고 지나갔다. 보기보다는 조 사무관을 무척 아끼는 모양이었다.

"그렇다고 무능력하다는 것은 아니에요. 제가 지금까지 보아 온 그 어떤 요원보다 뛰어난 사람이죠."

"뛰어나신 분이라는 것은 알고 있습니다."

"알아주니 다행이군요."

"별말씀을요."

"그런데 듣자 하니 그분의 아드님이라고 들었는데, 맞나요?"

"아버지를 아십니까?"

아버지를 알고 있다는 이야기에 어떻게 아는 사이인지 궁금했다.

"어렸을 적에 약간의 인연이 있었답니다. 어머니와 무척 가까운 분이셨어요. 저희 집에도 자주 놀러 오셨고요."

"정말입니까?"

"제가 왜 거짓말을 하겠어요. 제가 대학교를 졸업한 것도 그분 도움이 컸어요. 어머니 혼자 저를 키우셔서 가정 형편이 무척 어려웠거든요."

"아버지와 그런 인연이 있으셨다니 정말 놀랍군요. 그런데 전에는……."

"그때는 몰랐어요. 저이가 알려주셔서 그분의 아드님이라는 것을 알았죠."

"그랬군요."

"무척이나 좋은 분이셨는데 그렇게 돌아가시다니 안타까워요. 그렇게 돌아가실 분이 아닌데 말이죠."

"어떤 놈들인지는 모르지만 결코 쉽게 끝내지는 않을 겁니다. 아버님과 어머님을 그렇게 만든 놈들은 기필코 찾아내 대가를 받아낼 겁니다."

"그럼? 기이하게 돌아가셨다고는 들었지만, 설마……."

"살해되신 겁니다."

"아!!"

비틀거리는 것이 부모님이 살해되셨다고는 생각해 보지 않은 모양이었다.

"어, 어떻게 그런 일이……."

"자세한 것은 말씀드릴 수는 없지만 살해되신 것은 분명합니다."

"그랬군요."

안타까운 듯 나를 바라보는 눈빛에 연민이 가득했다. 진심으로 슬퍼하는 것 같았다.

"수희, 잠시 방 안에 들어가 줄래?"

어느새 방에서 나온 것인지 조 사무관이 자리를 피해주기를 권했다.

"알았어요."

정수희가 조심스럽게 일어나 방 안으로 들어가고 조 사무관이 그 자리에 앉았다.

"사실인 것 같더군요. 그렇다면 그들이 노리는 것은 나보다는 유한철 씨 같은데, 어째서입니까?"

질문하는 표정이 예사롭지 않았다. 김한석 원장과 통화한 내용을 다 알기는 하지만 그와 이야기했던 내용과는 다른 질문이었다. 김한석 원장은 이유는 묻지 말고 나를 보호하라고 했는데 어째서인지 묻고 있는 것이다. 김한석 원장의 라인이라고 알고 있는데 뭔가 다른 이유가 있는 것이 분명했다.

"사실대로 말하죠. 그날 그 동경을 만졌을 때 뭔가가 나에게로 들어왔습니다. 그게 무엇인지는 나도 확실히 알지는 못하지만 헨리 앤트란 자의 말을 듣고 난 후 암천문이라는 존재가 찾는 것이 바로 그것이라는 것을 직감했습니다. 내가 이렇게 찾아온 이유는 당신이 괜한 위험에 노출될까 봐서고요."

사실대로 말해주었더니 딱딱하게 굳었던 안색이 펴졌다. 어느 정도 짐작은 하고 있었던 모양이다.

"그게 뭔지는 모르지만 재미있을 것 같군요. 그런데 놈들이 나를 감시하고 있을 텐데 이렇게 모습을 드러내도 되는 겁니까?"

"부모님의 죽음에 대해서 밝혀내야 하니까요."
"암천문이 범인이라고 생각하는 겁니까?"
"아직은 확단할 수 없지만 가능성은 많습니다."

"그렇다면 같이 움직여도 될까요. 암천문이 나를 노리고 있다니 이번 기회에 한번 붙어보는 것도 나쁘지는 않을 것 같은데 말입니다. 요즈음 게다짝들이 극성을 부리는 것도 마음에 들지 않고."

조 사무관이 같이 움직일 것을 제의해 왔다. 김한석 원장이 나를 보호하라는 명령을 내리기는 했지만 그것과는 다른 차원인 것 같았다.

"좋습니다. 저도 재미있을 것 같으니까요."

사실 미네르바의 정보로만 파악한 조 사무관의 능력이 궁금했다. 유럽에 정보국에 알려진 그의 명성이 어떻게 해서 만들어진 것인지 궁금했던 것이다.

"그럼 어디서부터 움직여야 할 것 같습니까? 이렇게 온 것을 보면 이미 복안이 있는 것 같은데……."

"조 사무관님이 운동을 하실 때 들어오기가 뭐해 공원에서 잠시 있었는데 근처에 감시의 눈길이 있더군요. 우선 그자들부터 해서 거슬러 올라갈 생각입니다."

"그럼 나가보지요. 밤도 깊어가니 빨리 알아보도록 하지요.

이야기를 하고 나올 테니 잠시 기다리십시오."

조 사무관은 나에게 양해를 구한 후 정수희가 들어간 방으로 들어갔다. 밖에 볼일이 있어 나가는 것을 이야기하려는 모양이었다. 방으로 들어가는 조 사무관의 표정을 보니 조금 흥분한 표정이었다.

방 안으로 들어간 후 잠시 후 조 사무관이 나왔다. 옷을 갈아입었는지 부드러워 보이는 검정색 청바지에 검은 재킷을 입은 모습이 꽤나 인상적이었다.

"멋있군요."

남자인 내가 봐도 상당히 인상적인 모습이었다. 운동으로 다져진 날렵한 몸매에 체형이 드러나는 달라붙는 옷들이 조 사무관을 영화에서 나오는 터프가이처럼 보이게 했다.

"별말씀을, 이만 나가지요."

조 사무관이 앞장을 서고 나는 뒤를 따랐다. 조 사무관과 둘이서 밖으로 나서자 주변의 기운이 조심스럽게 움직이는 것이 느껴졌다.

움직이는 자들은 모두 여덟 명이었다. 대부분 암천문의 인물 같았고, 한 명은 헨리의 수하인 케밀이라는 자의 움직임이었다. 꽤나 은밀한 움직임이었지만 미네르바와 나의 감각을 벗어날 수는 없었다.

조 사무관은 천천히 공원 쪽으로 길을 걸었다. 심야라 다니는 사람도 없어 그런지 을씨년스럽기 그지없었다.

인적이 드문 공원에 도착하자 조 사무관의 기세가 달라졌다. 그의 몸에서 강력한 기파가 흘러나오고 있었다.

'호오, 대단하군.'

기운을 응집시키고 있는 조 사무관의 손 부위가 무척이나 흥미로웠다. 손칼, 수검(手劍)이라 일컬어지는 기운의 형태가 그의 손에 맺히고 있었던 것이다.

일부러 그런 것인지 인(刃)은 세우지 않아 날카롭지는 않았지만 기운의 강도로 보아 맞으면 어디 하나 부러질 것 같은 기운이었다.

"나와! 나오지 않으면 목숨을 보장하지 못한다."

나를 대할 때와는 다르게 강한 어조로 내뱉는 조 사무관의 목소리에는 강렬함이 묻어났다. 목소리에 담긴 조 사무관의 기세에 공원 근처를 흐르는 대기가 요동쳤다.

"어때?"

―굉장한데요. 이토록 빠른 시간에 기운을 응집시키는 것도 그렇고, 하이드내츄럴포스를 아주 효율적으로 사용하고 있습니다. 저 정도라면 웬만한 능력자들은 상대도 되지 않겠습니다.

미네르바의 답변처럼 내가 보아온 어떤 능력자보다도 강해 보이는 조 사무관이었다. 짧게 깎은 스포츠형 머리에 각이 잘 잡힌 체구, 거기에 강렬한 기세까지. 아무리 봐도 전형적인 무예가의 모습이었다.

조 사무관의 말에 아무도 나오는 이가 없었다. 숨어서 감시하는 입장에서 나오란다고 나올 리도 없겠지만 숨어 있는 자들은 조 사무관이 가진 힘에 대해서 잘 인식하지 못하는 것 같았다.

나야 3단계 차폐를 푼 상태라 조 사무관의 손에 담긴 기운이 강력하다는 것을 알 수 있지만, 거의 완벽하게 기운을 감추어 놓은 것을 숨어 있는 자들이 알 리 없었다.

감시하는 자들이 나타나지 않자 조 사무관이 손이 기이하게 움직였다. 손가락을 말아 쥐면서 주먹을 쥐는 와중에 그의 손가락이 거의 모든 방향을 점했다.

그 순간 손가락이 살짝 떨리며 응집한 기운이 그의 손을 떠났다. 무협영화에서나 볼 수 있는 지풍(指風)처럼 작은 형태의 기운들이 여덟 군데의 방향을 점하며 허공을 날았다.

퍼퍼퍽!

"큭!"

"으윽!"

작은 격타음이 공원 안을 울렸다. 손가락을 떠난 기운들이 내는 소리였다. 작은 소란이 공원 곳곳에서 일어났다. 예상치 못한 공격에 가격을 당한 자들이 내는 신음 소리였다.

상당한 훈련을 받은 듯 가격당한 자들의 신음 소리는 단 한 번뿐이었다. 가격을 당하며 몸 안으로 스며든 기운의 여파 때문에 본능적으로 발한 신음이었다. 공원 주변이 갑자기 적막으로 휩싸였다.

감시하는 자들이 대부분 쓰러졌지만 조 사무관이 내뻗은 공격이 무척이나 기습적이었음에도 피한 자들이 있었다. 암천문에서 온 것으로 보이는 자가 둘, 그리고 헨리가 보낸 케밀이라는 자였다.

케밀은 조 사무관의 공격에 격중당했지만 공격을 예상한 듯 미리부터 배리어 같은 것을 펼쳐 놓았기에 무사한 것이었고, 암천문의 인물들은 공격이 지척에 이르는 순간 소리없이 신형을 이동시키면서 공격을 피했던 것이다.

"한 번의 기회는 주었다. 이번에도 피할 것이라고 자신하지는 마라."

싸늘한 목소리와 함께 조 사무관의 시선이 주변을 훑었다. 그의 시선이 머무르는 곳은 감시자들이 공격을 피해 이동한 곳이었다. 조 사무관도 자신의 공격을 피한 자들을 이미 포착하고 있는 모양이었다.

"곤란하군."

만약에 경우라도 암천문에서 헨리 앤트가 개입되었다는 것을 알면 좋을 것이 없었다.

"이봐!"

텔레파시로 케밀을 불렀다. 상당히 놀란 듯 마나라는 기운을 끌어올리며 주위를 두리번거리는 것이 무척이나 안쓰러워 보였다.

"그렇게 두리번거리지 말고 내 말만 들어. 헨리 앤트가 연락을 하지 못한 모양인데, 임무가 바뀌었어. 그러니 당신은 나서지 않는 것이 좋겠어."

"누구냐?"

"후후후, 나에 대해서는 헨리에게 물어봐. 내가 누구인지 자세히 알려줄 테니까. 다시 한 번 말하지만 당신은 나서지 마."

쓸데없이 나서지 말도록 의지에 기운을 실었다. 케밀이라는 자는 자신의 기운이 속박당하는 것을 느꼈는지 무척 당황하는 눈치였다.

그렇게 케밀은 단속하는 사이 누군가 조 사무관의 면전에 나타났다. 조 사무관의 목소리에 묻어나는 싸늘한 살기 때문인지, 아니면 이대로 있을 수 없다는 생각 때문인지 암천문에서 온 자들이 모습을 드러낸 것이다.

나타난 자는 두 명이었다. 두 사람의 이목구비가 매우 비슷하게 생긴 것이 형제로 보였다.

"벌주를 자초하는군."

암천문의 사람들이 나섰음에도 케밀이 나타나지 않자 조 사무관의 몸에서 살기가 흘러나왔다. 동시에 빠르게 기운을 끌어올리더니 날이 선 기파를 만들어 케밀을 향해 날리려 했다.

"우리에게 도움을 줄 사람이니 그자는 놔두십시오."

머릿속에 직접 전해지는 내 의지에 조 사무관이 놀란 듯 나를 바라보았다. 이미 케밀에게도 헨리 앤트의 핑계를 대고 나타나지 말 것을 전한 터였기에 조 사무관을 향해 고개를 끄덕여 줬다.

"암천문의 인물들이 어째서 내 주위를 맴도는 건가?"

어떻게 된 것인지는 모르겠지만 어느 정도 상황을 인식한 조 사무관은 사뭇 위압적인 어조로 암천문의 인물들을 윽박질렀다.

"……."

두 사람은 침묵으로 일관했다. 나타난 두 사람은 자신들을 윽박지르는 조 사무관을 보며 뭔가 꺼려하는 빛이 역력했다. 자신들의 존재가 드러나자 어떻게 해야 할지 갈피를 잡지 못하는 것 같았다.

"한 가지 묻고 싶은 것이 있다."

잠시 침묵하던 두 사람 중에 나이가 더 들어 보이는 이가 조 사무관을 향해 입을 열었다.

"무엇이지?"

"하늘의 파편을 얻은 자가 당신 맞나?"

"하늘의 파편?"

"분명 얻었을 텐데?"

"무슨 소리를 하는지 모르겠군."

"그럼 잠시 우리와 가주어야겠다."

"하하하, 할 수 있다면 그렇게 해봐라."

"우리를 만만히 보지 마라. 네가 아무리 블랙 타이거라고 해도 쉽지는 않을 것이다."

조 사무관을 노려보며 말하는 자의 몸에서 불안한 기운이 느껴진다. 깊숙이 빠져들기만 하는 모래 수렁처럼 건조하고 마른 듯한 기운이다. 그의 동생으로 보이는 자도 마찬가지다. 심령으로 연결된 듯 거의 동시에 같은 기운을 뿌린다. 자신하는 것처럼 만만한 자들이 아니었다.

"사사밀류(死沙蜜流)를 이은 자들치곤 말이 많군."

그들의 정체를 아는 듯 조 사무관이 냉소를 보냈다.

"천성류(天醒流)와의 싸움은 근 400년 만이로군."

두 형제 또한 조금 꺼리던 눈빛을 완전히 접었다. 그들의 몸에서는 이제 강렬한 투기가 흘러나왔다. 사사밀류와 천성류라는 것이 무엇을 뜻하는 것인지는 모르겠으나 서로 간의 분위기로 봐서는 한바탕 싸움을 피할 수 없을 것 같았다.

"후후후, 그럼 사사밀류가 얼마나 성장했는지 볼까?"

"빠가야로!!"

다시 한 번 날리는 조 사무관의 조소에 형인 듯한 자가 고함을 지르며 신형을 날렸다. 그의 신형이 조 사무관이 덮치는 찰나 동생으로 보이는 자의 신형이 장내에서 사라졌다.

일견 화가 난 듯 무작정 덤비는 것같이 보이는 형에게 시선이 집중되는 순간, 암격을 가하기 위해 신형을 감춘 것이다.

파파파팡!

젓가락이 움직이듯 허공을 찔러대는 각법으로 인해 허공을 가로지르는 파열음이 장내에 울렸다. 한쪽 다리가 치켜올려지며 연이어 네 번을 가격해 들어간 것이다.

조 사무관은 공격을 피해 신형을 움직였다. 능청거리는 버들가지처럼 흔들리는 그의 신형이 뒤로 물러나며 공격을 피해냈다.

탁탁!

현란하게 움직이는 발 공격을 피해냈는데 뭔가 부딪치는 소리가 조 사무관의 주변에서 났다. 동생으로 보이는 자가 암격을 가한 공격을 조 사무관이 손으로 쳐낸 것이다.

 은신법을 사용한 듯, 보이지 않는 곳의 공격이었건만 조 사무관은 무척이나 여유로웠다. 첫 번째 공격과 두 번째 공격은 시간 차이를 두고 물러날 거리까지 계산해 가며 시도된 공격으로 피할 수 있는 여지를 주지 않는 잘 짜여진 합공이었지만 조 사무관의 표정은 무척이나 쉽게 막아낸 것이다.

 자신들의 의도가 실패할 줄 알았다는 듯 두 사람의 공격은 빠르게 이어졌다. 보이는 공격과 보이지 않은 공격이 일정한 박자에 따라 풍차가 돌아가는 것처럼 연이어지는 것을 보니 상당한 수련을 거친 자들이었다.

 "미네르바!"

 ―말씀하십시오.

 "조 사무관이나 저 사람들이 시전하는 무예는 어떤 유형이지?"

 ―일반적으로 알려진 무예들은 아닙니다. 저렇게 움직이는 무예에 대한 자료가 없는 저로서는 판단하기가 곤란합니다. 아마도 선택된 자들만 익힌다는 비밀스러운 무예가 틀림없습니다.

 "사사밀류라던가 천성류라고 하는 것 같던데, 찾을 수 없다는 말이지?"

 ―그렇습니다. 무예 유파의 한 갈래 같은데 문헌상 나타난

것이 하나도 없으니 저로서도 정체를 파악하기가 곤란합니다.

"일단 자세하게 기록을 해놔, 분석도 좀 해보고."

―알겠습니다. 인간이 구현해 낼 수 있는 동작들이야 신체 구조상 그 가짓수가 한정되어 있는데 저들 세 사람의 움직임은 이미 그런 것은 벗어난 것 같으니 함장님께도 도움이 될 듯합니다. 자세하게 분석한 후에 함장님께도 정보를 전해 드리도록 하겠습니다.

지구상에 존재하는 도장이라는 곳에서 행해지는 무술 수련은 전부 마스터하고 있는 미네르바였다. 그런 미네르바가 감탄할 정도로 세 사람의 공방은 현란하지는 않았지만 무척이나 간결하면서도 시의적절했다.

서로 간의 공방으로 이어지는 동작들에 담겨 있는 것들이 무척이나 많았다. 일반적인 무에 동작과는 달리 세 사람의 동작은 정형화된 틀에서 완전히 벗어나 자유분방했다.

수많은 투쟁과 싸움 속에 오랜 기간 다듬어져 온 듯 한 수 한 수에는 현묘한 이치가 담겨 있었고, 간단한 수에도 효과적으로 적을 제압하기 위한 실리가 깃들어 있었다. 미네르바의 말대로 나에게도 상당히 도움이 될 것 같았다.

파파팡!

공기의 파열음이 끝난 후 세 사람이 공방은 멈추고 물러나 서로를 노려보았다. 이제부터 본격적으로 시작할 모양이었다. 각자가 가지고 있는 기운들을 사용하지 않은 상태라 지금까지는 전초전에 불과한 것이었다.

조 사무관의 사지에 보이지 않는 기운이 맺히기 시작했다. 바람도 불지 않는데 옷자락이 미세하게 떨리며 아지랑이같이 일렁이는 기운을 따라 푸른빛이 감돌기 시작했다. 자신이 가지고 있는 기운을 응축시켜 유형화시키고 있었다.

상대하는 자들도 마찬가지였다. 나이가 많은 자는 양발에 나이가 적은 자는 양손에 유형의 기운이 맺혔다. 그들이 맺고 있는 기운은 조 사무관과는 달리 내가 자신하는 전투 기술인 데블나이트의 파티클뷰렛처럼 작은 알갱이 같은 모습을 띠었다. 마치 모래알이 뭉쳐진 듯한 기운이 그들의 몸에 어리고 있었던 것이다.

느껴지는 기운의 강도로 보아 이번 격돌에서 누군가는 다칠 것이 분명했다. 단 한 수에 생사를 정한다는 생사결을 준비하는 모양이다.

"미네르바, 누가 이길 것 같아?"

―함장님도 이미 아시지 않습니까?

"그야 그렇지만 미네르바의 분석은 좀 다를 것 같아서 말이야."

나와 같은 판단을 내리고 있다는 미네르바의 말에 머쓱해진 나는 조용히 조 사무관을 바라보았다. 강력해 보이는 기운을 이끌어냈지만 조사문관의 바이탈 지수는 거의 변한 것이 없었다.

그에 반해 숫자의 우위에 있는 두 사람의 바이탈 지수는 급격히 상승하고 있었다. 공방으로 부딪치게 될 양쪽의 힘이 비슷한 상태에서 평정을 유지하며 재차 공격을 시도할 수 있다는 사실에서 이번 승부는 보나마나였다.

육체의 격돌이 아닌 기운의 격돌이었다. 세 사람이 대치하는 기운으로 인한 파급은 공원 주변의 대기가 요동치게 했다. 그물처럼 얽혀가는 기운 속에 빠진다면 믹서에 갈린 고기처럼 인간의 육신은 한낱 고기 조각으로 변해 버릴 터였다.

자신의 존재를 알아차린 것은 물론 꼼짝 못하게 하는 정체 모를 기운으로 인해 자존심이 많이 상했던 케밀은 지금 자신의 눈앞에 펼쳐진 광경을 보고 입을 다물 수가 없었다.

5클래스 마스터의 경지를 이룬 그는 동양의 능력자들을 내심 한 수 아래로 취급하고 있었다. 자신의 능력이라면 화교들의 연맹인 뱀부체인이나 일본의 다크 스카이, 한국의 다크 드래곤 같은 집단의 고수들이라 해도 서넛은 가뿐히 처리할 것이라 생각하고 있었던 것이다.

처음에는 자신의 생각이 맞는 듯했다. 인간이 보이기 힘든 움직임으로 공방을 주고받기는 하지만 그것은 보통의 인간을 기준으로 했을 때였다. 자신과 같은 능력자라면 쉽게 상대할 수 있을 것이라는 생각에 느긋하게 싸움을 관전했다.

하지만 진짜 실력을 내보이는 싸움이 시작되었을 때 그가 알고 있던 것과는 실상이 전혀 달랐다. 케밀로서는 자신이 사용할 수 있는 마법을 최대한 펼친다 하더라도 세 사람 중 하나와의 승부도 장담할 수 없었던 것이다.

암천문이나 국정원에 대한 판단 자체가 세 사람의 공방을 주고받는 것을 보며 흔들렸다. 그들과 경쟁 관계에 있는 뱀부 체인이나 다크 드래곤에 대해서도 판단을 다시 해야 했다.

극동의 패권을 다투고 있는 세 집단에 대해 앤트 가에서 수집한 정보는 자신들이 그런 것처럼 그저 빙산의 일각에 불과했었던 것이다.

'동아시아에 대한 정보는 모두 다시 수집해야 한다. 내가 나서지 못하게 한 것은 어쩌면 이런 사실을 일부러 알려주고 싶어서 그랬던 건가?'

케밀은 반대편에서 조용히 세 사람의 대결을 보고 있는 한철의 모습에 시선이 갔다. 그렇지만 아무리 봐도 한철에 대한 판단을 내릴 수가 없었다. CIA와 다크 드래곤의 표적이 되었다는 것만 알 뿐, 한철에 대한 정보가 그로서는 전무했기 때문이다.

다만 한철로 인해 헨리가 앤트 가의 후계자 구도에 합류했다는 것과 함양에서 보여준 능력이라면 지금 보고 있는 자들에 못지않은 능력을 소유했다는 것만 짐작할 뿐이었다.

'어쩌면 저자에 대해 이렇게 판단하는 것도 섣부른 것일지 모른다. 한순간에 내 기운을 제압하는 것을 보면……'

어려 보이는 나이에 추측을 할 수 없는 능력을 가지고 있었다. 거기다 자신들의 의도를 낱낱이 알고 있다는 느낌까지 들었기에 케밀은 자괴감이 들었다.

지금도 한철이 자신이 있는 쪽을 바라보며 희미한 미소를 짓고 있었다. 인비지빌리티로 감싸인 자신이 똑똑히 보인다는 듯 서늘한 눈빛으로 바라보는 한철의 눈이 무척이나 차갑게 느껴졌다.

케밀이라는 자의 모습을 보아하니 조 사무관과 두 사람의 대결을 보면 상당히 놀라는 것 같았다.

하지만 그 또한 만만치 않는 자였다. 본인은 스스로의 능력을 의식하지 못하고 있지만 그의 내부에 잠재된 힘은 조 사무관이 가진 힘과 거의 비등한 정도였다.

케밀이 자신의 힘을 인식하지 못하는 것은 스스로도 모르게 무엇인가에 의해 대부분의 힘이 봉인된 상태였기 때문이다. 금왕이나 투왕과는 전혀 다른 방식으로 그의 힘이 봉인되어 있는 것 같았다.

금왕과 투왕의 봉인이 명확하게 구체화될 수 있는 것이라면 그의 봉인은 애매모호한 것이 정확한 실체가 없었기에 어떤 방식으로 된 봉인인지, 그리고 안에 존재하는 것이 무엇인지 확인하기가 더 어려웠다.

무척이나 궁금했지만 의심을 받을 것 같아 자세하게는 못 알아냈다. 미네르바의 힘을 동원했는데도 그의 힘을 봉인하고 있는 힘이 무척이나 민감했던 것이다.

다만 헨리라는 자의 기운이 갑자기 증폭된 것도 케밀이라는 자의 봉인과 연관이 있는 것만은 분명했기에 좀 더 지켜보며 알아보기로 했다.

"후후후, 본신의 능력으로 보면 상당한 자인데 저리 놀라다니 재미있군. 좀 더 관찰하고 싶지만 이제는 재워야겠지. 더 이상 보여줘야 좋을 것이 없으니까."

―그러시는 좋겠습니다, 함장님.

세 사람의 대결이 점입가경이었다. 서로 간의 기운을 증폭시킨 탓에 충돌하는 여파가 이미 10여 미터를 넘어가고 있었다. 본격적인 충돌이 일어나면 주변에 심각한 피해를 미칠 것이 뻔했다.

세 사람이 펼치는 대결의 여파를 최소화하기 위해 내가 개입해야 했다. 이어지는 대결의 양상을 케밀이라는 자에게 보여줄 필요는 없었기에 그의 정신을 제압할 필요가 있었던 것이다.

마나라는 힘을 이용해 마법을 사용한 탓인지 모습도 보이지 않고 자신의 주변에 배리어를 쳤지만 그를 기절시키는 것은 어렵지 않았다.

배리어 안쪽에 보이지 않는 탄환인 트랜스퍼랜트뷰렛를 만들어내 중추신경계에 충격을 주면 그만인 것이다. 의지와 동시에 보이지 않는 탄환이 만들어지고 케밀의 신형이 무너지듯 그 자리에서 쓰러졌다.

케밀의 처리를 끝낸 후, 세 사람 주변에 기운을 퍼뜨렸다. 대결이 미치게 될 충격파를 최소화하기 위해 일종의 방어막을 형성한 것이다.

충돌하는 기운이 점점 더 강해진다. 방어막에 전해지는 여파가 장난이 아니다. 개별적인 기운으로는 한참을 못 미치는데도 불구하고 서로 간의 기운이 부딪친 충격파는 그들이 가진 힘의 몇 배를 상회했다.

텅!!

일순간 세 사람의 기운이 폭발했다. 아니, 무너졌다. 팽팽하게 대치하고 있던 기운의 한 축인 두 사람의 기운이 무너지며 조 사무관의 기운이 기세를 받아 사방으로 터져 나간 것이다.

"휴우!!"

저절로 한숨이 나왔다. 블랙 타이거라 불리는 그의 명성이 어째서 생긴 것인지 실감할 수 있었다. 이 정도의 기운을 발산할 수 있다면 웬만한 능력자들은 아예 상대도 되지 않을 것이 분명했다.

쓰러진 자들의 귓가로 피가 흐르는 것이 보였다. 어두운 밤인지라 까맣게 보이는 핏줄기가 서늘해 보였다. 살심을 자제하고 기운을 조절한 듯 목숨을 잃지는 않았지만 상당한 내상을 입은 것이 분명했다.

"굉장하군요."

"이런 모습은 처음 보았을 텐데 담담하신 것을 보니 내가 더 놀랍습니다."

눈을 동그랗게 뜨고 놀랍다는 모습을 보였지만 조동원은 한철이 그리 놀라지 않았다는 것을 알고 있었다. 암천문의 인물들을 상대하면서도 한철에 대한 주의를 게을리하지 않았기 때문이다.

주의를 기울인 덕분에 한철이 상당한 능력을 보유했다는 것도 알게 됐다. 암천문의 인물들과 싸움을 하면서도 자신은 있었지만 자신이 쏟아낸 기운의 여파로 피해가 있지 않을까 걱정했는데 한철이 충격파를 막아냈다는 것을 알게 되었던 것이다.

하지만 자신이 아직 전부 능력을 내보이지 않았다는 것은 알지 못하는 것 같기에 어느 정도 안심을 하고는 쓰러진 자들을 어떻게 처리할지 고심하기 시작했다.

"조 사무관님, 제압하기는 했는데… 이자들은 어떻게 할 건가요?"

"깨어나기를 기다려야 할 것 같습니다. 하늘의 파편이 무엇인지 모르지만 약속을 배반하고 이토록 노골적으로 저를 노렸다는 것은 매우 중요할 테니까 말입니다."

"나머지 자들은 그냥 놔두는 것이 좋겠군요. 그리 쓸모가 있는 것도 아닌 것 같고, 잡아놓는다고 해도 어차피 다른 자들이 올 것이니 말입니다.

쓰러진 사람들을 처리해야 했다. 조동원에 의해 쓰러진 자들 중 형제로 보이는 자들은 무조건 잡아놔야 했지만 그 이외에 그들의 수하들은 굳이 잡아놓을 필요성을 느끼지 못했기에 한철은 조동원에게 그냥 놔두기를 권했다.

"하지만……."

"앞으로 쓸데없이 힘을 쓰지 못하게 하면 그만입니다. 그렇게 하면 약간의 시간을 벌 수도 있을 거구요."

쓰러진 자들이 힘을 잃은 이유를 알아내기 위해서라도 암천문이 행동을 어느 정도 자제할 것이었다.

"그렇기는 하군요. 수희의 집까지 알아낸 것을 보면 대비를 위해 어느 정도 시간을 벌어야 하니 말입니다."

"그럼 잠시만 기다리세요. 제가 처리를 할 테니 말입니다."

한철은 조동원을 남겨 두고 공원 숲 속에 쓰러진 자들을 하나하나 찾았다. 그리 큰 도움은 안 되겠지만 암천문의 목적을 정확히 파악하기 위해 약간의 정신금제를 가했다.

한철이 숨어 있다가 쓰러진 자들의 처리를 끝내고 공터로 오자 조 사무관이 쓰러진 자들을 포개듯 등에 걸머쥐고 있었다.

"다 끝났습니다. 가시죠."

"잠깐만 기다리십시오. 수희가 차를 가져오기로 했습니다. 이대로는 곤란할 것 같아서 말입니다."

내가 자리를 비운 사이에 전화를 한 모양이었다. 잠시 후 차가 도착했고, 쓰러진 자들을 뒷좌석에 싣고 옆자리에 앉았다. 조 사무관은 조수석에 앉았고 우리는 차를 몰아 공원을 빠져나왔다.

『디멘션 워』 제4권에 계속…

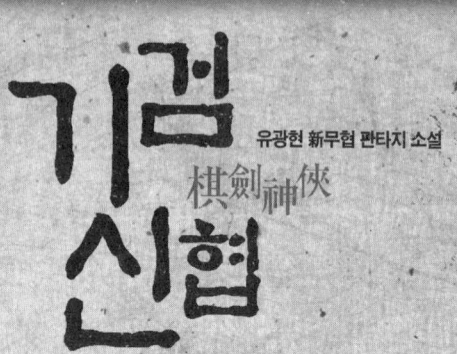

유광헌 新무협 판타지 소설

棋劍神俠

기검(氣劍)도 아니고 기검(奇劍)도 아닌,
기검(棋劍) 이야기.

신의 한 수!!
천상의 바둑에서 탄생한 도선비기.
그리고 그 속에 숨겨진 궁극의 심법.

강탈당한 신서(神書) 도선비기(道詵秘記)를 회수하고
조선 무예의 근간을 지켜라!

눈부신 활약과 함께 펼쳐지는 무학의 힘찬 날갯짓.
이제 더 이상 그는 하찮은 쳔출이 아니다!!

유행이 아닌 자유추구 -
WWW.chungeoram.com
Book Publishing CHUNGEORAM

몽월 新무협 판타지 소설

대법왕
大法王

중놈이 될 바에야 차라리 죽겠다!

소주의 개고기(犬肉)라 불리는 동천몽.
십육 세 생일을 맞아 거하게 놀려던 찰나, 네 명의 승려가 난입한다.
그렇게 본의 아니게 활불이자 영생불사의 존재인
대법왕이 되어버리는데……

절대 중놈으로 살 수 없다는 주인공 동천몽과
악착같이 대법왕으로 모시려는 포달랍궁 사이의
밀고 당기는 싸움.

**과연 그는 대법왕이 되어 군림할 것인가,
아니면 소주의 개고기로 돌아올 것인가!!**

유행이 아닌 자유추구
WWW.chungeoram.com

Book Publishing CHUNGEORAM

그림자도 찾기 힘들고[無影],
가히 대적할 자도 없다[無雙]!
강호의 절대고수 무영무쌍!

청설위국의 위사 진세인,
그를 찾아오는 수많은 사람들.
그를 원하는 수많은 세력들.

김수겸 新무협 판타지 소설

거대한 음모의 소용돌이 속에서
그는 그를 버렸던 용부를 지켰고,
그에게 검을 겨눴던 무림맹과 십만마교를
구해냈다.

모든 것을 가졌던 황제가
끝까지 갖지 못했던 단 한 사람!
위사 진세인과
동료들의 강호행이 시작된다!

유행이 아닌 자유추구
WWW.chungeoram.com
Book Publishing CHUNGEORAM

이경영 소설

섀델 크로이츠
SCHADEL KREUZ

[2부] *Philosopher*
필라소퍼

정도를 추구하고 세상을 바로잡는
하얀 왕의 힘이 필요한 역전체 군단.
신의 존재에 가까운 '절대자'와
또 다른 천요의 등장.
그들의 목적은 헨지를 통한
공간왜곡의 문!

주어진 운명에 대항하는 자들과 이를 막으려는 자들.
그리고 밝혀지는 전설의 진실 앞에 또 다른
전설의 존재가 탄생하는데…….

섀델 크로이츠, 그들의 임무가 시작되었다.

유행이 아닌 자유추구 -
WWW.chungeoram.com
Book Publishing CHUNGEORAM

CHARM MASTER
참마스터

눈매 퓨전 판타지 소설

부적(Charm)이란

만드는 자의 정성, 만드는 자의 능력, 받는 자의 믿음,
이 세 가지가 충족되어야 최고의 힘을 발휘한다.

이계에서 넘어온 영환도사의 후손 진월랑!
아르젠 제국의 일등 개국 공신 가문이었던 이계인 가문, 진가가 하루아침에 몰락했다.
그것도 가장 믿었던 사람으로 인해.

홀로 살아남은 어린 월랑은 하루하루 생존 게임이 벌어지는
살인자들의 섬으로 보내지는데…….

독과 부적의 힘을 손에 넣은 진월랑!
그가 피바람을 몰고 육지로 돌아온다.

유행이 아닌 자유추구 -
WWW.chungeoram.com
Book Publishing CHUNGEORAM

청운하 新무협 판타지 소설

백팔번뇌
百八煩惱

세상은 날 버렸다.
나 또한 세상을 버렸다.

神이 선택한 그들이 흘린 쓰레기를…
난 그저 주워 먹었을 뿐이다.
그러므로 난 여전히 배가 고프다.

**일류(一流)가 되기 위해서라면…
난 기꺼이 신마저 집어삼킬 것이다.**

유행이 아닌 자유추구 -
WWW.chungeoram.com

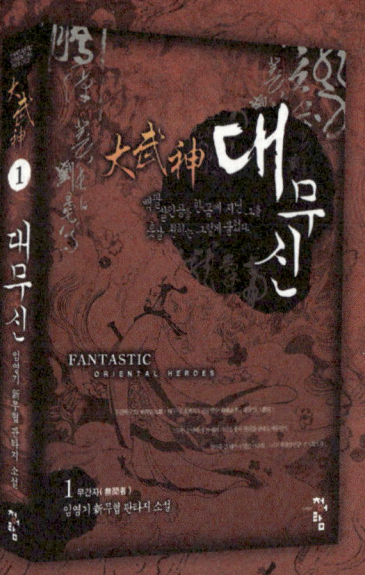

大武神
대무신

임영기 新무협 판타지 소설

무간백구호(無間百九號). 태무악(太武岳).
신풍혈수(神風血手). 대살성(大殺星).

고독한 소년이 세 살 때의 기억을 좇아
천하를 상대로 싸우면서 열아홉 살 때까지 얻은 이름들.
그리고 백팔살인공(百八殺人功).

大武神

백팔살인공을 한 몸에 지닌 그를 훗날 천하는 그렇게 불렀다.

유행이 아닌 자유추구-
WWW.chungeoram.com

Book Publishing CHUNGEORAM